KB253339

劍香刀殺
검향도살
Fantastic Oriental Heroes

검향도살 4

태사검 新무협 판타지 소설

초판 1쇄 찍은 날 § 2006년 6월 15일
초판 1쇄 펴낸 날 § 2006년 6월 25일

지은이 § 태사검
펴낸이 § 서경석

편집장 § 문혜영
편집 § 장상수

펴낸곳 § 도서출판 청어람
등록번호 § 제1081-1-89호
등록일자 § 1999. 5. 31
어람번호 § 제2-0937호

주소 § 경기도 부천시 원미구 심곡1동 350-1 남성B/D 3F (우) 420-011
전화 § 032-656-4452 팩스 § 032-656-4453
http://www.chungeoram.com
E-mail § eoram99@chollian.net

ISBN 89-251-0169-6 04810
ISBN 89-251-0022-3 (세트)

劍香刀殺

검향도살

Fantastic Oriental Heroes

4

불가능한 척살

태사검 新무협 판타지 소설

도서출판 청어람

목차

第31章

요구와 즐거움은 별개

금궁의 입구를 막아선 중년 미부는 좌우상비 중 우상비였다. 궁주의 측근 호위인 좌상비가 부상을 당하는 바람에 그녀가 임시로 배정된 것이다.

청라선화와 선랑들이 일검향을 압송해 오자 그녀가 인수했다.

"내일부터 참배객들의 방문을 금지한다는 궁주님의 명이다. 외궁에 대한 경계를 강화하고 오늘밤에 있었던 사건은 일체 발설하지 마라. 입에 올리는 자는 누구든 지위를 막론하고 참형으로 다스릴 것이다."

"예, 우상비."

청라선화와 선랑들은 바싹 긴장된 모습으로 예를 올리고는 금궁을 나갔다.

금궁 문을 닫아건 우상비가 일검향을 이끌었다.

일검향은 금침으로 제압된 상태에서도 포승으로 꽁꽁 묶여져 있었다. 그는 우상비가 이끄는 대로 묵묵히 걸음을 옮겼다.

그녀는 궁주의 처소인 요지전(瑤池殿) 전각 안으로 그를 밀어 넣었다.

"이제 네놈과 두 계집의 목숨은 궁주님의 처분에 달려 있다. 현명하게 처신해라."

일검향은 아무런 대꾸 없이 요지전 안으로 들어섰다.

거실은 넓고 화려했다. 구석구석마다 진귀한 골동품이 진열돼 있었고 사방 벽은 명인들의 그림과 족자들로 도배돼 있었다.

이때 거실 한쪽을 가린 휘장 뒤에서 소운향의 음성이 들려왔다.

"들어와."

휘장 안쪽은 침실이었다.

바닥에는 발목까지 빠지는 푹신한 융단이 깔려 있었다. 은은한 등불이 아늑했고 향을 피워놓았는지 그윽한 향기가 느껴졌다. 벽 한쪽으로 망사 휘장이 둘러진 커다란 원형 침상이 놓여 있었다.

어디선가 찰랑거리는 물소리가 들려왔다. 침실에 딸린 또 하나의 방으로 주렴이 드리워져 있었다. 소운향의 전용 욕장이었다.

"이쪽이야."

주렴 사이를 통해 들려오는 그녀의 음성이 왠지 끈적끈적했다.

일검향은 주렴을 밀치고 욕장으로 들어섰다.

소운향은 꽃잎이 띄워진 대리석 수조에 비스듬히 기대앉아 몸을 씻고 있었다. 수면 위로 드러난 육봉이 처녀의 가슴처럼 탱탱해 보였다.

그녀는 힐끗 그를 보며 고혹적인 웃음을 지었다.

"이런… 귀한 손님을 너무 혹독하게 대했군?"

그녀는 수면 위의 꽃잎을 손끝으로 튕겼다. 호선을 그리며 날아든 꽃잎이 일검향을 스치자 포승이 끊겨 흘러내렸다.

"같이 수욕을 즐길까?"

그녀의 노골적인 제안을 일검향은 냉담하게 거절했다.

"생각없다."

"이봐, 너무 자존심 상해할 필요 없어. 네가 패한 것이 아니라 공평한 상황에서 서로 손을 거둔 거니까."

"……."

"부상은 좀 어때?"

"조건을 말해."

"훗, 급할 것 없잖아?"

소운향은 수조에서 몸을 일으켰다. 물방울이 매끄러운 피부를 타고 흘러내린다. 갓 수욕을 마쳐서인지 그녀의 피부가 더욱 희고 투명하게 보였다.

그녀는 실오라기 하나 걸치지 않은 알몸을 드러내면서도 전혀 수줍어하는 기색이 없었다. 오히려 유혹적인 눈빛을 발하며 그에게 다가섰다.

일검향은 무심하게 그녀를 응시했다.

"공공신도의 얘기가 틀리지 않았군."

"그 늙은이가 뭐라고 했는데?"

"여장한 사내놈을 들어 음탕한 짓거리를 했다더군. 그렇게 사내를 밝히면서 왜 금남의 규칙을 고수하는 것이냐?"

소운향은 그의 대혈에 꽂힌 금침을 하나씩 뽑아주었다.

"그래야 요지선궁의 고결함과 명성이 유지되니까. 내가 사내를 탐하는 것은 사실이지만, 그렇다고 사문의 영광과 명예를 잃고 싶지는 않다."

“추악한 욕심이군.”

“호호, 성후께서야 워낙 고결하신 분이라 백신으로 평생을 사셨고, 사조님과 사부님 역시 성후의 뜻을 계승했지만 난 세상을 즐기며 살고 싶다. 과연 그게 추악한 욕심일까? 너 역시 하찮은 은자를 탐해 사람을 죽이는 잔혹한 자객이 아니더냐? 날 비방할 처지가 아닐 텐데?”

그녀는 수건으로 물기를 닦고는 한 겹 망사의를 걸쳤다. 망사의를 통해 은은히 엿보이는 나신이 알몸보다 더 자극적이었다.

“우리 좀 더 솔직한 얘기를 나눠볼까?”

그녀가 욕장을 나서며 따라오라는 손짓을 해 보였다.

둥근 월창(月窓) 가에 간단한 술상이 차려져 있었다. 안주는 대추와 밤, 포도, 복숭아 등 대부분이 과일이었다.

“앉아. 사실 오래전부터 사내와 함께 술을 마시고 싶었는데 첫 상대가 냉혹한 자객이 될 줄은 몰랐군.”

“조건이나 얘기해라.”

“성미가 급하군? 네 동기인 을화는 부상이 심해 충분히 휴식을 취하면서 치료를 받아야 돼.”

“……”

일검향은 원치 않았지만 그녀와 마주 앉았다.

“을화 누님의 눈을 네가 훼손시켰냐?”

“고의는 아니었다. 좌상비와 싸우던 중 눈을 다치게 된 거지.”

“좌상비는 네 수하이니 네 눈알을 내가 뽑겠다.”

“호호, 그럴 기회가 있을지 모르겠군.”

소운향은 두 개의 잔에 술을 따라 하나는 일검향 앞에 내려놓았다.

“마셔.”

"……."

"깨끗한 술이야. 독도 없고 최음제도 섞지 않았어. 내가 아무리 사내를 탐해도 그런 추잡한 짓은 하지 않아. 네가 어떻게 생각할지 몰라도 난 세상에서 가장 고결하고 품위있는 요지선궁의 궁주다."

일검향은 역거움을 참으며 차갑게 내뱉었다.

"유감이군. 내가 보기에는 세상에서 가장 추잡하고 위선적인 계집일 뿐인데."

"왜 이렇게 날 미워하는 거냐? 너와 을화는 날 죽이러 온 자객이야. 너희를 죽이지 않은 자비로움에 오히려 감사해야 하는 것 아닐까?"

"자객에게 있어 실패는 곧 죽음이다. 생포를 당하는 게 치욕이지."

"흐음, 그렇군. 역시 자객의 의식은 남달라."

소운향을 우아하게 술잔을 비우고는 물었다.

"함께 잠입한 계집은 누구냐?"

"밝히고 싶지 않다."

"을화와 그 계집의 대화를 언뜻 들으니 대백랑이라고 하더군. 그렇다면 추가영이 분명해. 맞지?"

일검향은 가볍게 고개를 끄덕였다.

"역시 요지선궁도 은천마국에 소속된 분파가 틀림없군. 추가영이 대백랑이라는 사실은 오직 은천마국에서만 알고 있다."

소운향은 솔직하게 시인했다.

"그래, 은천마국과 연관이 있다는 것은 인정한다. 하지만 요지선궁은 잔마대나 척살단과 같은 예속 단체가 아니다. 다만 동조자일 뿐이지."

"동조자? 선랑들은 그런 사실을 전혀 모르는 것 같던데?"

"물론이야. 좌우상비만 그 내막을 알고 있다."

"그래도 부끄러운 줄은 아는군?"

"일검향, 충고 한마디 할까? 은천마국은 단순히 천하를 제패할 마도 집단이 아니다. 그들은 무림 사상 전무후무한 무림제국을 창건하고 있는 자들이다. 그만한 능력과 재력, 무력, 두뇌를 모두 겸비하고 있지. 넌 마국의 침공으로 거의 괴멸된 천예사원의 복수를 꾀하고 있지만 그 것은 불가능해. 그들이 너희 모두를 죽이지 않은 것은 죽여야 할 가치가 없어서다. 천사명왕과 사대금살을 제거하는 것으로 충분하다 생각했기 때문이지."

"……."

일검향은 그녀가 비밀스런 일들을 상세히 알고 있다는 데 내심 놀라움을 금치 못했다. 단순한 협력자로 이렇듯 깊은 내막까지 알고 있기는 힘든 일이었다.

'어쩌면 마국의 비밀을 캐낼 기회일 수도 있다.'

그는 빠르게 생각을 굴리고는 술잔을 비웠다.

"마국에서의 네 신분이 뭐냐?"

소운향은 한 손으로 턱을 괴며 매혹적인 웃음을 지었다.

"호호, 귀한 정보를 너무 쉽게 알려고 하는군."

"왜 우리를 죽이지 않은 것이냐?"

"글쎄, 내가 왜 자객을 죽이지 않았을까?"

일검향은 직감적으로 그녀의 의도를 간파했다.

"척살? 내가 누군가를 죽여주기를 원하는 것이냐?"

"호호, 이제야 얘기가 통하는군. 사실 을화를 인질로 삼아 너희에게 요구를 할 생각이었는데 네 스스로 찾아온 셈이다."

“마국에도 척살단이 있지 않느냐? 일도살이라면 나보다 더 척살에 뛰어난 자객이다.”

“물론 일도살도 천예사원 출신이지. 최고의 자객들을 수련시키는 천사명왕답게 과연 일도살을 대자객으로 키워놓았더군. 아쉽게도 천사명왕은 자신이 키운 개한테 물린 꼴이 됐지만.”

“닥쳐!”

일검향이 격분한 모습으로 외치자 소운향은 어깨를 으쓱해 보였다.

“어마, 천사명왕을 험담할 생각은 없었어. 그분은 나도 존경하는 위대한 자객이었지.”

그녀가 미안한 표정을 짓자 일검향도 노기를 가라앉혔다.

“조건이 척살이라면 거래가 가능하겠군. 먼저 을화 누님과 추가영을 내보내 줘라.”

“호호, 너무 지나친 요구로군. 그 둘을 내보내고 너마저 척살을 위해 떠나 돌아오지 않는다면 난 아무것도 얻은 것이 없게 된다. 이것은 거래가 될 수 없어.”

“난 반드시 약속을 지킨다.”

“안 돼. 난 믿을 수 없다.”

일검향은 결연한 어조로 말을 받았다.

“내 사부님의 명예를 걸고 맹세하겠다.”

“…….”

소운향은 그의 진지한 모습에 조금은 믿음이 느껴졌는지 사르르 눈웃음을 쳤다.

“흐음, 천사명왕의 명예를 걸었다면 생각을 해봐아겠군.”

“표적을 말해라.”

"일검향, 아직 거래가 성사된 게 아니야. 만일 네가 척살에 실패해 죽게 되면, 날 죽이러 온 자객 둘을 살려준 대가치고는 너무 손실이 크지 않겠어?"

"그래서 어찌하겠다는 거냐?"

소운향은 느긋하게 기대앉으며 자신의 풍만한 육봉을 어루만졌다.

"한 명 정도는 석방해 줄 용의가 있다. 둘 중 하나는 남겨놓아야 네가 척살을 회피하지 않을 것이고, 만일 네가 실패한다면 나로서도 화풀이할 대상은 있어야 하니까."

"……."

"누구를 선택하든 네 자유다. 을화나 추가영 중 한 명만 데려갈 수 있다."

몸을 일으킨 소운향이 둔부를 씰룩거리며 그에게 다가섰다.

"대신 나에게 조금의 즐거움은 선사해야 돼."

그녀는 그의 무릎 위에 걸터앉으며 노골적인 욕정을 발했다.

"난 승려와 도사와도 살을 섞어봤지만 아직 철혈의 자객과는 관계를 가져 본 적이 없어."

"변태로군."

"호호, 취향이라고나 할까?"

그녀는 그의 목을 부여안으며 바싹 밀착해 왔다.

"아, 너무 흥분이 되는군."

일검향은 그녀의 머리카락을 덥석 쥐었다.

"내가 거부하면 어쩔 거냐?"

"두 계집 모두 풀어주지 않겠다. 네가 척살에 실패하면 둘 모두 고통스럽게 죽일 거야."

"정말 악녀로군."

일검향은 그녀를 바닥에 눕히고는 두 팔을 찍어 눌렀다.

"이게 소원이라면 네 뜻대로 해주겠다."

한 겹 망사의를 찢어버린 그는 허리춤을 풀고는 곧바로 그녀와 몸을 밀착했다.

소운향은 마치 능욕을 당하는 기분이었다.

모처럼 사내를 맞이해 한껏 즐겨보겠다는 그녀의 기대는 처음부터 무너져 버렸다.

정사란 정열적인 애무를 거친 후 서로의 감정이 일치되었을 때 최고조의 희열을 가져다준다. 한데 일검향은 의도적으로 모든 과정을 무시했다. 포악한 야수처럼 그녀의 문을 열었고 일방적으로 몸을 부딪쳐 왔다.

소운향은 몸과 마음으로 쾌락을 느낄 겨를도 없었다. 그의 우악스런 손길은 애무가 아니라 고문이었고 폭풍처럼 쏟아 붓는 몸부림도 즐거움이 아니라 고통이었다.

그녀가 끌어안으려 해도 그는 매몰차게 뿌리쳤다.

하지만 숱한 사내를 겪은 몸이라 그녀는 거친 교접 속에서 여태껏 느끼지 못한 쾌감을 끄집어내며 서서히 뜨거워지기 시작했다. 발끝에서부터 전해지는 짜릿함이 그녀를 조금씩 황홀경 속으로 이끌었다.

한데 그녀가 채 욕정을 해소하기도 전에 교합은 끝나 버렸다.

일검향은 술병을 집어 들고 벌컥벌컥 들이켰다.

아주 불쾌한 정사였다. 아니, 정사라고 생각하고 싶지도 않았다. 강요에 의한 교접이었기에 내면에서는 분노가 타오르고 있었다.

예전의 그였다면 그녀의 추악한 요구를 거절했을 것이며, 분노를 주체하지 못하고 그녀를 죽였을지도 모른다. 그와 을화, 추가영 모두가 죽는다 해도 그런 치욕적인 요구는 절대 용납할 수 없었을 것이다.

그러나 의식이 한 차원 높아지면서 사고의 깊이도 훨씬 깊어졌고 감정에 대한 조절도 한결 수월해졌다. 을화와 추가영 중 한 명을 구할 수 있기에 그녀의 치욕적인 요구를 기꺼이 감내했다.

그렇다 해도 그녀가 원하는 즐거움은 주고 싶지 않았기에 철저하게 본능을 억제했다.

여체를 접하면서 본능을 억제하기란 여간 어려운 일이 아니다. 하지만 그는 그녀에 대해 일말의 호감도 없었기에 인간으로도 취급하지 않았다.

그에게 있어 그녀는 단지 추악한 암컷이었을 뿐이다.

소운향은 가쁜 숨을 몰아쉬며 그대로 누워 있었다.

몸을 일으키기가 너무도 아쉬웠다. 막 황홀경에 빠져들 순간이었기에 안타까움이 더했다.

그녀는 야속한 눈빛으로 그를 쏘아보고는 몸을 일으켰다.

"꼭… 이래야겠어?"

"난 네가 원하는 대로 요구를 들어주었다. 이제 흥정은 끝났다."

"그래, 나도 구차하게 더는 요구하지 않겠다. 겁탈을 당하는 것 같아 기분은 더러웠지만… 느낌은 특별하더군."

그녀는 찢어진 망사의로 대충 몸을 가렸다.

"넌 지금 큰 실수를 한 거다. 내게 충분한 쾌락을 선사했다면 어렵지 않은 척살을 의뢰하려 했다. 하지만 너의 알량한 자존심이 너 자신과 또 한 명의 계집을 죽게 만들었다."

"표적이나 말해."

"후훗, 자신만만하군. 세상 누구라도 죽일 수 있다고 생각하는 것이냐?'

소운향은 의자에 걸터앉으며 밤을 하나 집어 들고 오독오독 깨물어 먹었다.

"네가 죽여야 될 자는 소림에 있다."

"……?'

"일전에 소림의 제자 정현을 죽인 적이 있으니 승려라 하여 네가 주저할 일은 없을 것이다."

일검향이 그녀를 향해 돌아섰다.

"설마 소림의 장문인을?'

"호호, 그건 네게 너무 싱거운 척살이야. 벽력신군을 죽인 솜씨라면 소림의 장문인도 척살할 수 있는 너니까."

"……."

"그 노인네가 이미 죽었을 가능성이 높지만, 죽었다 해도 한 번 더 죽이고 와야 한다."

소운향은 악귀처럼 싸늘한 미소를 지었다.

"호호, 네가 죽여야 할 자는 천불성승이다!"

2

천불성승(天佛聖僧)!

천상삼비의 일인인 불문 최고의 고수. 만일 그가 생존해 있다면 세

수 이 갑자를 넘어선 무림 최고의 배분이다.

그는 소림의 장문인이 될 자격이 있는데도 사제에게 장문인 직을 양보했고 자신은 수양에만 깊이 매진했다.

그가 사바세계로 하산하는 경우는 극히 드물었지만 어떤 분란도 그가 나서면 모두 해소되었다. 살아 있는 부처님으로 불리는 그의 법력은 굳이 무공을 펼치지 않아도 사마들에게는 극성이었던 것이다.

그는 평생에 걸쳐 역근경과 세수경을 모두 터득했으며 소림 칠십이 종 절기를 집대성하여 소림 중흥의 기틀을 닦았다. 또한 절전되었던 금강 반야신공(金剛般若神功)을 대성해 도검불침의 법신을 이루었다.

30여 년 전 그는 최후의 정진을 위해 세상과의 관계를 끊고 참회동(懺悔洞)으로 뛰어들었다.

그의 생사에 대해서는 소림사에서조차 알지 못한다. 다만 그의 높은 세수를 감안해 이미 열반에 들어 성불한 것으로만 추정될 뿐이다.

금궁을 나선 일검향은 기계적으로 걸음을 옮겼다.

머릿속은 텅 빈 백지 상태였다. 어떤 충격도 감내할 수 있을 만큼 정신적인 수련을 쌓은 그였지만 이번의 충격은 너무도 컸다.

천불성승의 척살!

그의 능력으로 가능한지 불가능한지는 중요치 않았다. 무림의 성자인 천불성승의 척살은 염두에 두는 것만으로 불경한 일이기에 침투는 생각할 수조차 없었다.

'천불성승… 천불성승이 표적이란 말인가?'

그는 자신의 섣부른 약속을 절실하게 후회했다.

사부인 천사명왕의 명예를 건 맹세는 과도한 만용이었다. 벽력신군을 척살한 이후 자신도 모르게 자부심에 들떠 있었던 것이다. 그러나 이미 약속한 이상 철회할 수가 없었다.

절대 성공할 수 없는 척살임을 알면서도 가야 했고, 남겨진 누군가는 죽을 수밖에 없게 되었다.

청라선화가 선랑들과 함께 그를 에워싼 채 내궁의 한 전각으로 안내했다. 을화와 추가영이 연금돼 있는 전각이었다.

청라선화가 턱짓으로 전각을 가리켰다.

"내일 아침 선택할 기회를 주겠다. 한 명만 데리고 나갈 수 있다. 서툰 짓을 하면 너희 모두를 죽일 것이다."

그녀는 싸늘한 눈빛으로 그를 쏘아보고는 선랑들을 대동해 돌아섰다.

전각 앞에 선 일검향은 또다시 고뇌하지 않을 수 없었다.

과연 누구를 구할 것인가?

자신에게 주어진 척살이 불가능하다는 것을 감안한다면 남은 한 여인은 죽을 수밖에 없다. 따라서 누구를 구하느냐가 아니라 누구를 죽이냐의 문제였다.

을화, 추가영…….

과연 그가 누구를 죽일 수 있단 말인가.

을화는 그를 천예사원으로 이끌어주었으며 자객 수련 동안 암암리에 그의 생존을 지원해 준 은인이다.

또한 그녀의 아슬아슬한 유혹을 뿌리치면서 그에게는 친누이와 같은 존재가 되었다. 게다가 그가 진심으로 존경하는 천사명왕의 유일한 혈육이다. 그녀를 포기한다면 그는 죽어서도 원주인 천사명왕을 대할 수 없을 것이다.

추가영 역시 그가 결코 포기할 수 없는 소중한 여인이다.

성도에서의 첫 만남 때부터 그녀와는 묘한 인연이 얽혀져 있었다. 양소청을 납치했을 때는 죽이고 싶었지만 수월루주의 척살 때 보여준 그녀의 신뢰는 감동적이었다. 자신과 함께 죽겠다는 그녀의 의지는 천예사원의 동문과도 비견될 정도였다.

더군다나 요지선궁에 침투할 수 있었던 것은 그녀의 적극적인 지원이 있었기에 가능했다. 위험을 마다하지 않은 그녀의 신뢰는 우정 이상이었다.

자신에 대한 절대적인 믿음을 지닌 그녀를 포기한다는 것은 배신이다.

배신!

그가 가장 증오하는 배신 행위를 자신이 해야 한다는 것은 견딜 수 없는 고통이 아닐 수 없었다.

그가 선뜻 전각으로 들어설 수가 없었다.

고뇌(苦惱)…….

고뇌하고 또 고뇌하고 수백 번을 고뇌했지만 그는 어떤 결단도 내릴 수가 없었다.

어느 한 여인을 죽여야 한다는 현실이 이제 한 걸음 앞으로 다가왔다. 방문을 여는 순간 어느 한 여인에게 배신자가 되어야만 하는 것이 그의 운명이었다.

"아, 검향!"

추가영이 몸을 일으키며 반갑게 그를 맞이했다. 사르르 눈웃음을 치는 그녀의 모습이 아이처럼 순수했다.

일검향은 차마 그녀와 눈길을 마주할 수 없어 자연스럽게 고개를 돌렸다.

침상에는 을화가 기대앉아 있었다.

두 다리를 붕대로 칭칭 동여맸고, 얼굴 한쪽도 두터운 붕대를 둘렀다. 한쪽 눈을 잃은 그녀의 모습을 보는 순간 그의 가슴이 소름 끼치도록 저려왔다.

을화는 대뜸 쏘아붙였다.

"왜 이렇게 늦었어? 설마 그 요사한 계집과 붙어먹은 것은 아니지?"

일검향은 가슴이 뜨끔해졌다. 결코 떠올리고 싶지 않은 소운향과의 치욕적인 교접이 뇌리를 스치고 지나갔다. 그것은 무덤까지 가져가야 할 비밀이었다.

그는 침상 가에 걸터앉으며 애써 태연한 표정을 지었다.

"몸은 좀 어떻습니까?"

"다리 부상이야 회복되겠지만 평생 애꾸로 살아야 한다는 것이 속상해. 이런 몰골로 어떻게 다니지?"

"누님은 자객입니다. 애꾸면 어떻고 얼굴이 훼손됐으면 어떻습니까?"

을화가 그의 멱살을 덥석 쥐며 얼굴을 바싹 들이댔다.

"임마, 난 여자야. 자객이지만 여자라고! 네가 여자의 심정을 어떻게 알아?"

"……"

"이 니쁜 새끼!"

을화는 그를 홱 밀쳤다.

추가영이 그를 부축하며 다정하게 물었다.

"어떤 상황인지 말해봐요. 요지선자가 왜 우리를 죽이지 않은 거죠?"

"달리 속셈이 있었어. 내게 척살을 요구하더군."

"척살이요? 어쨌거나 자객에게 걸맞은 요구로군요. 검향이 척살에 성공해야 우리를 풀어준대요?"

"한 명을 먼저 보내주기로 했어."

추가영은 반색을 하며 을화를 돌아보았다.

"다행이군요. 그럼 을화 언니를 모시고 나가세요. 언니 성격에 연금 생활을 못 견딜 거예요."

"가영……."

"난 당신을 믿어요. 날 버리지는 않을 테니까요."

자신에 대한 절대적인 신뢰를 다시 한 번 확인하자 일검향은 또다시 진한 감동에 젖었다. 을화를 배제한 채 그녀를 먼저 데리고 나가고 싶었다.

을화는 잠시 고개를 갸웃거리다가 그를 가까이 불렀다.

"이리 앉아봐, 검향."

그가 침상 앞에 놓인 의자에 앉자 을화는 신중한 눈빛으로 그를 직시했다.

"솔직히 얘기해 봐. 대체 그 요사한 계집과 무슨 거래를 한 거야?"

"말씀드린 그대로입니다. 요지선자는 척살을 요구했고 난 누님과 가영 중 한 명을 먼저 풀어주는 조건으로 요구를 받아들였습니다."

"표적이 누구냐?"

"밝히고 싶지 않습니다."

"왜?"

"어차피 제가 해결해야 될 일입니다."

"그래서가 아니겠지."

을화는 붕대로 처맨 눈 부위를 매만졌다.

"요지선자는 천하구절 중 최강의 고수다. 그런 계집이 네게 척살을 의뢰했다면 표적은 절대고수일 것이다. 구절이나 천중육기에 해당되는 자가 분명해. 내 말이 맞지?"

경험이 풍부한 자객답게 그녀의 직감은 지극히 예리했다.

표적에 대한 추측은 거의 근사치에 가까웠다. 다만 그녀도 이미 인간 한계를 초월한 천상삼비 중 일인이 표적이리라고는 꿈에도 생각지 못했다.

일검향은 조용히 고개를 끄덕였다.

"맞습니다. 쉽지 않은 표적입니다."

을화는 자신의 직감을 확신하며 냉소를 쳤다.

"가증스런 계집. 대체 무슨 의도인지 모르겠군."

"요지선자도 은천마국의 협력자입니다. 마국에 대한 충성심을 인정받기 위함이겠지요."

을화는 베개를 받친 채 편안히 기대앉았다.

"가영을 데리고 나가. 너도 알다시피 이것은 우리 천예사원의 문제다. 날 구출하기 위해 함께 침투한 것만으로 솔직히 부담스럽다. 내가 저런 계집애한테 도움을 받았다는 것이 부끄러워. 당장 데리고 나가."

추가영이 펄쩍 뛰며 반박했다.

"말도 안 되는 소리 말아요. 언니 성깔에 이곳에서 하루라도 견딜 수 있을 것 같아요? 난 지내는 데 아무 문제가 없으니 언니를 모시고 나가세요. 언니는 지금 위중한 환자라고요."

"이년아, 내가 무슨 위중한 환자야? 하룻밤 푹 자고 자면 내일 당장 뛰어다닐 수 있을 정도다. 네가 뭔데 우리 천예사원의 일에 개입하는 거냐? 내가 인질이 되는 것이 당연해.”

“검향한테 얘기 많이 들었어요. 친누님처럼 생각한다고 하더군요. 언니가 연금돼 있게 되면 검향이 척살을 하는 데 무척 부담이 될 거예요. 검향을 위해서라도 언니가 나가셔야 합니다.”

“쬐그만 게 어디다 말대꾸야? 네가 천예사원 소속이 아닌 것을 다행으로 생각해. 만일 동문이었다면 넌 하극상으로 벌써 죽었어!”

두 여인이 쏟아내는 격한 외침을 일검향은 묵묵히 듣고만 있었다.

그에게는 선택권이 없었다.

아니, 누구도 선택할 수 없기에 두 여인의 설전(舌戰)에 전혀 관여할 수가 없었다. 할 수만 있다면 한 명의 분신을 만들어놓고 두 여인과 함께 출궁하고 싶었다.

그러나 팽팽하게 맞선 두 여인의 설전은 한 치의 양보도 없었다.

을화가 부상을 당했기에 망정이지 멀쩡한 몸이었다면 악착같이 대드는 추가영을 흠씬 패주었을 것이다.

일검향은 지그시 눈을 감은 채 생각에 잠겼다.

사실 누구를 데리고 나가느냐는 그가 결정해야 할 몫이었다.

그가 처한 현실은 누구를 죽이냐가 아니었다. 어차피 그는 돌아오지 못할 척살을 결행해야 할 상황이었다. 그는 척살 도중 죽을 것이고 실패가 알려질 경우 남아 있는 인질도 죽게 된다. 결국 그는 누가 자신과 함께 죽느냐를 선택해야 했다.

함께 죽을 여인…….

생각에 여기에 미치자 그는 비로소 고뇌의 바다에서 헤어나올 수 있었다.

“그만둬!”

엄한 외침에 을화와 추가영은 눈을 동그랗게 뜬 채 그를 바라보았다.

일검향은 추가영의 손목을 쥐었다.

"잠시 나가자."

추가영은 정색을 하며 고개를 흔들었다.

"싫어요. 난 이곳에서 검향을 기다리겠어요. 부상이 심한 언니를 두고 어떻게 떠날 수 있겠어요? 그리고 당신도 이럴 수는 없어요. 언니의 구출이 목적이었으니 일단 한 가지 목적은 완수해야 합니다."

"따라와."

일검향은 그녀의 거부를 무시한 채 손목을 잡아끌고 침실을 나갔다.

을화가 큰 소리로 외쳤다.

"잘 생각했어, 검향! 올바른 선택이다. 우리 천예사원의 명예가 걸린 문제야. 추가영을 인질로 잡혀둔다는 것은 치욕이다. 만일 이런 사실이 공개되면 우리 모두는 칼을 물고 자결해야 돼!"

그녀는 자신의 의지가 반영되었다는 생각에 뿌듯한 긍지를 느꼈다.

그러나 가슴 한편으로는 꽤씸하다는 생각이 들었다. 일검향과는 팔 년을 함께 지내온 사이였다. 물론 수련 초기에는 그저 지켜보기만 했지만 중반서부터는 매일같이 몸을 부대끼며 지내왔었다.

게다가 일검향이 천살자객으로 임명된 후에도 여러 차례 함께 출동히면서 생사의 문턱을 드나들었다. 한때는 그가 사내로 보여 노골적으로 유혹을 하기도 했지만 이제는 친동생처럼 부담없는 사이가 되었다.

한데 그가 자신을 저버리고 추가영을 선택했다.

갑작스럽게 밀려드는 서운함에 그녀는 입술을 곱씹으며 씨근거렸다.

"매정한 새끼, 어떻게 작별 인사 한마디 없이 떠날 수 있는 거야? 이래서 사내놈들은 어쩔 수 없다니까!"

입맞춤은 격렬했다. 일검향은 추가영을 꼭 안은 채 열정적으로 입술을 탐닉했다.

추가영은 숨이 막혔지만 짜릿한 쾌감에 몸을 떨었다. 그동안 두 번의 입맞춤이 있었지만 모두 그녀의 흥에 겨운 일방적인 감정 표현이었다. 한데 이번에는 그가 먼저 그녀에게 애정을 표시했다.

그녀는 이제야 서로의 마음이 열렸음을 확신했다. 그의 적극적인 입맞춤은 그녀의 방심을 활짝 여는 결정적인 계기가 되었다.

어디선가 그윽한 매화 향기가 풍겨왔다.

입술을 뗀 일검향은 그녀의 얼굴을 부드럽게 어루만졌다.

"기다려 줄 수 있지?"

"물론이에요."

"아무래도 누님을 모시고 나가야 할 것 같아."

"당연히 그래야지요. 전 진심으로 그러기를 원했어요."

일검향은 다시 한 번 그녀를 부둥켜안으며 볼을 비볐다.

"사실… 돌아오지 못할 가능성이 너무 커. 누군가 인질로 남게 되면 무참한 죽음을 맞게 될 것이기에 선뜻 결정을 내릴 수가 없었어."

"검향, 두려워하지 말아요. 저 역시 두려워하지 않겠어요."

"가영……."

"우리가 만난 지는 몇 번 되지 않았지만 난 당신을… 좋아해요. 그냥 좋아하는 게 아니라… 진심으로 사랑해요."

일검향은 아픔이 깃든 눈빛으로 그녀를 응시했다.

"왜 하필 나 같은 자객을……."

"자객도 인간이라고 당신이 말하지 않았던가요? 저 역시 하찮은 인간사냥꾼일 뿐이에요."

"이게 우리의 마지막일 수도 있어."

추가영은 두 손으로 그의 얼굴을 더듬었다.

"당신이 어디에 있든… 제가 함께 있어요. 그것만 기억해 주세요."

그녀의 실눈에 눈물이 가득 고였다. 하지만 그녀는 끝내 눈물을 흘리지 않았다.

일검향은 그녀의 손을 뜨겁게 감싸 쥐었다.

"가영, 당신한테 약속하겠어. 반드시 돌아올게."

추가영은 애써 밝은 미소를 지었다.

"어서 들어가 봐야죠. 언니가 저를 데리고 떠난 줄 알고 몹시 상심하실 거예요."

"아마 그럴 거야."

일검향은 다시 한 번 그녀를 포옹하고는 전각 안으로 들어섰다.

베개에 얼굴을 묻고 있던 을화가 깜짝 놀라 고개를 들었다. 그녀는 눈을 동그랗게 뜨며 그를 올려다보았다.

"너… 떠나지 않은 거야?"

"울고 있었소?"

일검향이 실소를 짓자 을화는 손등으로 눈가를 훔쳤다.

"새끼야, 울기는 누가 울어? 다친 눈 때문에 아파서 그런 거야."

"갑시다."

일검향은 다짜고짜 그녀를 들쳐 업었다.

"뭐, 뭐야?"

"가영한테 양해를 구했습니다. 그녀 말대로 누님의 구출이 목적이니한 가지는 완수를 해야겠습니다."

"미쳤어? 어서 내려놔!"

"이미 결정된 사항입니다. 누님이 요지선궁에 연금돼 있게 되면 내가 마음이 편치 않습니다. 분명 싸움을 벌일 테니 내가 임무에 집중할 수가 없게 됩니다."

을화는 그의 어깨를 사정없이 내려쳤다.

"가영을 어쩔 거냐? 너한테는 가영이 더 소중하잖아? 그 계집애가 널 얼마나 사랑하는 줄 알기나 해?"

"압니다."

"안… 다고?"

"제게는 누님도 소중합니다."

"너, 지금 날 동정하는 거냐? 마음은 가영에게 있으면서 날 불쌍하게 생각하는 거냐고!"

"누님, 절 친동생처럼 생각한다면 제 결정을 존중해 주십시오."

일검향은 손을 등 뒤로 돌려 그녀의 수혈을 짚었다. 혈도가 짚인 그녀는 맥없이 그의 등에 얼굴을 묻었다.

추가영은 어디서 구했는지 손에 피풍의를 쥐고 있었다. 일검향이 섬돌을 밟고 내려서자 그녀는 을화의 등에 피풍의를 덮어주었다.

"어서 가세요."

일검향은 영원한 이별이 될지도 모르기에 그녀의 얼굴을 오래도록 응시하며 뇌리에 새겨두었다.

추가영은 떠나는 그의 발걸음을 가볍게 해주기 위해 끝내 눈물 한 방울 흘리지 않았다. 그저 서글픔이 물씬 묻어 나오는 눈빛으로 눈길을 마주할 뿐이었다.

일검향은 지그시 이를 깨물며 결연한 한마디를 남겼다.

"돌아올게."

그는 을화를 단단히 업고는 내궁 성문을 향해 달려갔다. 그의 모습은 이내 어두운 수림 속으로 사라졌다.

추가영은 갑작스럽게 서러운 외로움을 느꼈다.

그가 영원히 돌아오지 못할 것이라는 불길한 예감이 가뜩이나 나약해진 그녀의 가슴을 옥죄었다. 결국 참고 참았던 눈물이 왈칵 쏟아졌다.

"흑……!"

그 자리에서 주저앉은 그녀는 두 손으로 얼굴을 가리며 설움에 찬 울음을 터뜨렸다.

"흑흑, 검향……!"

겉으로는 강인한 모습을 보였지만 그녀는 풍부한 감성을 지닌 여인이었다.

그녀는 혼자 남겨진 것이 두려웠다. 그가 돌아오지 않을까 두려웠고, 자신이 버려지는 것은 아닌지 두려웠다. 하지만 그런 그녀를 지탱해 준 것은 그를 향한 지순한 연정이었다.

그녀의 심장보다 만 배는 더 큰 사랑…….

그녀는 자신이 한 사내를 위해 죽음조차 두려워하지 않는 순정의 여인이 되리라고는 생각해 본 적이 없었다. 오히려 그런 여인을 한심하게 여기며 조소했던 그녀였다. 한데 그녀 자신이 조소를 던졌던 한심한 여인이 되고 만 것이다.

그런 추가영을 지켜보는 눈빛은 매서웠다. 은은한 질투가 깃들인 눈빛을 발하는 여인의 입가에는 싸늘한 미소가 맺혀 있었다.

요지선자 소운향이었다.

'훗, 네년 덕분에 즐거운 고민을 갖게 되었구나. 일검향이 소림에서 죽었다는 풍문이 날아들면 네년을 어떻게 죽일지 깊이 생각해 봐야겠어.'

그녀는 어두운 밤하늘로 시선을 들었다.

별을 직시하는 그녀의 눈빛이 의외로 진지했다. 잠시 전까지 추가영을 질투하는 속 좁은 계집의 눈빛이 아니었다. 깊은 고뇌를 담은 눈빛은 세상을 우려하는 일문의 종사로서 부족함이 없었다.

그녀는 자신이 내린 중대한 결정이 과연 현명한 방법이었는지 다소 후회가 되었다.

'아, 과연 그가 참회동에 무사히 잠입해 성승을 뵐 수 있을까?

第32章

명예는 지켜져야 한다

일검향은 빠른 속도로 육반성을 향해 달려가고 있었다. 좌상비와의 일초 격돌로 가볍지 않은 내외상을 입었지만 그의 회복 능력은 상상을 초월할 정도였다.

오성에 이른 여의심결 덕분이었다.

십이경락을 타고 흐르는 그의 진기는 호신강기와 같은 효능을 지녀 웬만한 충격을 막아주고 부상을 급속히 회복시켜 주었다. 덕분에 요지선궁의 좌상비와 같은 초일류 고수와 정면 대결을 펼치고도 우세를 점할 수 있었던 것이다.

일검향은 고개를 돌려 을화를 살폈다.

수혈이 짚힌 을화는 그의 등에 기대어 깊이 잠들어 있었다. 요지선궁을 벗어나서인지 아주 편안해 보였다.

그는 일단 육반성 객잔에 들러 자청검을 찾은 후 춘추봉으로 귀환할 계획을 세웠다. 가는 도중 을화가 깨어나면 분명 표적이 누구인지 캐물을 것이기에 가상의 인물을 생각해 두는 것도 약간의 고민거리였다.

'누가 좋을까? 누님의 의심을 사지 않으려면 상당한 고수여야 하는데……'

문득 그는 아주 적합한 인물을 떠올렸다.

'그래, 공공신도가 좋겠군.'

그가 생각해도 아주 적절한 가공의 표적이었다.

공공신도가 요지선궁에 침투해 현상금이 걸렸다는 것은 널리 알려진 사실이었다. 요지선자가 그를 죽이지 못해 안달이기에 그에 대한 척살 의뢰는 당연하다 할 수 있었다.

'훗, 엽 노인에게는 미안한 일이지만 누님이 의심할 일은 없겠군.'

동녘으로 여명이 밝아오고 있었다.

육반수는 여섯 줄기 물줄기가 휘감은 지역이라 물안개가 잦았다. 희뿌연 물안개가 습지를 통해 스멀스멀 피어오르고 있었다.

일순 그의 감지 기능이 발동되었다. 물안개 속 어딘가에 숨어 있는 두 명의 존재를 간파해 낸 것이다.

"……?"

신형을 멈춘 일검향은 피풍의를 바싹 조여 을화가 떨어지지 않도록 동여맸다.

수중에 지닌 병기가 없기에 그는 손에 잡히는 대로 버드나무 가지를 하나 꺾어 들었다. 하늘거리는 버드나무 가지라도 그의 손에 쥐어지면 강력한 병기가 된다.

일순 잠복해 있던 두 사람이 빠른 속도로 날아들었다.

일검향은 버드나무 가지에 진기를 주입시켜 목검으로 변화시켰다.

이 장 이내로 접근한 순간 쾌검으로 승부를 낼 요량이었다.

한데 귀에 익은 음성이 앞서 들려왔다.

"사살, 날세."

일검향은 경각심을 해소하며 버드나무 가지를 늘어뜨렸다. 그를 사살로 호칭할 사람은 천예사원의 동문들뿐이었다. 과연 물안개 속에서 모습을 드러낸 두 사람은 갑영과 계도였다.

일검향은 크게 안도하며 포권을 취했다.

"두 분 형님께서 오실 줄은 몰랐습니다."

계도가 다가서며 그의 등에 업힌 사람을 살폈다. 을화를 본 계도는 밝은 웃음을 터뜨렸다.

"오, 무사히 구출했구나! 을화를 구해냈어!"

계도는 일검향의 손을 덥석 쥐었다.

"검향, 자네가 존경스럽네. 절이라도 올리고 싶은 심정이야."

"과찬이십니다."

"아니야. 자네야말로 최고의 자객일세. 과연 누가 금역인 요지선궁으로 뛰어들어 을화를 구출해 올 수 있겠는가?"

칭찬을 아끼지 않던 계도는 갑영이 옆으로 다가서자 얼른 손을 모았다.

"죄송합니다, 대살 형님. 형님을 무시할 생각은 없었습니다."

갑영은 전혀 개의치 않고 일검향의 등에 업힌 을화의 머리카락을 쓸어주었다. 평소 무심하기만 한 그의 입가에 희미한 미소가 감돌았다.

"애썼다."

간단한 한마디였지만 노고를 치하하는 훈훈함이 느껴졌다.

갑영은 을화의 눈 부위를 동여맨 붕대를 매만졌다.

"다쳤구나."

"예. 한쪽 눈을 잃었습니다."

"실패한 자객으로서 그만한 대가는 치러야 했었겠지."

"두 다리의 부상도 심합니다. 다행히 회복은 가능할 것 같습니다."

계도가 등을 들이댔다.

"내가 업고 가겠네. 이참에 을화의 탱탱한 볼기짝이나 실컷 주물러야겠어. 하하!"

일검향은 싱긋 웃음을 짓고는 그의 등에 을화를 업혀주었다.

계도가 공연히 흰소리를 했다.

"이런 계집애! 왜 이렇게 무거워졌어?"

갑영이 차분한 눈빛으로 일검향을 응시했다.

"달리 계획이 있느냐?"

"일단 육반성에 있는 객잔에 들러 자청검을 찾아야 합니다."

일검향은 잠시 주저하다 말을 이었다.

"한 가지… 해결해야 할 일이 있습니다."

"알겠다."

무언가를 감지한 갑영이 계도를 돌아보았다.

"자네 먼저 귀환하게."

"저 혼자 말입니까?"

"난 검향과 함께 가겠네."

계도는 다소 의아한 표정을 지었지만 대살의 지시였기에 복종할 수밖에 없었다.

"알겠습니다."

그는 일검향을 향해 고개를 끄덕여 보였다.

"속히 오게나, 사살. 내 비전의 요리법을 전수하겠네."

"예, 형님."

계도가 물안개 속으로 사라지자 갑영이 신중한 표정으로 물었다.

"너 혼자 요지선궁으로 잠입해 을화를 구출한 것이냐?"

"실은……."

일검향이 사실을 밝히려 하자 갑영이 몸을 돌렸다.

"검을 찾아야 하니 일단 육반성으로 가자."

2

한 척의 조각배가 물결을 따라 천천히 흘러가고 있었다. 배 안에는 두 사람이 마주 앉아 있었다.

갑영은 무심하게 물가의 갈대를 바라보며 듣기만 했다.

일검향은 추가영을 만나 함께 침투한 과정과 을화를 구출하게 된 경위를 소상하게 보고했다. 가장 난처한 보고는 소운향과의 교합이었다. 하지만 그는 부끄러움을 무릅쓰고 사실대로 털어놓았다.

그가 얼굴을 붉히자 갑영이 처음으로 반응을 보였다.

"자책할 것 없다."

짤막한 위로였지만 일검향은 적이 마음을 놓을 수 있었다. 이어서 그는 소운향의 처살 의뢰를 받아들여 을화를 데리고 나올 수 있었음을 고했다. 하지만 표적이 누구인지는 차마 밝힐 수가 없었다.

보고를 모두 들은 갑영이 예리한 눈빛으로 그를 직시했다.

"냉정하게 판단하면 네가 추가영을 데리고 나왔어야 옳았다. 연후 의뢰받은 척살을 완수해 을화를 구하는 것이 순서야. 네가 추가영을 인질로 삼은 것은 배신에 가깝다."

"가영은… 죽게 될 겁니다. 저 역시 척살에 실패할 겁니다. 누님을 차마 죽게 내버려 둘 수가 없었습니다."

"그렇다면 너에게 헌신적인 도움을 준 가영이 죽어도 좋단 말이냐?"

일검향은 무리를 지어 날아가는 새 떼를 올려다보았다.

"가영은 저를 사랑합니다. 저 역시 가영을 사랑합니다. 함께 죽는 것이 두렵지 않기에 가영을 남겨둘 수밖에 없었습니다."

"……."

"형님께서 헤아려 주십시오."

"난 여인을 사랑한 적이 없기에 네 심정을 모르겠다. 그렇게 소중한 여인이라면 을화에 앞서 살려야 하는 것이 도리가 아니더냐?"

"제가 죽으면 가영은 스스로 목숨을 끊을 여인입니다. 어차피 그녀가 죽게 될 상황이라면 누님이라도 구해야겠다고 판단했습니다."

갑영은 호리병을 집어 들고 술을 한 모금 들이켰다.

"납득하기 어렵지만 네 판단을 믿는다. 한데 대체 표적이 누구이기에 시도도 하기 전에 실패를 인정하는 것이냐?"

"……."

"벽력신군을 척살한 너다. 자객으로서의 너의 능력은 이미 나를 능가할 정도다. 네가 정 자신이 없다면 내가 나서겠다."

일검향이 정색을 지으며 반박했다.

"안 됩니다. 제가 맡은 청부입니다. 또한 이번 척살은 천예사원의 임무와 무관한 제 사적인 일입니다."

"가영 덕분에 을화를 구할 수 있었다. 이제 가영을 구출하는 것이 우리 천예사원에서 취할 도리다. 네 사적인 문제가 아니야."

“어쨌든 제가 해야 합니다.”

“표적이 누구냐?”

“표적은… 소림에 있습니다.”

일순 갑영의 눈빛이 급속도로 빛을 발했다.

“설마 천불성승?”

일검향은 차마 입술을 떨어지지 않았다.

침묵은 곧 시인.

좀처럼 동요하지 않는 갑영조차 충격을 받은 듯 한동안 말문을 열지 못했다. 무심했던 눈빛이 화살처럼 강렬했기에 일검향은 차마 마주 응시할 수가 없었다.

유유히 흐르는 물소리,

갈대 숲에서 들려오는 풀벌레 소리,

하천 변 수림에서 들려오는 맑은 새소리…….

두 사람은 오랜 시간 침묵을 지켰다.

갑영은 눈을 반개한 채 하늘을 응시했고 일검향은 넘실거리는 강물만 바라보았다.

두 사람 모두 당대 최고의 자객 반열에 올라 있기에 이번 척살에 의한 파장이 얼마나 엄청난 것인지 잘 알고 있었다.

자객은 무림이 형성되기 이전부터 존재해 왔던 전문 살수들이다. 그들에 의한 살인은 하루에도 여러 곳에서 자행되고 있다. 당연히 지탄받아 마땅한 자들이며 혐오의 대상이다.

그러나 어떤 문파도 자객을 상대로 싸움을 벌인 적이 없었다.

자객의 존재가 워낙 바람과 같아 찾아내기가 힘든 것도 이유였지만, 대다수 강호인들이 자객의 존재 가치를 인정하기에 보복을 벌이지 않았기 때문이다.

자객은 약육강식의 무림계에서 약자가 강자를 상대로 복수할 수 있는 유일한 대안이었다.

무력을 앞세운 자들에게 짓밟힌 약자들의 원한과 눈물을 씻어줄 수 있는 의협은 그리 많지 않다. 입으로만 강호 정의를 부르짖을 뿐 정작 목숨을 걸어야 할 싸움 앞에서는 외면을 하는 경우가 대부분이다.

도적들에게 겁탈당하는 아내를 목격한 자, 부모의 원수를 눈앞에 두고도 복수를 할 수 없는 자, 강자의 횡포에 형제자매를 잃은 자, 위선자의 모략에 명예를 잃은 자…….

그들이 피맺힌 원한을 통쾌하게 복수할 수 있는 방법은 오직 하나뿐이다.

살인 청부.

물론 자객 세계에서도 나름대로의 엄격한 규칙이 있기에 과도한 집단 살인과 잔혹한 살인은 엄격히 규제한다.

그것이 사람을 죽이는 자들이 지켜야 할 최소한의 도리였다. 하기에 그들은 세인들의 지탄과 분노 속에서 이슬이슬한 생존을 유지해 올 수 있었던 것이다. 또한 자객 단체들은 나름대로 금살명부(禁殺名簿)을 작성해 두고 있다.

절대 죽일 수 없는 사람들, 그리고 절대 죽어서는 안 될 사람들의 명단이 바로 금살명부다.

각 자객 단체마다 금살명부에 오른 사람들의 명단이 조금씩 다르지만 몇 사람은 모든 금살명부 공통적으로 이름이 올라 있다.

그중 대표적인 세 사람이 천상삼비.

천지성후는 이미 타계한 사람이기에 지워졌지만 천불성승과 천맹무

선은 금살명부의 맨 윗줄에 기재돼 있다.

그들은 정사를 막론하고 100년 내 가장 존경받은 성자들이기에 어느 누구도 넘볼 수 없는 불가침의 존재다. 당연히 그들에 대한 척살을 의뢰하는 것조차 금기시되었고 자객 단체들도 척살 의뢰를 받은 적이 없다.

만일 누군가 의뢰를 하거나 척살을 결행하는 자객 단체가 있다면 그들은 즉시 무림의 공적으로 몰리게 된다. 의뢰자는 반드시 추살되며 척살에 나선 자객 단체 역시 자객 세계의 자체적인 정화 작업에 의해 몰살을 면치 못할 것이다.

그것이 갑영의 고뇌였다.

일검향의 무모한 척살로 인해 향후 천예사원은 전 자객 단체들의 표적이 된다. 천예사원 자객들은 더 이상 자객 중의 자객이라는 우대를 받을 수 없고 추악한 암살자로 몰리게 될 것이다.

물결을 따라 흐르던 조각배가 완만한 모래톱에 걸렸다.

갑영은 훌쩍 몸을 날려 하천 가로 내려섰다.

"따라오너라."

일검향은 무거운 심정으로 그를 뒤를 따랐다.

두 사람은 나란히 걸음을 옮겼다.

갑영의 승인을 기다려야 할 일검향으로는 초조하기만 했다. 갑영은 천예사원의 원주에 해당되는 대살의 신분이라 그의 결정은 절대적이었다. 거부는 곧 항명이기에 반도로 낙인이 찍히게 된다.

마침내 오랜 숙고 끝에 갑영이 입을 열었다.

"척살을 철회해라."

"형님……?"

"자객들이 가장 중시해야 하는 것이 약속이다. 의뢰받은 척살은 어떤 위험이 따르더라도 반드시 수행해야 한다. 하지만 이번 살인 청부는 예외다. 거기에는 세 가지 이유가 있다."

"……."

"첫 번째, 천불성승은 금살명부에 이름이 올려진 무림성자다. 원주님께서 천예사원을 창건하면서 작성한 금살명부의 명단 첫 줄에 올려진 세 사람이 바로 천상삼비다. 만일 네가 척살을 고집한다면 너는 원주님의 뜻을 거스르는 반도가 된다."

일검향은 조용히 고개를 숙였다.

"알고 있습니다."

"두 번째, 이번 청부는 음모의 냄새가 짙다. 우리 천예사원을 무림의 공적으로 몰아 완전히 제거하겠다는 의도일 수 있다."

"그럴 가능성도 생각해 보았습니다."

"세 번째, 천불성승의 척살은 절대 성공할 수 없다. 넌 참회동에 이르기도 전에 죽게 될 것이다. 요지선자가 너를 직접 죽이지 않은 것은 천예사원의 보복을 우려해서일 거다. 즉, 너를 소림으로 보내 죽이려는 차도살인지계라 할 수 있다."

"아직 거기까지는 생각지 못했습니다."

갑영은 수림으로 둘러싸인 넓은 공터에 이르자 걸음을 멈추었다.

"순수하지 않은 청부에 연연할 필요 없다. 네가 거부한다 해도 자객으로서의 명예가 훼손되지 않는다. 가영은 우리 천예사원의 힘을 총동원해서 반드시 구출해 주겠다."

"형님, 저는 청부를 받기 전에 경솔한 맹세를 했습니다. 외람되게도 원주님의 명예를 걸었습니다."

"……!"

"사부님의 명예는 존엄합니다. 그것을 지키지 못한다면 저는 천예사원의 자객으로 남아 있을 자격이 없습니다."

일검향은 무릎을 꿇으며 간곡하게 청했다.

"요지선자는 지극히 강한 고수입니다. 천예사원의 현 전력으로는 결코 요지선궁의 성문을 돌파할 수 없습니다. 또한 가영 때문에 다른 동문들이 희생되는 비극을 원치 않습니다. 가영을 끌어들인 사람도 저고, 가영을 요지선궁에 남겨둔 사람도 접니다. 저와 가영을 위한 최상의 선택은 제가 소림으로 가는 겁니다. 윤허해 주십시오."

"검향, 자객에게 있어 죽음은 무의미하기에 너의 죽음을 우려하지 않는다. 최선을 다한 임무를 수행하다 죽는다면 그 자체가 명예다. 하지만 천불성승의 척살은 모든 자객들에게 금기시되어 있었기에 명예도 얻을 수 없다."

"전 아무것도 바라지 않습니다. 사부님의 명예를 걸고 약속했기에 가야만 합니다."

갑영은 지그시 이를 물었다.

천예사원 자객들에게 있어 천사명왕의 존재는 절대적이었다. 그의 가르침은 그들의 정신이었으며, 그의 제자라는 사실에 자부심과 긍지를 지닐 수 있었다.

그는 이미 의연하게 산화했지만 그들의 가슴속에는 여전히 살아 있었다. 살아남은 자객들이 천예사원의 재건에 주력하는 것도 오로지 사부인 천사명왕에 대한 절대적인 존경심과 명예 회복을 위해서였다.

천사명왕의 명예를 건 약속!

갑영은 흔들리지 않을 수 없었다. 그는 천사명왕의 수제자와 같은 위치였기에 사부의 명예를 더욱 중시했다.

그가 대살의 직권으로 청부 중단을 강요하지 못하는 것도 그 때문이었다. 사부의 명예를 지키려는 일검향의 의지가 내심 가상했던 것이다.

결국 그는 중대한 결단을 내렸다.

"일어나라, 검향."

"허락해 주신다면 일어나겠습니다."

갑영은 일검향의 어깨를 감싸 쥐었다.

"오냐, 모든 것을 잃더라도 사부님의 명예를 잃을 수는 없다. 이것이 천예사원을 책임지는 나 대살의 의지다."

일검향은 감격의 눈빛으로 그를 응시했다.

"형님……."

"불가능한 척살이지만 일 푼의 가능성이라도 찾아보겠다. 그런 희망도 없는 척살은 무의미한 자살 행위일 뿐이니까."

갑영은 비교적 호의적인 미소를 머금었다.

"솔직히 내가 나서고 싶은 심정이다. 보름 후 숭산에서 만나자."

3

꽃의 향기와 달콤한 꿀은 벌과 나비를 불러들인다.

요지선궁의 내궁 정원은 선계(仙界)라는 이름이 무색하지 않았다. 수백 가지 기화요초가 색깔별로 잘 어우러져 있었고 기이한 형태의 정원수가 절로 감탄을 자아내게 만들었다.

푸르른 송림 위에는 백로가 떼 지어 춤을 추었고 연못 위에는 다정한 원앙이 유유히 헤엄을 치고 있었다.

연못가에 세워진 누각 또한 작품이었다. 희고 푸른 대리석 계단이 번갈아 깔려 있어 화려하면서도 산뜻했다.

누각 난간에 서서 정원을 감상하는 여인은 산뜻한 누각만큼 상큼한 용모의 소유자였다.

"아, 정말 아름다운 곳이야."

절로 눈웃음치는 실눈이 사뭇 매력적이다.

그녀는 다름 아닌 대백랑 추가영이었다. 워낙 낙천적인 성격인 그녀라 연금을 당하고 있는 와중에도 불안해하거나 초조한 모습은 보이지 않았다.

그녀는 요지선자에게 사흘 동안 졸라 내궁에서 자유로운 행동을 보장받은 후로는 마치 자신의 집처럼 내궁 곳곳을 돌아다녔다.

요지선궁의 제자들은 처음 그녀의 이런 행동을 괘씸하게 여겼지만 그녀의 스스럼없는 성격 탓인지 이틀이 지나지 않아 서로 웃으며 인사를 나눌 만큼 친한 사이가 되었다.

선랑들은 오히려 그녀의 가련한 신세를 동정하였다.

사내를 쫓아 함께 잠입했다가 버림받은 신세로 생각하고 있었던 것이다. 또한 그녀가 머지않아 참형을 받아 죽게 될 것이라는 은밀한 얘기를 들은 후부터는 기꺼이 화장품과 장신구를 선물하기도 했다.

이제는 적이 아닌 친구가 된 것이다.

추가영은 누각의 기둥에 기댄 채 물끄러미 연못을 바라보고 있었다.

서로의 깃털에 부리를 비비는 다정한 원앙의 모습은 보기에도 아름다웠다. 어린 새끼들을 대동한 채 나들이를 나선 물오리 떼의 행진은 활기찼고, 수면 위를 비행하는 날벌레를 향해 솟구치는 비단 잉어의 먹이 사냥은 예술적인 그림이었다.

그녀는 그렇게 모든 것을 즐기며 시간을 보내고 있었다.

처음에는 매일같이 날짜를 꼽았지만 그것은 너무도 무의미한 기다림이었다. 떠나간 사람에 대한 그리움은 가슴속에 묻어두는 것으로 충분했다.

그녀가 선랑들과 어울려 함께 정원을 가꾸고 청소를 하는 것도 느리게만 가는 시간을 흘려보내기 위한 방편이었다.

이때 옷자락이 끌리는 소리와 함께 누각 안으로 요지선자 소운향이 들어섰다. 그녀가 내궁을 나서 추가영과 자리를 같이하기는 처음이었다.

그녀는 난간에 걸터앉으며 느긋하게 팔짱을 꼈다.

"넌 정말 특별한 아이로구나. 버림을 받았는데도 전혀 슬퍼하지 않아."

"내가 왜 버림을 받았다는 거죠?"

"그는 돌아오지 않는다. 그가 동문인 을화를 데리고 간 이상 넌 사용 가치가 없는 폐물이 된 건지."

매서운 비아냥거림에도 추가영은 태연하게 응수했다.

"궁주는 누구를 사랑해 본 적이 있어요?"

"……?"

"나도 누군가를 절실히 사랑하리라고는 전혀 생각지 못했죠. 하지만 사랑이라는 것이 정말 벼락처럼 찾아오더군요."

추가영이 감상에 젖은 모습을 보이자 소운향이 싸늘한 조소를 머금었다.

"호홋, 사랑? 냉혈의 자객이 사랑이 뭔지 알겠어? 내가 보기에는 너의 한심스런 짝사랑일 뿐이다."

"지금 질투하는 거죠? 금남의 세상에서 살아온 궁주가 사내에 대해 제대로 알기나 하겠어요?"

"앙큼한 것. 이미 일검향에게 얘기를 들었을 텐데 날 떠보려는 것이냐?"

"무슨 얘기를 들었다는 거죠?"

소운향은 팔짱을 낀 채 천천히 난간을 따라 걸음을 옮겼다.

"이런, 전혀 얘기를 하지 않았나 보군?"

"뭔데요?"

"일검향은 떠나기 전에 나와 뜨거운 관계를 가졌다. 물론 을화를 풀어주는 조건으로 말이야."

추가영은 냉소를 치며 외면했다.

"거짓말! 내가 그따위 거짓말에 동요할 줄 알아요?"

"믿고 안 믿고는 네 자유다. 내게는 정말 잊지 못할 강렬한 추억이지. 자객의 피가 그렇듯 뜨거운 줄은 처음 알았어."

소운향은 난간을 따라 걸음을 옮기며 그녀와 가까이 마주 섰다.

"넌 그와 잠자리를 가진 적이 없지?"

"이… 있어요. 두 번."

"호호, 날 속일 생각 마. 넌 아직 백신의 몸이야. 너와 살을 섞지도 않은 그가 과연 다시 돌아올까?"

"그 사람은 약속했어요. 약속은 반드시 지키는 사람이에요!"

추가영이 강하게 반박하자 소운향은 그녀의 동요를 한껏 즐겼다.

"호호, 내가 장담하지. 그는 절대 안 돌아와. 아니, 미련하게도 무모한 척살을 고집한다면 절대 돌아올 수 없어. 아마 소림에서 뼈를 묻게 되겠지."

"소림이라고요?"

"오, 이런! 표적이 누구인지 여태 모르고 있었던 거냐?"

"……."

"그래서 이렇게 태평했군. 일검향이라면 누구라도 척살할 수 있다고 자신했던 거야. 하지만 그를 죽이는 것은 불가능해. 참회동에 접근하는 것조차 허락되지 않을 테니까."

추가영의 눈이 한껏 벌어졌다. 얼굴에 핏기가 가시며 백지장처럼 창백해졌다.

"참회동? 서… 설마……?"

"인간사냥꾼 출신이니 너도 그곳이 어떤 곳인지 잘 알고 있겠지? 그리고 그 안에 누가 있는지도 말이야."

"처… 천불성승?"

그녀의 입술을 파르르 떨렸다.

소운향은 잔인하게 그녀를 벼랑 끝으로 몰고 갔다.

"일검향이 생각이 있는 자라면 절대 청부에 응하지 않을 것이다. 결국 너만 버림받은 꼴이 된 거지. 안 그래? 호호호!"

추가영은 그녀를 향해 일권을 내질렀다.

"이 사악한 년!"

소운향은 스르르 미끄러지며 그녀의 권공을 간단히 피해냈다.

추가영은 격한 분노에 젖어 마구 주먹을 휘둘렀다.

"죽일 거야— 죽여 버리겠어, 이 교활한 계집!"

"호호호!"

소운향은 뒷짐을 진 채 흐느적거리며 그녀의 권공을 교묘하게 무산시켰다.

위낙 현격한 무공의 차이 때문에 추가영으로서는 소운향의 옷자락 하나 건드릴 수 없었다. 하지만 너무도 절박한 심정이기에 그녀의 농락에 휘말리고 말았다.

"덤벼— 어서 덤비라고!"

요지선궁의 유일한 출입구인 협곡.

좁은 골짜기 입구는 열두 명의 선랑이 철통같이 지켜 서 있었다. 모든 참배객들의 방문을 금한다는 지시가 하달된 이후부터 경계가 대폭 강화되었다.

백라선화(白羅仙花)는 선랑들 뒤에서 팔짱을 낀 채 왔다 갔다 걸으며 교대조를 기다리고 있었다.

평소라면 선화의 신분으로 직접 외부 경계에 나서는 일이 없었지만 지금은 비상령이 내려졌기에 칠선화 모두가 교대로 두 시진 동안 번을 서야 했다.

사실 요지선궁은 몇 명의 선랑만으로 일천 고수를 막아낼 수 있는 천혜의 요새이기에 이렇듯 삼엄한 경계는 과도한 인력 낭비일 수 있었다. 더군다나 협곡을 통과하는 협로 좌우로는 108개의 기관이 매설돼 있기에 누군가의 무력 침공은 자살 행위와 다를 바 없었다.

백라선화는 따분한 표정을 짓고 있다가 뜻밖의 방문객에 눈을 번쩍 떴다.

일남일녀였다.

청년은 중후한 혈룡포를 걸치고 있었다. 머리에는 작은 관을 썼고 허리에는 옥대를 둘렀다. 흡사 군왕과도 같은 차림새였다.

사내의 접근에 바싹 긴장했던 선랑들은 그의 출중한 용모에 그만 입을 딱 벌리고 말았다.

너무도 아름다운 사내였다.

단순한 미장부가 아니라 고귀한 기품까지 깃들어 있어 보는 순간 절로 고개가 숙여질 정도였다. 한 가지 아쉬운 것은 얼음처럼 냉막한 표정과 음습한 기운이 감도는 칙칙한 눈빛이었다.

청년을 수행해 함께 온 여인의 미모 또한 절세적이었다. 화려한 금발과 신비로운 푸른 눈망울, 백설 같은 피부, 자극적인 붉은 입술은 미모를 자랑하는 요지선궁 선랑들을 박색으로 만들기에 충분했다.

번들거리는 은색 옷에 붉은 피풍의를 걸친 그녀는 늘씬하면서도 가슴만은 풍만했다.

선화 하나가 질시 어린 눈빛으로 금발 여인을 쏘아보았다.

"당분간 참배는 허락지 않는다. 돌아가라."

금발 여인은 여느 참배객답지 않게 몹시 도도했다.

"이유가 뭐냐?"

"알 것 없다. 어서 돌아가!"

"내가 알기로 최근 들어 요지선궁은 자객들에게 의해 두 번이나 침범을 당했다. 한 번은 계집 혼자였고, 또 한 번은 사내와 계집이 함께 잠입했을 것이다. 사실이냐?"

"아무것도 확인해 줄 수 없다. 꺼져라!"

금발 여인은 힐끗 혈룡포 청년을 돌아보고는 다시 고개를 돌려 캐물었다.

"계집과 함께 잠입한 사내놈은 자객이다. 천예사원 출신으로 일검향이겠지."

그러자 선랑들이 좌우로 갈라지며 백라선화가 앞으로 나섰다.

"넌 누구냐? 대체 무슨 의도로 시비를 거는 것이냐?"

"묻는 말에나 대답해."

"흥, 감히 요지선궁 앞에서 행패를 부리다니. 정녕 죽고 싶으냐?"

금발 여인은 한 걸음 물러서며 혈룡포 청년에게 공손히 보고를 올렸다.

"단주, 육반성에서 대백랑과 한 명의 동행이 확인됐습니다. 한데 객잔 사람들은 사내의 얼굴을 분명하게 기억하지 못한다군요. 연후 요지선궁이 참배객들의 방문을 금지했습니다. 더군다나 이렇듯 경계가 삼엄한 것을 보면 침범을 당한 것이 분명합니다. 일검향이 탈출하지 못했다면 궁내에 잡혀 있을 가능성이 높습니다."

보고를 올리는 여인은 바로 천예사원의 반도 교교였다.

은천마국에 굴복한 그녀는 은마령의 직위를 받아 척살단 제삼영주가 되었다. 혈룡포 청년은 물론 척살단의 단주인 일도살이었다. 혈마공이라는 높은 직위에 있기에 복장부터 남달랐다.

일도살은 뒷짐을 진 채 백라선화 앞으로 다가섰다.

"금남의 구역이니 굳이 들어가지 않겠다. 궁주에게 나오라고 전해라."

백라선화의 입가에 경멸의 냉소가 피어올랐다.

"흥, 알고 보니 미친놈이로군? 감히 존엄하신 궁주님을……"

번— 쩍—!

한줄기 핏빛 섬광이 번득였다. 백라선화는 말을 잇지 못한 채 그대로 굳어졌다.

일도살은 허리춤의 칼집에 혈도를 꽂고 있었다. 행동으로 본다면 이제 막 칼을 뽑으려는 발도(拔刀)의 자세였다. 그렇다면 순간적으로 피어오른 섬광이 의문이었다.

선랑들이 일제히 검을 뽑아 들고 백라선화 뒤로 늘어섰다.

"백라선화님?"

갑자기 백라선화의 동체가 모래성처럼 주저앉았다. 고개가 뒤로 젖혀졌다. 베어진 기도에서 붉은 샘물처럼 피가 뿜어져 나왔다.

선랑들은 공포로 새파랗게 질렸다.

"허억?"

"마… 맙소사, 선화님께서?"

그녀들은 비로소 상대가 절대쾌도의 소유자임을 깨닫게 되었다. 두 눈을 시퍼렇고 뜨고 있었지만 발도와 출수, 회수 과정을 전혀 알아보지 못한 것이다.

"절대고수다!"

"어서 일급 경보를 발동해!"

십이선랑은 급히 협곡 안쪽으로 퇴각하며 폭죽을 쏘아 올렸다.

퍼— 퍼펑!

세 발의 폭죽이 연속적으로 피어오르며 허공으로 붉은 연기를 형성했다.

교교가 조심스럽게 아뢰었다.

"단주, 죽일 필요까지는 없었습니다. 요지선자는 까다로운 계집이라 협상이 쉽지 않습니다."

일도살은 그녀의 말을 무시하며 턱짓으로 음양천을 가리켰다.

"저게 요지선궁의 보물이라는 음양천인가?"

"그런 것 같습니다."

“한 바가지 떠와라.”

“예에?”

“세상에 사내들은 마실 수 없다는 물이 있다는 것이 믿기지가 않아. 한번 마셔보고 싶구나.”

“하오나 여태까지 누구도…….”

“떠와!”

일도살의 냉혹한 지시에 교교는 더는 토를 달 수가 없었다. 그녀는 표주박으로 샘물을 떠서 일도살에게 바쳤다.

일도살은 조금치도 주저하지 않고 샘물을 들이켰다.

일순 그의 얼굴이 심하게 씰룩거렸다. 냉막한 얼굴이 시뻘겋게 달아올랐다. 고통을 참느라 몸을 부들부들 떨었다.

“푸후!”

그는 마셨던 물을 토해내고는 급히 선 채로 운기조식을 취했다.

두 눈이 섬뜩한 핏빛으로 화했다. 혈음마공에 의한 현상이었다. 곧바로 그의 코와 입에서 희뿌연 기운이 뿜어져 나왔다. 혈음마공의 음한지기로 음양천의 열기를 해소한 것이다.

교교가 나직이 물었다.

“괜찮으십니까?”

일도살은 다소 자존심이 상한 듯 퉁명스럽게 응수했다.

“풍문이 사실이군. 기혈을 들끓게 만드는 기이한 힘을 지녔다.”

한편 내궁에서는 고양이가 쥐를 희롱하듯 소운향은 추가영을 상대로 한껏 농락하던 중이었다. 추가영의 좌절과 비통한 절규는 그녀에게 있어 짜릿한 쾌감을 선사해 주었다.

그녀가 추가영의 고통을 즐기는 이유는 일검향에 의해 자존심이 훼손됐기 때문이다.

아무리 그녀가 강요한 교합이었지만 자존심에 상처를 입은 쪽은 일검향이 아니라 그녀 자신이었다.

정상적인 사내라면 강요된 교합이라 하여도 쾌락을 느끼게 마련이다. 자신의 가슴에 얼굴을 묻은 채 격정에 젖어야 당연했다. 그러나 일검향의 피는 끝까지 뜨거워지지 않았고 마치 그녀를 추잡한 암컷처럼 취급했다.

그녀로서는 빼어난 미모와 비단처럼 부드러운 피부로 어느 사내도 유혹할 수 있다는 자부심이 한순간에 무너진 참담한 심정이었다.

한데 그런 냉혈한이 추가영과 열정적인 입맞춤을 행하는 것을 보았을 때 그녀는 분노하지 않을 수 없었다. 여인 특유의 질투심에 몸을 떨었고 두 남녀를 죽이고 싶은 충동까지 느껴야 했었다.

지금 그녀가 추가영을 희롱하는 것도 자신이 입은 상처를 달래고 싶은 보상 심리 때문이었다. 자신에게 눈길조차 주지 않은 냉혈의 자객이 사랑하는 여인이기에 일검향을 대신해 추가영을 괴롭히는 것이다.

이 순간 협곡 입구에서 피어오른 폭죽에 그녀는 흠칫 놀라 뒤로 몸을 솟구쳤다.

"이건 침입자에 대한 경보가 아닌가?"

선랑과 선화들이 신속하게 협곡 입구로 향하는 모습이 보였다.

추가영 역시 돌발적인 사태에 깜짝 놀라 격앙된 감정을 진정시켰다.

"대체 무슨 일이지?"

소운향은 바닥으로 내려서며 빠르게 생각을 굴렸다.

'설마 천예사원? 아니야. 천예사원은 이렇듯 무모한 자들이 아니다.

추가영을 구출하기 위해 정면 돌파를 감행할 만큼 어리석지 않다. 대체 어떤 놈들이 본 궁을 침범했단 말인가?

이때 우상비가 내려서며 급히 보고를 올렸다.

"궁주님, 친히 납셔야 될 것 같습니다."

"대체 무슨 일이냐?"

"두 연놈이 찾아와 궁주님을 뵙기를 청했습니다. 백라선화가 단 일 초에 목이 베어져 죽었습니다."

"백라가 단 일 초에?"

"선랑들의 보고에 의하면 상상도 못할 쾌도의 소유자라 하였습니다."

소운향은 양 손목에 찬 팔찌를 어루만졌다.

"어디 소속이냐?"

"아직 모르겠습니다."

"어떻게 생긴 자들이냐?"

"사내놈은 귀공자처럼 준수하지만 아주 냉막합니다. 혈룡포를 걸쳤고 머리에 관까지 썼습니다. 계집은 금발의 벽안으로 미루어 이국 출신이 확실합니다."

추가영이 바짝 다가서며 외쳤다.

"일도살과 교교! 천예사원의 반도들입니다!"

소운향은 그녀에게 시선을 돌렸다.

"네가 어떻게 아느냐?"

"예전에 만난 적이 있어요. 특히 교교 그 잔악한 계집은 내 얼굴에 상처까지 입혔어요."

"……."

　소운향은 추가영의 한쪽 볼에 그어진 검흔을 쓸어보고는 우상비에게 돌아섰다.

“애들을 협로 안으로 퇴각시켜라. 굳게 지키되 밖으로 나서지는 마라. 내가 나가보겠다.”

“알겠습니다, 궁주님.”

우상비는 급히 협곡 입구를 향해 날아갔다.

소운향은 턱을 어루만지며 신중한 표정을 지었다.

“천예사원 반도라면 척살단 소속이군. 놈들이 왜 요지선궁을 찾아온 것이지?”

추가영이 의아한 눈빛을 지었다.

“같은 편 아니에요? 왜 마국의 척살단을 두려워하죠?”

“누가 두려워한다는 것이냐?”

소운향은 차갑게 일침을 놓고는 말을 이었다.

“난 마국에 협력할 뿐이다. 우리 요지선궁은 저들의 예속 단체가 아냐.”

“어쨌든 같은 색깔임에는 틀림없잖아요?”

“아마도 일검향 때문에 온 것 같구나.”

“검향 때문이라고요?”

“그가 벽력신군을 척살한 이후 은천마국에서는 그를 제삼급으로 분류했다.”

“제삼급? 그게 뭐예요?”

“은천마국의 구종(九種)분류법이다. 제거하거나 생포할 자들을 분류하는 방식이지. 일검향은 제삼급에 해당된다. 제삼급에 해당되는 자들은 은천마국의 태상전에서 직접 관리하는 요주의 인물들이다.”

추가영은 자신도 은천마국의 추적을 받고 있기에 바싹 긴장하며 물었다.

"나도 쫓기는 몸인데 어느 부류예요?"

소운향은 같잖다는 듯 그녀를 훑어보았다.

"너 따위가 어떤 부류인지 내가 어떻게 알겠냐? 가장 하급인 제구급이나 되겠지."

추가영은 몹시 자존심이 상해 고개를 홱 돌렸다.

"흥!"

소운향은 잠시 생각에 젖다가 그녀의 어깨에 손을 얹었다.

"넌 좌상비의 처소에 잠시 피신해 있거라. 혹시 저들이 궁내에 진입해도 절대 모습을 드러내서는 안 돼."

"왜 날 지켜주려는 거죠?"

"넌 내가 잡은 인질이야. 만에 하나 일검향이 귀환해 네가 끌려간 것을 알게 되면 내 입장이 아주 곤란해진다. 나도 약속은 중시하는 사람이니까."

추가영은 그녀에 대해 새삼 다시 인식하게 되었다.

"궁주가 아주 교활한 악녀는 아니었군요?"

"발칙한 계집!"

"천지성후의 후예로서 왜 은천마국 따위와 손을 잡는 겁니까?"

"어서 피신해 있거라!"

소운향은 미끄러지듯 걸음을 옮겼다. 그녀의 신형이 이내 연기처럼 사라졌다.

추가영은 소운향의 선악(善惡)을 분별하기가 힘들었다.

무림계에서 요지선자는 성녀로서 높은 명성을 지녔다.

그녀의 음탕함과 가증스런 위선에 대해 거론하는 자들도 있지만 극히 일부에 불과하다. 천하구절의 으뜸이며 천지성후의 후예라는 위대한 사문을 지녔기에 대다수 무림인들은 그녀를 흠모하고 존경한다.

추가영은 연신 고개를 갸웃거렸다.

'금남의 구역에 사내를 은밀히 끌어들였다면 음탕한 요부임에는 틀림없어. 게다가 공포스런 은천마국과 손을 잡고 있으니 아무리 좋게 봐줘도 악(惡)이 분명해. 하지만 날 대하는 것을 보면 악녀라고 보기에는 조금 혼란스러워.'

추가영은 이마를 짚으며 정원을 가로질렀다.

"아, 모르겠군. 가슴을 갈라 심장을 봐야 붉은지 검은지 확실히 알 것 같아."

협곡 입구에는 다섯 구의 시체가 널브러져 있었다.

한 명은 백라선화였고 나머지 넷은 백라조(白羅組) 소속의 선랑들이었다. 백라선화의 시신이라도 수습하기 위해 나섰다가 교교에 의해 목숨을 잃은 것이다.

요지선궁의 전 제자들은 일제히 나서 복수를 꾀하고 싶었지만 궁주의 엄한 지시에 따라 협로를 빼곡하게 막아선 채 대기해야 했다.

이때 그녀들의 머리 위로 한줄기 인영이 바람처럼 스쳐 갔다.

협곡을 나선 소운향은 깃털처럼 가볍게 바닥으로 내려섰다. 그녀는 일도살과 교교를 빠르게 훑어보고는 일도살과 마주 섰다.

"네가 일도살?"

일도살이 냉담하게 말을 받았다.

"단주로 호명해라."

"흥, 감히 본 궁의 제자들을 해치다니. 네가 척살단을 관장한다고 눈에 뵈는 게 없구나?"

소운향은 우상비에게로 고개를 돌렸다.

"내가 해결할 것이다. 제자들을 소속 전각으로 돌려보내고 경계조만 배치해 두어라."

"궁주님……?"

"어서!"

소운향의 엄한 표정에 우상비는 선화들에게 해산을 지시했다. 요지선궁 제자들은 영문을 몰랐지만 궁주의 지시를 따를 수밖에 없었다.

소운향은 망사 옷자락을 이끌며 몸을 날렸다.

"따라와라."

쾌류류류……!

휘감아 도는 물줄기 너머로 수중 섬이 형성돼 있었다. 탁 틘 곳이라 사방에서 볼 수 있는 곳이지만 주변으로 은폐물 하나 없기에 기밀이 샐 우려는 없었다.

소운향이 앞서 수중 섬으로 내려서자 잠시 후 일도살과 교교가 당도했다.

소운향은 팔짱을 낀 채 흐르는 물줄기를 응시하며 차갑게 질책했다.

"척살단주, 너와 나 같은 혈마공의 신분이다. 왜 공연히 행패를 부리는 것이냐?"

"난 누구라도 죽일 수 있는 권한을 부여받았다. 충성심이 의심스러운 자는 혈마공의 신분이라도 조사할 수 있다."

"네가 뭔가 착각하고 있는가 본데, 본 궁은 은천마국의 예속 단체가 아니다. 난 다만 협력자로서 혈마공의 직위를 받은 것이다."

"그렇다면 협력자로서 최대한의 성의를 보여야 했다. 왜 일검향을 압송하지 않았느냐?"

소운향은 그를 향해 돌아섰다.

"일검향? 그가 잠입했다는 증거라도 있느냐?"

교교가 나서며 강한 어조로 응수했다.

"정황이 증거다. 요지선궁의 계집들을 문초하면 확실하게 드러나겠지."

"네가 천예사원의 반도 교교란 계집이냐? 감히 은마령 주제에 어디를 나서는 것이냐?"

"닥쳐. 난 척살단 제삼영주다. 배반의 징후가 있는 자들은 누구도 죽일 권한이 있다."

소운향은 가소롭다는 듯 조소를 머금었다.

"호홋, 너 따위는 내 일초지적도 안 돼."

교교가 허리춤의 연검을 쥐며 발검 자세를 취했다.

"어디 겨뤄볼까?"

지켜보던 일도살이 눈짓으로 그녀를 제지시켰다.

"물러서라, 교교. 아직 혈마공의 신분이니 예우는 해주어야 한다."

교교가 손을 풀고 물러서자 일도살이 천천히 다가섰다.

"일검향이 아직 궁내에 있느냐?"

"없다."

"앞서 을화가 잠입했다가 사로잡혔다고 들었는데?"

"일검향이 구출해 데리고 나갔다."

"……."

"정 못 믿겠다면 교교를 들여보내라. 직접 확인시켜 주겠다."

소운향의 당당한 태도에 일도살의 눈빛이 가늘어졌다. 일순 그의 손이 번득였다.

번— 쩍—!

아찔한 섬광과 함께 핏빛의 도기가 소운향의 목을 향해 날아들었다.

벼락같은 기습이었지만 소운향 역시 대비를 하고 있었다. 팔찌로 채어져 있던 천상검의 급속도로 변환되었다.

차앙……!

맑은 금속성과 함께 검과 도가 교차되었다. 일도살의 혈도는 천상검과 교차하며 허공만 찌르게 되었다.

"비열한 놈!"

소운향은 왼손을 뒤집어 일장을 내질렀다. 희고 푸른 기운이 어우러진 가운데 강기가 소용돌이쳤다.

천지성후의 절기 중 하나인 청옥백강(靑玉白罡).

일도살도 강기를 발출해 맞섰다. 선명한 핏빛 기운은 바로 혈음마공이었다. 현존하는 마도 최강 절기의 충돌이었다.

콰아앙!

엄청난 폭음과 함께 수중 섬 전체가 진동했다. 강기의 여파에 밀려나간 물결이 요동치며 집채만한 파도를 형성했고 모래가 자욱하게 피어올랐다.

뒤로 튕겨진 일도살은 빙글빙글 회전하다가 허공을 딛고 섰다. 답공술을 펼쳐 흐트러진 신형을 바로잡은 그는 먹이를 찾아 낙하하는 솔개처럼 내리꽂히며 재차 도법을 전개했다.

쐐애액—!

세상을 쪼갤 듯한 도기가 꼬리를 물고 이어졌다. 이번에는 일도필살의 쾌도가 아니라 강력한 진기가 깃들인 패도였다.

소운향은 팽그르르 회전하며 천상검을 휘둘렀다.

"천류만화섬(千流萬花閃)!"

검극에서 뿜어진 검화가 화려하게 허공을 수놓았다. 수십 개의 폭죽이 동시에 폭발하듯 무수한 검화가 피어오르며 도기 속으로 파고들었다.

차차차창!

잇단 금속성과 함께 십 합을 교환했다.

워낙 빠른 움직임이었기에 멀리서 지켜보던 교교는 교차하는 섬광만 볼 수 있었다.

이윽고 섬광이 걷히며 두 사람이 모습을 드러냈다. 본래의 자리에 내려섰기에 한바탕의 격돌은 그저 환각이 아니었나 싶을 정도였다.

일도살은 이미 칼을 꽂고 있었다. 몇 개의 검화에 적중되었는지 혈룡포 곳곳이 뚫려 있었다. 소운향의 망사의 또한 도기에 베어져 어깨와 가슴으로 뽀얀 피부를 드러내고 있었다.

교교는 마른침을 꿀꺽 삼켰다.

'이럴 수가! 저 계집이 단지 한 자루 검만으로 일도살과 대등한 대결을 펼쳤어!'

그녀는 잠시 전 요지선자와 겨루려 했던 상황을 떠올리자 등줄기가 서늘해졌다.

그녀가 알기로 일도살은 천예사원에서 이미 대천살 갑영 다음가는 무공의 소유자이며 자객술도 최고의 경지에 이른 상태였다. 거기에 은천마국으로 귀환해서는 마도절기를 수련해 절대고수의 반열에 올라 있었다.

한데 요지선자는 일도살의 공격을 거뜬히 막아냈다.

천지성후의 최고 절기가 쌍검에 의한 천지무환검법(天地武實劍法)임을 감안한다면 요지선자는 최고 절기를 펼치지 않고도 일도살을 상대한 것이다.

교교는 비로소 요지선자가 왜 천하구절의 으뜸으로 인정을 받는지 실감할 수 있었다.

'과연 천지성후의 후예답군.'

일도살은 언제 한판의 격돌을 치렀느냐는 듯 느긋하게 뒷짐을 지며 걸음을 옮겼다.

"요지선자, 네가 고의적으로 일검향을 놓아준 것이 확실하다."

"……."

"일검향의 무공은 내가 잘 안다. 녀석의 무공으로는 절대 널 돌파할 수 없다. 더군다나 을화까지 대동한 상태에서 탈출했다는 것은 납득할 수 없는 일이다."

소운향으로 비로소 일도살이 공격을 펼친 의도를 깨닫게 되었다.

'교활한 놈이군. 내 무공 수위를 알아보기 위함이었어.'

그녀는 천상검을 팔찌로 변화시켜 손목에 찼다.

"자객은 무공으로 평가될 수 없는 법이다. 부끄럽지만 놈을 제지할 수 없었다. 일검향과 을화는 분명 궁내에 없으니 너희도 돌아가라."

꼿꼿이 솟구쳐 오른 소운향은 능공허보를 펼쳐 요지선궁으로 날아갔다.

물끄러미 그녀를 응시하던 교교가 일도살에게 다가섰다.

"제가 입궁해 수색해 보겠습니다."

"사실이다. 일검향은 궁내에 없다."

"믿을 계집이 못 됩니다. 다른 곳으로 빼돌렸을 수도 있습니다. 아랫 것들을 혹독하게 문초하면 사실을 밝혀낼 수 있을 겁니다."

일도살은 구멍 난 혈룡포를 살피며 툭툭 털었다.

"그럴 필요 없다."

"단주……?"

"요지선자가 본국의 지침에 따르지 않은 것은 확실하다. 일검향은 제삼급으로 분류된 요주 인물이다. 놈의 행적을 찾아낸 것도 보고해야 할 상황인데 놈을 제압할 수 있는데도 고의적으로 놓아주었으니 명백한 법규 위반이다."

"그럼 어찌 되는 겁니까?"

교교가 조심스럽게 묻자 일도살은 하천을 향해 걸음을 옮겼다.

"천예사원처럼 되겠지."

第33章

불가능에 도전하다

숭산(嵩山)은 중원오악 중 중악(中岳)으로 불리는 영산으로 낙양성 남쪽 등봉현에 위치해 있다. 모두 칠십이 개의 봉우리를 지니고 있으며 대표적인 봉우리가 소실봉과 태실봉이다.

숭산에는 수많은 사찰과 암자, 도관이 산재해 있어 유불선(儒彿仙)이 공존하며, 특히 소실봉에 자리한 소림사(少林寺)는 불문의 총본산으로 그 영험함을 천하 만방에 떨치고 있다.

산자락에 늘어선 객잔과 반점, 노천주점은 사철 인파로 붐비고 있었다.

방문객들은 그 부류가 아주 다양했다. 치성을 드리러 온 불제자가 가장 많았지만 중악묘(中岳廟)는 찾는 도문의 제자들과 성현들의 발자취를 유람하는 유림의 문사들도 적지 않았다.

종파가 무엇이건 그 원리는 같기에 숭산을 찾는 사람들은 대부분 도리에 밝았고 성품이 유순해 다툼이 없었다. 물론 무림천하의 총본산인 소림을 지척에 두고 있기에 함부로 행패를 부릴 간 큰 무뢰배들은 찾아보기 힘들다.

객잔과 주점 주변으로 좌판을 펼쳐 놓은 잡상인들은 손님을 끌어들이기 위해 저마다 목소리를 높였다.

"소림 무승들의 기력을 높여주는 대환단(大丸丹)이오— 아주 귀한 약이라 겨우 다섯 개만 남았소!"

"갓 구워낸 중악선단(中岳仙丹)이오— 중악묘에 드실 분들은 미리 복용해야 선기를 받을 수 있소!"

"왕희지 부채요. 과거를 보실 분들은 반드시 지녀야 급제를 하오!"

잡상인들의 말대로 이루어진다면 세상 사람들은 모두가 부처가 되고 신선이 되고 과거에 급제할 수 있을 것이다.

수수한 옷차림의 청년도 여느 방문객들처럼 좌판을 기웃거리고 있었다. 머리에 문사건을 두르고 있었지만 장삼 안쪽으로 검을 차고 있어 뜨내기 검사로 보였다.

청년은 노천주점에서 술과 간단한 안주를 마련해 호젓한 산기슭으로 향했다.

맑은 개울이 흐르는 기슭 곳곳에는 이미 자리를 잡은 사람들이 모여 앉아 술을 마시며 담소를 즐기고 있었다. 객잔의 번잡함을 피해 산수를 만끽하면서 얘기를 나눌 수 있기에 전망이 좋은 자리는 모두 선점돼 있었다.

청년은 물가와는 다소 떨어졌지만 주변 개울을 내려다볼 수 있는 평평한 반석을 찾아 자리를 정했다.

개울 가에는 혼자서 사색에 잠기고 책을 읽는 사람들이 여럿 있기에 혼자 몸인 그를 눈여겨보는 사람은 없었다.

청년은 술을 한 모금 마셔 목을 축이고는 하늘을 올려다보았다.

산중의 하늘은 맑고 푸르렀다. 완연한 봄날이었기에 무리를 지어 날아다니는 새들의 날갯짓이 여유롭게만 느껴졌다.

문득 시장기를 느낀 청년은 기름종이를 풀어헤치고 닭튀김 한 조각을 집어 들었다. 아직 식지 않아 김이 모락모락 피어났다.

그는 닭튀김을 우물거렸지만 맛을 전혀 느낄 수가 없었다. 겉보기와 달리 한껏 당겨진 활시위처럼 긴장감 때문이었다.

천예사원의 자객 일검향.

그는 천불성승이라는 거대한 표적을 맞히기 위해 숭산에 이르렀다. 육반수를 떠나 줄곧 달려왔기에 그가 숭산에 당도한 지도 닷새가 넘었다.

평소라면 사전 답사를 위해서라도 소림사에 올라 탐방을 하는 것이 관례였지만 그는 소림의 경내에 발을 들여놓을 수가 없었다. 행여 자신이 노출될 것을 우려한 것이다.

굳건하게 마음을 먹었지만 그는 숭산에 당도하는 순간부터 무수한 갈등에 휩싸여야 했다.

불문의 성자 천불성승의 척살!

그것은 인륜마저 저버린 흉악한 살인 행위였다. 그가 아무리 냉정을 유지하려 해도 과연 백 년 넘게 불도를 닦아온 고승에게 검을 들이댈 수 있을지 자신이 없었다.

그는 추가영의 애처로운 모습을 떠올리며 애써 마음을 다지려 했지만 부질없는 억지였다. 거대한 부처의 형상에 가려 추가영은 보이지도 않았다.

그는 혼란스런 심정을 다스리기 위해 잠시 여의심결을 운기했다.

우연한 기회에 공공신도와 같은 기인을 만나 배우게 된 여의심결은 이제 그를 지켜주는 가장 커다란 힘이었다. 그가 음양천을 마시고도 쓰러지지 않았으니 여의심결의 효능은 상상을 초월할 정도였다.

십이경락을 타고 흐르는 여의심결이 소주천과 대주천을 반복하면서 그는 맑은 정신을 되찾게 되었다. 동시에 그의 가슴속에서 기운 찬 의지가 용솟음쳤다.

'그래, 달리 생각하면 돼. 이 척살은 단지 가영을 구출하기 위해서가 아니며, 원주님의 명예를 지키기 위해서도 아니다. 내가 자객이기 때문이다. 내가 자객이기에 겪어야 하는 숙명일 뿐이다. 천불성승이 내 검에 타계한다면 그 또한 운명이다.'

척살에 대한 집착에서 자유로워지자 그도 조금씩 고뇌의 늪 속에서 벗어날 수 있었다.

천불성승이 위대한 성자이며 득도한 고승이라지만 역시 표적일 뿐이다. 자객은 신분을 가리지 않는다. 상대가 황제일지라도 표적으로 결정되면 단지 척살해야 할 표적일 뿐이다.

그는 천불성승의 존재를 머릿속에서 지웠다.

표적은 단지 참회동에서 오랜 세월 참선을 수행 중인 늙은 승려.

살아 있다 해도 운신조차 힘든 몸이며 이미 열반에 들었을 가능성이 더 높다. 요지선자의 잔혹한 요구대로 열반에 든 유해를 훼손할 필요는 없다. 천불성승의 생사를 확인하는 것만으로 임무는 완수되는 셈이다.

스르르 눈을 뜬 그는 깊이 숨을 들이마셨다.

고뇌의 바다를 헤쳐 나와서인지 세상이 한결 밝아 보였다. 어깨를 짓누르던 소실봉도 작은 바윗덩이로 느껴졌다. 이제는 당당히 소림의 산문을 지날 수 있을 것 같았다.

'대살 형님을 만나기 전에 탐색이라도 하고 오자. 그래야 일 푼의 가능성이라도 더 높일 수 있으니까.'

한데 그가 몸을 일으키기도 전에 한 사람이 개울로 다가섰다.

어깨에 천으로 짠 바랑을 메고 있는 중년인은 다름 아닌 대살 갑영이었다. 그도 여느 유람객처럼 기름종이에 싼 안주와 호리병을 손에 쥐고 있었다.

"형님, 오셨습니까."

일검향이 예를 올리자 갑영이 먼저 반석 위에 앉았다. 그는 주변을 둘러보며 가볍게 고개를 끄덕였다.

"좋은 장소구나."

"방금 당도하신 겁니까?"

"아니다. 아침나절에 도착해 줄곧 너를 지켜보고 있었다."

일검향은 부끄러움에 젖어 고개를 숙였다.

"전혀 몰랐습니다."

"평소의 너라면 충분히 감지했을 것이다."

"송구합니다. 생각이 많다 보니 감각이 둔해졌습니다."

"네가 고뇌하는 만큼 나도 고민이 많았다. 이미 수락을 했지만 과연 너를 보내야 할지 잠시 전까지도 결단을 내릴 수가 없었다."

"잠시 전이오?"

갑영은 술을 한 모금 들이키고는 희미한 미소를 지었다.

"그래, 잠시 전 네게서 서기(瑞氣)를 보았다. 찰나지간이지만 오색의 기운이 너를 덮더구나."

“······.”

“심득을 얻었구나?”

“그저 생각을 달리했을 뿐입니다.”

“그것이 어찌 쉬운 일이겠느냐? 둥근 공 위를 움직이는 개미는 그것
이 둥글다는 것을 영원히 모른다. 개미에게는 끝없는 평지일 뿐이지.
어디 개미뿐이겠느냐? 사람들 역시 실타래처럼 흩어진 길을 걸으면서
한 치 앞도 모르고 있다. 그래서 우매한 중생(衆生)이라고 하지.”

일검향은 마음과 귀를 열고 갑영의 현기 어린 조언을 가슴 깊이 새
겨 들었다.

갑영과 수년을 함께 지내왔지만 가르침을 직접 듣기는 처음이었다.
물론 천사명왕이 타계하기 전에는 묵언을 유지해 왔기에 그와는 한마
디 대화도 나눈 적이 없었다.

일검향은 문득 그가 왜 천사명왕에게 함구령을 받았는지 궁금했다.
하지만 그것을 묻기에는 적당한 상황이 아니었다.

갑영은 어깨에 건 바랑을 내려 그에게 건넸다.

“내가 할 수 있는 최선의 지원이다. 나머지는 네 몫이다.”

“형님······.”

“사실 준비물의 대다수는 다훼가 생각해 낸 것이다.”

일검향은 기분이 쓸쓸했다. 자신이 한 여인을 구하기 위해 불가능한
척살에 나섰다는 것을 알게 된다면 과연 다훼의 심정이 어떠할까.

“다훼도 모두 알고 있습니까?”

“당연하다. 우리는 가족과 같은 동문이 아니더냐? 더군다나 이번 너
의 임무는 전무후무한 대사이기에 모두가 머리를 맞대 작전을 세웠다.”

일검향은 가족이라는 말에 가슴이 뜨거워졌다.

'가족… 그래. 춘추봉 동문들은 피를 나눈 형제이며 소중한 가족이다. 그들이 나를 기다리고 있어. 난 반드시 그들에게 돌아갈 것이다!'

바랑에는 잡다한 물건들이 들어 있었다.

생존을 위한 벽곡단과 소금물에 담근 사탕수수, 불을 밝힐 화섭자와 몇 개의 갈고리, 두툼한 가죽 띠와 한 줌의 실 뭉치. 실 뭉치는 천잠사를 꼬아 만든 구명줄이었다. 그 외에도 그의 척살 수행에 도움이 될 다양한 소도구들이 준비돼 있었다.

그리고 두툼한 서찰이 하얀 비단에 싸여 있었다.

일검향은 서찰을 펼쳐 보았다. 장문의 서찰 안에는 다섯 장의 세밀한 지도가 함께 들어 있었다. 서찰의 필체가 눈에 익었다. 다훼의 필체였다.

그는 가벼운 긴장에 젖으며 서찰을 찬찬히 읽었다.

〈사살(四煞)께 올립니다.

대살 오라버니의 비합전문이 당도했을 때 너무도 두렵고 힘겨운 청부이기에 모두가 침통함을 금치 못했습니다. 을화 언니는 자신 때문에 사살이 죽게 되었다며 통곡하였습니다.

저 역시 한동안 망연한 상태에서 아무런 생각도 할 수 없었습니다. 한데 계도 오라버니가 모두에게 일깨워 주었습니다.

벽력신군을 척살한 사살의 절묘한 수법을 주지시켜 주었고, 음양천 샘물을 마시고도 통과한 사살의 무한한 능력을 기대하자고 하였습니다.

덕분에 모두가 머리를 맞대고 사살을 지원하는 방안을 모색하는 데 동참하게 되었습니다. 안타깝게도 사살을 지원할 수 있는 부분이 많지 않습니다.

그저 동문들의 간절한 기원이라 생각해 주십시오.

일검향은 잠시 시선을 들어 동문들을 떠올렸다.

을화와 계도, 묵궁, 창비, 그리고 다훼.

스무 명도 훨씬 넘었던 동문이 모두 사라지고 남은 동문은 그들 다섯과 갑영, 그리고 자신뿐이었다. 누군가 말한 것처럼 천예칠살만 남은 것이다.

만일 자신이 아니라 다른 누군가가 이처럼 엄청난 척살을 목전에 두고 있었다면 자신 역시 몸달아했을 것이다.

형제와 같은 동문들, 그래서 가족일 수 있었다.

그는 뭉클한 동료애를 가슴 깊이 느끼며 다시 서찰로 시선을 내렸다.

동봉한 다섯 장의 지도는 소림에 관련된 모든 자료를 토대로 작성했습니다. 다행히 계도 오라버니가 불공을 올리기 위해 소림사에 몇 번 찾아간 적이 있어 큰 도움이 되었습니다.

소림은 많은 불제자들이 찾아와 불공을 드리고 기원을 올리기에 비교적 개방된 사찰입니다. 굳이 지객당 방명록에 이름을 올리지 않아도 자유롭게 경내를 관람할 수 있고 상좌승들과 면담을 할 수 있습니다.

경내에 마련된 객방에서 하룻밤을 유하려면 지객당 승려들의 심사를 거쳐야 하지만 사살은 그러실 필요가 없습니다.

소림의 야간 순찰은 아주 철저해 야간 침투는 거의 불가능합니다.

현재 소림에 상주하는 승려는 오백 명 정도이며 그중 절반 이상이 무승(武僧)입니다. 그들 대다수가 주요 법당과 전각을 지키고 있기에 은신술에 의한 침투는 절대 성공할 수 없습니다. 사살은 이 점을 유념하시어 침투 시각을 저녁 예불 직전으로 정하세요.

저녁 예불은 승려들에게 있어 중요한 의식이기에 소수의 무승들만 남긴 채 대부분이 법당에서 예불을 치르게 됩니다. 따라서 하루 중 경계가 가장 허술한 때입니다.

일검향은 한 가지 고민을 덜 수 있었다.

'저녁 예불 직전! 사실 야간 침투를 생각했는데 계획을 바꾸어야겠군.'

그는 힐끗 갑영에게로 시선을 돌렸다.

갑영은 팔베개를 한 채 편안히 누워 있었다. 지그시 눈을 감은 채 명상에 잠겨 있는 모습이었다. 그가 금일 저녁에 있을 대사건의 책임자임을 감안한다면 믿을 수 없을 만큼 느긋한 태도였다.

일검향은 소리없는 미소를 짓고는 술을 한 모금 들이켰다. 잠시 전과는 달리 술맛이 달았다. 역시 마음의 문제였다.

서찰의 내용은 아직도 많이 남아 있었다.

사살, 이제 침투 경로를 조언해 드리겠습니다.

유람객들이 참회동에 가장 가깝게 접근할 수 있는 곳은 계지원(戒持院)과 탑림(塔林)입니다. 거리상으로는 계지원이 조금 가깝지만 그곳은 소림 고승들을 위한 선방(禪房)이기에 외부인들은 들어갈 수가 없습니다.

따라서 탑림을 관람하면서 기회를 엿보아야 합니다.

탑림은 소림의 역대 조사들과 고승들의 사리가 봉안된 장소입니다. 대웅보전을 거쳐 천불전을 지나야 하는데, 탑림을 관리하는 승려들의 면접을 거쳐야 들어갈 수 있다는 것이 조금은 까다롭습니다.

하지만 의례적인 절차이기에 다수의 관람객들 사이에 끼어들면 진입이 가능합니다.

탑림에서 참회동까지의 거리는 대략 이백 장 정도입니다.

참회동 앞은 죽림으로 가려져 있어 입구를 전혀 볼 수가 없습니다. 또한 죽림에는 진법이 설치돼 있어 진입하는 순간 방향을 잃게 됩니다.

진법은 매일같이 바뀌기에 어떤 진법이 설치되어 있는지 알 수가 없습니다. 자객서고 내의 자료에는 일곱 가지만 기재돼 있는데, 만일 다른 진법이 펼쳐져 있다면 사살은 커다란 곤경을 겪게 됩니다.

서찰 뒷면에는 일곱 가지 진법에 대한 원리와 파훼법이 상세하게 기재돼 있었다.

일검향은 자객삼십육관을 거치는 동안 다양한 기문진법과 천문지리를 배웠지만, 진법 파훼는 워낙 난해한 학문이라 그로서도 가장 취약한 분야였다.

그는 일단 행보법만 대충 파악하고는 다시 서찰을 읽었다.

죽림을 통과하면 참회동 입구를 지키는 나한전 금강나한들을 만나게 됩니다. 금강나한들은 나한전 무승들 중에서 가장 뛰어난 무술을 지닌 승려들입니다.

십팔나한진을 돌파할 수 있는 방법은 사살의 무공뿐입니다. 도움을 못 드려 송구합니다.

다행히 금강나한들은 참회동 안으로는 절대 진입할 수 없습니다.

그들뿐만 아니라 소림의 원로들이나 장문인도 참회동에는 함부로 발을 들여놓을 수가 없습니다. 반드시 원로회의를 거치고 의식을 치른 후에야 진입이 허락됩니다.

수백 년 동안 내려온 계율이기에 사살이 참회동 안으로 들어갈 수 있다면 추적은 우려하지 않아도 됩니다.

이제 최대 난관은 참회동입니다.

일검향은 심호흡을 하며 숨을 골랐다.

아직 소림에 발을 놓지도 않았지만 워낙 상세하게 경로를 서술해 놓아서 마치 이미 참회동 안에 들어선 심정이었다. 그는 차분하게 심기를 가라앉히고는 다시 서찰로 시선을 돌렸다.

참회동은 수직으로 뚫려 있는 거대한 폐쇄 동부입니다.

깊이는 대략 오륙십 장 정도이며 내부는 항아리와 같습니다. 아무리 뛰어난 경공을 지녔다 해도 그 정도 깊이를 단숨에 뛰어내릴 수는 없습니다. 그래서 천잠사를 준비했지만 얼마나 도움이 될지는 모르겠습니다.

참회동은 소림 최고의 고승들이 열반에 들기 위한 묘역에 해당됩니다. 세상과 인연을 끊은 채 열반에 들기까지 참선을 하며 생을 마감하는 곳입니다. 하기에 들어갈 수는 있어도 나올 수는 없습니다.

그리고 삼십 년 전에 참회동에 입동한 천불성승이 생존해 있을 가능성은 거의 없습니다. 만일 천불성승이 생존해 있다면 사살은… 결단을 내려야 합니다.

금강반야신공을 터득한 천불성승은 도검불침의 법신을 연성했기에 보검으로도 법신을 깨뜨릴 수 없습니다. 문헌에 의하면 안정혈(眼睛穴)이 유일한 급소라 하지만 확실치는 않습니다.

사살, 더 많은 도움을 드리고 싶지만 이 정도가 한계입니다.

탈출에 대한 방안은 도저히 세울 수가 없군요. 천잠사를 이용해 참회동을 빠져나온다 해도 이미 동부 앞은 완벽하게 봉쇄돼 있을 겁니다. 성역을 침범당한 소림의 승려들에게 자비를 기대하기는 어렵습니다.

그러나 저와 천예사원의 동문 모두는 기다리고 있겠습니다, 사살이 돌아올 그날을.

무운을 빌겠습니다, 검향.〉

긴 서찰은 그렇게 마감되었다.

일검향은 조용히 숨을 내쉬며 서찰을 접어 품속에 넣었다. 서찰 뒷면에 기재된 일곱 가지 진법의 파훼법을 모두 암기하기에는 시간이 더 필요했다.

이때 갑영이 일어나 앉으며 가볍게 기지개를 켰다. 그는 술병을 기울여 입을 축였다.

"도움이 되었느냐?"

일검향은 담담히 미소를 지었다.

"예, 너무도 막연한 상황이었는데 이제는 확실하게 계획을 세울 수 있게 되었습니다. 동문들에게 고마울 따름입니다."

"……."

갑영은 천천히 몸을 일으켜 세웠다.

"널 독려할 수도 없고 만류할 수도 없으니 나로서는 지켜볼 수밖에 없다."

바랑을 메고 일어선 일검향이 정중히 예를 올렸다.

"남들이 이목이 있어 절을 올리지 못함을 용서하십시오. 그동안 너무 고마웠습니다."

"작별 인사는 하지 마라. 아무리 돌아올 수 없는 길이라도 우리에게
작별은 없다."

"알겠습니다."

일검향은 다시 예를 올렸다.

"가까운 시일 내에 다시 뵙겠습니다."

"오냐, 기다리겠다."

갑영은 손을 뻗어 그의 손을 굳게 쥐었다.

일검향은 그의 손에서 느껴지는 따뜻한 기운에 가슴이 뭉클해졌다.
너무도 따뜻한 손이었다. 어떤 상황에서도 냉정을 잃지 않는 그가 이
렇듯 뜨거운 피의 소유자임을 일검향은 처음으로 알게 되었다.

갑영은 정광 어린 눈빛으로 잠시 그를 응시하다가 몸을 돌렸다.

"우리에게는 한 가닥 빛도 태양이다."

용기를 북돋워 주는 금언이었다.

일검향은 갑영이 오솔길 사이로 사라질 때까지 지켜보다가 반석 위
에서 내려섰다. 그는 이제 홀가분한 심정으로 소림을 향해 걸음을 내
디딜 수 있었다.

"저녁 예불 전까지 관람을 마치려면 서둘러야겠군."

2

소림의 산문(山門)은 모든 사람에게 개방돼 있기에 문이 없었고 두
개의 기둥 위로 지붕만 씌워져 있었다. 한데 지붕 위에 씌워진 기와가
심하게 훼손돼 있었다. 부서진 기와를 점토로 붙여 씌워놓았지만 비바

람에 점토가 씻겨 기와 곳곳이 갈라져 있었다.

산문 앞에 서서 잠시 지붕을 바라보던 일검향은 그것이 무엇을 의미하는지 대번에 헤아릴 수 있었다.

은천마국이 할퀴고 간 흔적.

수년 전 소림의 산문이 박살나고 무당의 해검지가 훼손되는 충격적인 사건이 벌어졌다. 무림계의 태산백두인 소림과 무당에 향한 은천마국의 도전장이었다.

그러나 소림과 무당은 침묵했고 그 이후 은천마국은 어둠 속에서 일어섰다. 은천마국을 추종하는 잔마대들이 마음껏 활개를 치고 다니게 된 것이다.

소림은 산문을 보수했지만 일부러 상처의 흔적을 남겨두었다. 그것은 산문이 침범당한 수모를 잊지 않겠다는 뜻이었다.

산문으로 들어선 일검향은 평평한 자갈이 깔린 길을 따라 걸음을 옮겼다.

미시를 넘어선 시각이라서 그런지 산을 오르는 사람보다 관람을 마치고 내려오는 사람들이 더 많았다. 내려오던 몇몇 불제자는 산을 오르는 사람들을 만날 때마다 공손히 합장을 하기도 했다.

일검향은 좌판에서 구입한 염주를 돌리며 돌계단을 올랐다.

허리춤에 자청검을 차고 있었지만 가급적 장삼으로 가려 드러나지 않게 했다. 소림에서는 무당의 해검지처럼 병기를 풀어놓아야 하는 규정이 없었다. 사람들에게 위협이 될 수 있는 병기만 아니라면 휴대가 허락되었다.

마침내 소림사 경내로 들어선 일검향은 부담감 때문에 잠시 경직되었다.

불공을 드리는 목탁 소리, 노랫가락처럼 들려오는 염불 소리, 은은히 들려오는 풍경 소리, 코를 자극하는 향 냄새…….

그는 다섯 장의 지도를 통해 소림사의 건물 배치를 숙지해 두었지만 막상 눈앞에 대하자 조금은 혼란스러웠다. 곳곳에 위치한 법당은 예상보다 훨씬 웅장했고 세월의 무게가 절실하게 느껴졌다.

그는 법당 안에는 들어가지 않고 밖에서 합장을 올리는 정도로 관람객 행세를 했다.

가사와 장삼을 걸친 승려들이 간혹 불제자들과 함께 경내를 오갔지만 의외로 승려들의 모습은 많이 눈에 띄지 않았다. 불제자들과 관람객들의 편의를 위해 안내를 하는 동자승이 대부분이었다.

소림사는 아주 방대하기에 크고 작은 법당들이 곳곳에 산재해 있었다. 종루와 고루(鼓樓), 탑과 법당을 모두 관람하려면 하루해로도 부족할 것 같았다.

일검향은 여느 관람객들처럼 법당의 벽에 그려진 벽화를 두루 감상하면서 나한전, 천불전을 지나쳤다.

울창한 수림 위로 뾰족한 돌탑들이 보였다. 바로 소림의 역대 조사들과 고승들의 사리와 유품이 봉안돼 있는 탑림이었다. 탑림으로 향하는 길은 폭이 좁은 오솔길이었다.

일검향은 빠르게 주변을 살펴보았지만 관람객들이 별로 눈에 띄지 않았다. 탑림은 다소 외진 곳에 위치해 있기에 불심이 깊은 신자들이나 애써 찾아가 경배를 올리는 유적지로 보였다.

"……."

그는 잠시 주저하다가 혼자서 탑림으로 향했다.

곧 저녁 예불이 시작될 시각이었다. 지체하다가는 하산을 권유받을 것이고 그로서는 부담스런 하루를 보내야 했기에 모험을 결행했다.

탑림 입구에는 가사를 두른 두 명의 중년승이 합장을 한 채 염불을 외우고 있었다.

일검향이 먼저 합장을 올리자 두 중년승도 합장으로 답례를 했다.

"늦으셨소, 시주. 지객당에 객방을 예약하지 않았다면 저녁 예불 전에 하산하는 것이 관례외다."

"아, 그렇습니다. 먼 길을 오다 보니 시각이 지체되었습니다."

"탑림은 그다지 볼 것이 없소. 법당을 두루 보셨다면 그것으로 충분하오."

일검향은 염주 알을 굴리며 공손하게 청했다.

"소림에 들러 탑림을 보지 못하면 부처님을 대하지 못한 것이라 들었습니다. 잠시만 관람하게 허락해 주십시오."

두 중년승은 서로를 보고는 고개를 끄덕였다. 일검향의 공손한 태도와 손에 쥔 염주로 미루어 불심이 깊은 신자로 생각한 것이다.

두 중년승이 옆으로 비켜섰다.

"아미타불… 그럼 잠시만 허락하겠소. 고루에서 북소리가 울리면 곧 하산하셔야 하오."

"감사합니다, 스님."

일검향은 두 중년승에게 깊이 합장을 올리고는 탑림으로 들어섰다.

탑림은 이름 그대로 탑의 숲이었다. 수백 년에 걸쳐 세워진 크고 작은 탑들이 거대한 숲을 이루고 있었다. 높은 탑은 삼 장에 달했고, 낮은 탑은 겨우 사 척에 불과했다.

일검향은 탑림 사이를 걸으며 참회동이 위치해 있는 방향으로 눈알을 돌렸다. 하지만 빽빽한 대나무 숲이 가로막혀 깎아지른 벼랑의 위쪽만 보일 뿐이었다.

그는 짧게 숨을 들이켰다.

이제부터는 매 순간이 위기였다. 진법을 파훼하고 십팔나한진을 돌파할 때까지 지체할 겨를이 없었다. 임기응변과 신속한 판단만이 해법이었다.

절정의 자객술을 펼친 그는 바닥에 바싹 밀착한 채 빠른 속도로 탑림 사이를 헤집었다. 신속하게 이동한 그는 이내 죽림 근처까지 접근할 수 있었다.

죽림 속에 펼쳐진 진법을 파악하기 위해서는 상당한 시간이 필요하다. 기물의 배치 상태와 변화, 그리고 매 시간 위치가 바뀌는 생문(生門)을 정확히 확인해야 어떤 진법인지 알아낼 수 있다.

하지만 그에게는 그만한 시간이 없었다. 모든 난관을 몸으로 직접 부딪혀 타개해야 하는 것이 그의 현 상황이었다.

그는 지체없이 죽림 속으로 뛰었다.

순간 하늘이 사라지고 주변의 경관이 돌변했다. 눈앞에 펼쳐진 세상은 끝없는 수해(樹海)였다. 희뿌연 안개가 자욱하게 피어 있었고 대나무 숲이 거대한 방벽처럼 그를 둘러쌌다.

'무슨 진법이지? 항마불영진(降魔佛影陣)? 관음삼계진(觀音三界陣), 영회미환진(永廻迷幻陣)……?'

그는 서찰에 기재된 일곱 가지 진법을 하나씩 뇌리에 떠올리며 눈앞의 변화와 일치하는 진법을 찾아내는 데 주력했다. 하지만 죽림에 펼쳐진 진법은 다훼가 어렵사리 파악해 놓은 진법 중 어느 하나에도 해당되지 않았다.

'진법이 바뀌었나 보군.'

그는 침투 첫 단계부터 난관에 봉착하게 되었다.

그에게 있어 시간은 무서운 적이었다. 촌각이 지체될 때마다 참회동의 경계는 강화될 것이기에 최대한 빠르게 진법을 벗어나 참회동 앞에 이르러야 했다.

이때 대나무 숲이 세차게 흔들리며 주변으로 위압적인 기운이 접근해 왔다.

'발각됐다.'

그는 본능적으로 자신이 이미 포위되었음을 감지할 수 있었다. 격돌에 대비해 허리춤의 자청검을 쥐던 그는 생각을 달리했다.

'무모한 대결보다는 기지로 해결해야 한다. 나 혼자 소림 전체를 상대로 싸울 수는 없어.'

그는 방향을 잃고 헤매는 사람처럼 허공을 더듬으며 외쳤다.

"누구 없습니까? 제발 구해주십시오!"

그러자 희뿌연 죽림 속에서 창로한 음성이 들려왔다.

"아미타불… 시주는 대체 누구이기에 소림의 금역을 침범하려 한 것인가?"

일검향은 목소리가 들려온 방향을 찾기 위해 연신 주변을 두리번거렸다.

"스님, 소생은 탑림을 관람하다 그만 길을 잘못 들어 대나무 숲에 이르게 된 겁니다. 한데 빠져나갈 수가 없습니다."

"이곳은 부처님을 모시는 도량일세. 어찌 거짓을 고하려는 것인가?"

"소생도 불제자인데 어찌 거짓을 고하겠습니까? 믿어주십시오."

일검향은 손에 쥔 염주를 내보였다.

"염주가 아니라 부처님을 모시고 있다 해도 시주는 도적일 수밖에 없네.”

창로한 음성은 여전히 엄한 기운을 담고 있었다.

일검향은 자신의 의도를 절대 드러내서는 안 되기에 도적의 신분임을 시인했다. 그는 태도와 말투를 바꾸었다.

“역시 소림 고승의 눈은 속일 수 없군. 스님의 말대로 난 도적이오. 장경각의 비급을 훔치러 잠입했는데 그만 길을 잘못 들었소.”

그러자 희뿌연 안개 속에서 아홉 명이 모습을 드러냈다.

홍색 가사를 두른 노승과 회색 승복을 걸친 건장한 체구의 무승 여덟 명이었다.

노승은 커다란 묵주를 손에 쥐고 있었다.

“대담한 도적이로군. 아직 야심한 시각도 아닌데 도적질을 하려 한단 말인가?”

“소림의 경계가 야간에 더 삼엄하다 들었소. 한데 아직 해가 떨어지기 전인데도 여전히 경계가 철저하군요.”

일검향은 공손하게 합장을 올렸다.

“스님께서는 어느 법당 소속이오?”

노승은 전혀 위축이 되지 않는 도적의 대담함에 다소 놀란 눈빛을 지었다.

소림의 장경각은 무림의 보고라 비급을 훔치려는 도적들이 끊이지 않았다. 하지만 그 어떤 도적도 이렇듯 유유자적한 모습을 보인 적은 없었다.

노승은 묵주를 돌리며 자신을 밝혔다.

“빈승은 달마원(達磨院)의 주지로서 법명을 혜명(慧明)이라 하네.”

“아, 혜명 대사이셨군요. 소생은 이름도 없는 도적이라 밝힐 것이 없습니다. 수고스럽지만 장경각까지 길 안내를 부탁드리겠소."

"허허, 시주와 같은 도적은 처음일세. 의도는 불순하지만 사악함이 없어 보여 최대한 선처를 하겠네. 시주가 갈 곳은 장경각이 아니라 계율원(戒律院)일세. 그곳에서 시주에 대한 합당한 처벌이 결정될 것이네."

"잡힐 때 잡히더라도 장경각은 꼭 한 번 구경을 하고 싶소. 자비를 베풀어주시오."

혜명 대사는 한 걸음 뒤로 물러서며 무승들에게 지시를 내렸다.

"도적을 제압하라."

"예, 원주님!"

달마원 팔대무승이 두 겹의 포위망을 형성하며 일검향에게 접근했다.

일검향은 빠르게 생각을 굴렸다.

'검을 뽑아 이들을 자극할 필요는 없다. 내가 진세를 벗어나기 위해서는 이들의 도움이 필요하다.'

그는 쾌검술을 보류한 채 권법의 자세를 취했다.

네 명의 무승이 일제히 달려들었다.

"차앗!"

"흑호신요(黑虎伸腰)!"

"만궁개흉(萬弓開胸)!"

무승들의 권법은 달마원 제자들이 주로 수련하는 달마십팔수(達磨十八手)였다. 소림의 권법은 무림 최강이기에 그들의 권장에서 뿜어지는 기운은 아주 강력했다.

일검향은 급히 보법을 펼치며 주먹을 내질렀다.

"건곤투적!"

다섯 사람의 권장이 순식간에 교차되었다.

일검향이 펼치는 권법은 건곤칠각권이었다. 일전에 월아영을 척살하기 위해 백가장의 권법을 배워둔 적이 있기에 나름대로 권법과 각법을 구사할 수 있었다.

퍼퍼퍽—!

외공에 의한 근접전이라 아주 박진감 넘치는 대결이었다. 일권 일장마다 절도가 넘쳤고 바람을 가르는 파공성이 웅후했다.

대결을 관전하던 혜명 대사는 고개를 옆으로 기울였다.

"어째 백가장의 건곤칠각권과 유사하군."

십 합이 넘어가면서 일검향은 가슴과 등을 몇 대 맞았다. 심한 충격은 아니었지만 속이 울렁거렸다. 그는 건곤칠각권으로는 어렵다 싶어 수법을 선운십삼수(旋雲十三手)로 변환시켰다.

선운십삼수는 천사명왕이 창안한 절기로 유연함과 변화가 뛰어난 권장술이었다.

"노도선회(怒濤旋回), 전도격멸(顚倒擊滅)!"

그는 힘찬 기합성과 함께 선운십삼수를 연이어 내질렀다. 그의 장법에 적중된 두 명의 무승이 나가동그라졌다. 그의 수법이 크게 바뀌자 달마원 무승들도 더욱 공세를 강화시켰다.

퍼— 퍼퍼퍽!

격렬한 전투였다. 서로의 안면에 주먹이 적중되었고 피멍이 들었다.

물론 일검향은 수림의 무승을 살해한 의도가 없었기에 칠성의 공력으로만 상대했다. 그로서는 무승들을 이용한 진법 탈출이 목적이었다.

다시 두 명의 무승이 나가동그라지자 혜명 대사가 앞으로 나섰다.

"물러서라!"

"송구합니다, 원주님."

　도적 하나를 제압하지 못한 달마원 무승들은 송구스런 표정으로 합장을 올리며 뒤로 물러섰다.

　달마원 팔대무승들의 공격을 막아냈지만 일검향도 상당한 부상을 당한 모습이었다. 한쪽 눈자위는 퉁퉁 부었고 입술이 터져 입 주변이 피로 범벅이 돼 있었다.

　혜명 대사는 묵주를 손목에 걸었다.

　"시주의 무공이 대단하군. 능히 일류고수로 불릴 솜씨인데 왜 본 사의 비급을 탐한단 말인가?"

　"과찬이시오. 소생의 잡기는 삼류에 불과하오. 소림의 절기를 터득해야 진정한 일류로서 행세할 수 있지 않겠소?"

　"아까운 인재로다. 심성만 깨끗했다면 의협으로 손색이 없건만……."

　일검향은 짐짓 도주할 눈치를 보였다.

　"과연 소림의 무공은 대단하오. 다음에 다시 방문하겠소."

　그는 급히 희뿌연 안개 속으로 뛰어들었다. 경신술을 펼친 그는 대나무를 좌우로 걷어차며 빠르게 내달렸다. 한데 일각 이상을 달려 당도한 곳은 혜명 대사와 팔대무승이 지켜서 있는 본래의 장소였다.

　"아니?"

　일검향이 흠칫 놀라 물러서자 혜명 대사가 애석하다는 표정을 지었다.

　"삼라금쇄진(森羅禁碎陣)에 뛰어든 이상 시주는 절대 도주할 수 없네. 계율원에서 속죄할 기회를 갖게나."

　"유감이오, 스님. 나는 스님들처럼 풀만 먹고 살기는 싫소."

　일검향이 다시 몸을 날리려 하자 혜명 대사가 미끄러지듯 다가섰다.

　"항룡장!"

일장이 전개되자 웅후한 강기와 함께 자색 기운이 허공을 뒤덮었다. 일검향은 깜짝 놀라며 마주 일장을 내질렀다.

퍼엉!

"우욱!"

요란한 폭음과 함께 일검향은 피를 뿜으며 나가동그라졌다. 그런 와중에도 그는 도주를 위해 다시 몸을 날렸다.

허공을 밟고 날아든 혜명 대사가 제룡금나수를 전개해 그의 어깨를 움켜쥐었다. 일검향이 몸을 틀며 일수를 내지르자 혜명 대사는 훌쩍 솟구치며 각법을 전개했다.

"억!"

가슴을 강타당한 일검향은 피를 토하며 풀썩 주저앉았다.

혜명 대사는 그의 주위를 돌며 지풍을 날렸다. 소림의 절기 탄지신통이었다. 혈도 네 곳이 제압된 일검향은 맥이 탁 풀리며 나자빠졌다.

지켜보던 무승들이 일제히 합승을 올리며 외쳤다.

"과연 원주님이십니다!"

혜명 대사는 조금도 오만한 기색을 보이지 않았다. 그는 묵주를 돌리며 준엄하게 꾸짖었다.

"너희는 좀 더 수련을 해야겠다."

"송구합니다."

"도적을 진 밖으로 끌어내라. 잠시 문초를 한 후 계율원으로 보낼 것이다."

"예, 원주님."

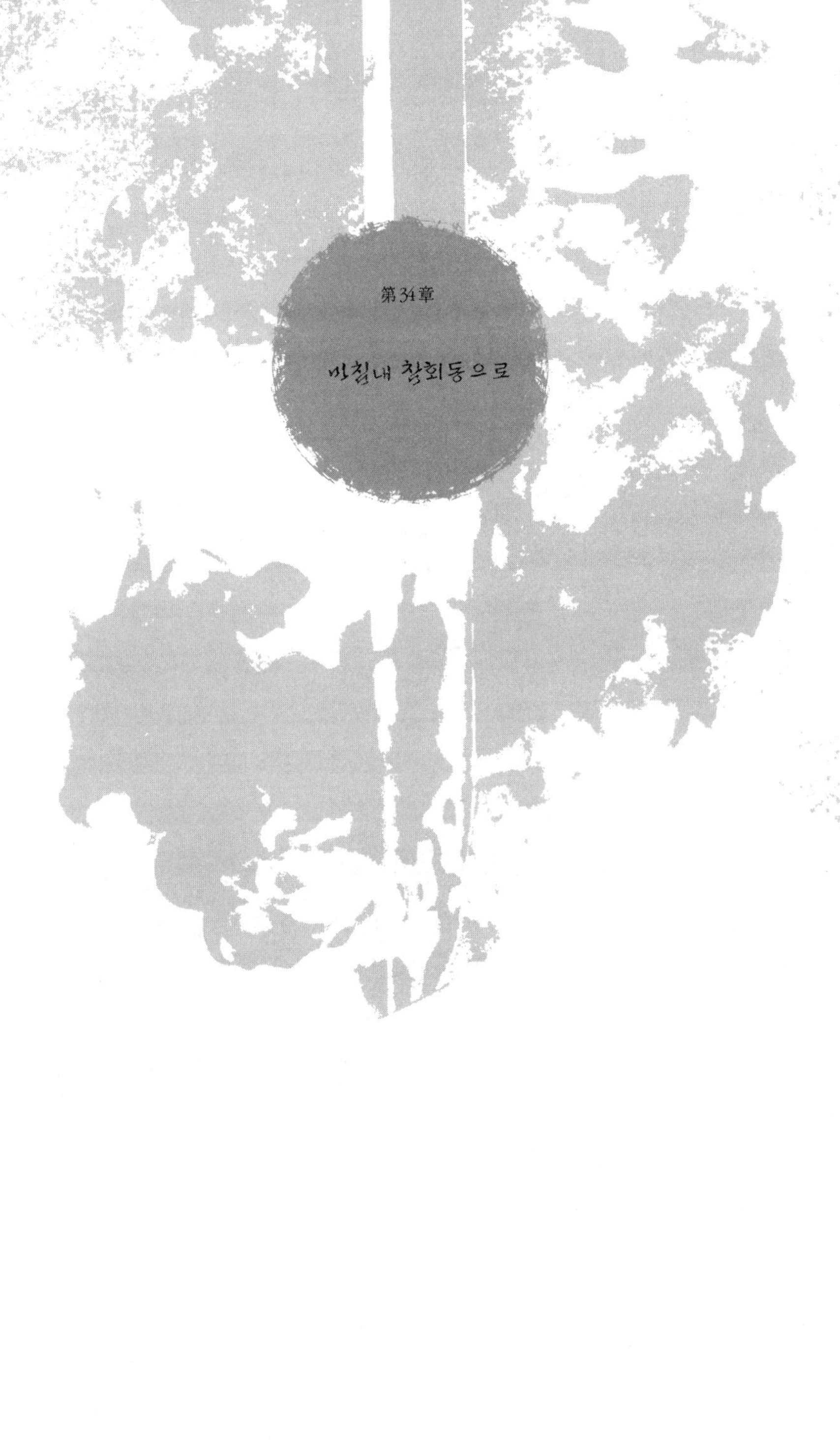
第34章

마침내 참회동으로

　멀리 참회동이 자리한 높은 벼랑이 보였고 공터에는 이미 수십 명의 무승들이 삼엄한 경계를 펼치고 있었다. 대다수 무승들은 곤과 봉을 움켜쥔 채 바짝 긴장한 모습이었다. 그러다 침입자를 제압한 무승들이 죽림을 나서자 겨우 마음을 놓았다.

　달마원 무승들이 일검향을 바닥에 내려놓자 황색 가사를 두른 노승이 앞으로 나섰다. 긴 백미가 눈두덩을 덮었고 허연 수염이 가슴까지 늘어졌다. 전신에 서린 기도가 아주 신비로웠다.

　노승은 계지원(戒持院)의 주지로 무 자(無字) 항렬의 고승이었다. 현 소림 장문인의 사숙이기에 소림에서는 대원로 신분이다.

　법명은 무현(無玄).

　혜명 대사가 공손히 합장을 올리며 보고했다.

　"부처님의 가호로 무난히 침입자를 제압했습니다, 사숙."

무현 선사는 허연 수염을 내리쓸었다.

"어떤 자냐?"

"스스로 도적임을 밝혔습니다."

"아미타불… 마국의 사마들이 횡행하는 세상이라 이제 도적까지 소림을 넘보는구나."

"송구하옵니다."

"어쨌든 커다란 불상사가 없어 다행이다. 계율원에 넘겨 문초토록 하라."

"예, 시숙."

혜명 대사는 달마원 무승들에게 지시를 내렸다.

"계율원으로 압송하라."

한데 도열해 있던 금강나한들 중에서 네 명의 나한이 심각한 표정으로 나섰다.

"잠시만 기다려 주십시오, 원주님."

그들은 눕혀져 있는 일검향을 유심히 살피다가 안색이 싹 변했다. 그들은 자신들의 안목을 확인하기 위해 서로를 바라보았다. 거의 같은 생각인지 그들은 동시에 고개를 끄덕였다.

"맞아! 그 자객이야!"

네 명의 나한 중 공혜가 무현 선사 앞에 털썩 무릎을 꿇었다.

"태사조님! 저자는 도적이 아니라 자객입니다!"

"자객이라니?"

"저자가 바로… 정현 시숙을 척살한 흉악한 자객입니다."

다른 세 명의 금강나한도 부복하며 외쳤다.

"분명합니다!"

"당시 저희가 저자와 싸운 적이 있습니다."

"그동안 용모를 기억할 수 없었는데 이제 다시 보니 확실하게 기억이 납니다."

그들은 바로 일검향과 계도천살이 정현 대사를 척살할 때 수행했던 금강나한들이었다.

도적의 진정한 신분이 밝혀지자 무현 선사의 표정이 싸늘하게 굳어졌다. 순간적으로 상황을 간파한 그는 일검향을 향해 소맷자락을 휘둘렀다.

"나한진을 펼쳐라!"

자색의 강기가 일검향을 향해 내리꽂혔다. 소림의 최고의 절기인 반야신공이었다.

순간 일검향의 몸이 튕기듯이 솟아올랐다. 허공에서 한 바퀴 재주를 넘은 그는 궁시탄현(弓矢彈鉉)의 신법으로 참회동을 향해 날아갔다.

혜명 대사는 경악을 금치 못했다. 그로서는 탄지신통으로 제압해 놓은 금제가 풀리리라고는 꿈에도 생각지 못했다.

"이럴 수가?"

묵주를 쥔 그의 손이 부들부들 떨렸다.

도적은 그가 제압한 것이 아니라 도적 스스로 잡힌 것이었다. 삼라금쇄진을 파훼할 수 없기에 교활한 술수로써 자신을 속인 것이다. 그러나 정녕 이해할 수 없는 부분은 도적이 어떻게 점혈이 되지 않았는가 하는 점이었다.

'도적이 아니라 자객이었단 말인가? 그렇다 해도 탄지신통에 의한 점혈을 풀어냈다는 것이 믿기지 않는군.'

일검향은 최고조의 신법으로 참회동을 향해 날아갔지만 소림 무승들은 결코 그의 진입을 용납지 않았다.

"나한등천(羅漢登天)!"

나한전 최강의 무승들인 열여덟 명의 금강나한이 연속적으로 솟구치며 봉과 곤을 휘둘렀다.

일검향은 이미 정체가 탄로났기에 더는 도적으로 위장할 수 없었다. 자청검을 뽑아 든 그는 금강나한들을 향해 그대로 부딪쳐 갔다.

그가 점혈을 해소할 수 있었던 것은 여의심결 덕분이었다.

십이경락을 타고 흐르는 여의진기는 경혈이 막힐 경우 스스로 타통시키는 신기한 힘을 지니고 있었다. 하기에 그는 혜명 대사의 점혈을 유도한 후 진세에서 나올 수 있었던 것이다.

소림의 입장에서는 교활한 술수이지만 그로서는 기지였다. 한데 예상치 못하게 정현 대사를 수행했던 금강나한들과 직면하는 바람에 기습적인 침투가 불가능해졌다.

이제는 정면 돌파가 유일한 해결책이었다.

따— 따땅—!

십여 자루의 봉과 곤이 자청검과 부딪치며 튕겨졌다. 그러나 배후로 날아든 네 개의 곤이 일검향의 등판을 가격했다.

'윽!'

극심한 충격과 함께 그의 몸이 추락하듯 떨어졌다. 한쪽 어깨뼈가 으스러진 것 같았다.

일검향은 아픔을 참으며 재차 몸을 날렸다.

그러나 십팔나한진은 철벽이었다. 진세에 의한 현상 때문인지 금강나한이 거인처럼 커 보였고, 그들이 휘두르는 봉과 곤이 마치 천둥처럼 느껴졌다.

따— 따땅—!

일검향은 부상을 감수한 채 정면 돌파를 감행했지만 역시 무리였다. 전열의 금강나한들을 밀어내도 곧바로 측면이 금강나한들이 뛰어들어 그 방위를 메우기에 그의 돌파는 계속 무산되었다.

나한진세에 부딪친 일검향은 피를 토하며 비틀거렸다.

'으음, 과연 무적의 나한진이로군. 내 무공으로는 돌파가 불가능하다.'

위이잉!

금강나한들은 일검향을 에워싼 채 빠른 속도로 회전했다.

일검향은 검을 늘어뜨린 채 차분하게 심기를 가라앉혔다.

서둘러서 해결될 상황이 아니었다. 십팔나한진은 참회동과 자신을 가로막고 있는 철벽이었다. 초조한 마음에 정면 돌파를 시도했다가는 무참한 패배를 맞게 될 것이다.

참회동을 잊어야 했다. 표적을 잊어야 했다. 지금 그가 전념해야 할 최대의 적은 십팔나한진이었다.

나한진 외곽에서 지켜보고 있는 무승들도 긴장의 끈을 풀 수 없었다. 그들은 나한진이 돌파될 경우 자객이 도주할 것을 우려해 모두 탈출로를 막아선 상태였다.

대원로 무현 선사는 혜명 대사와 나란히 서 있었다. 세수 아흔을 바라보는 무현 선사의 입에서 긴 탄식이 흘러나왔다.

"혜명, 대체 이것이 어찌 된 일이냐? 신성한 경내에 피 냄새를 풍기는 자객이라니?"

"송구하고 또 송구하옵니다, 사숙."

"저자가 정현을 살해한 자객이라면 천예사원의 제자가 아니더냐?"

"그렇습니다. 관음각(觀音閣)의 정보가 틀림없다면 저자는 벽력신군까지 척살한 무향검살일 가능성이 높습니다."

"무향검살이라… 천사명왕이 자신의 분신을 만들어냈군."

문득 그의 백미가 꿈틀거렸다.

"자객이라면 척살이 목적이 아니더냐? 저자가 소림에 뛰어들었다면 누군가를 살해하기 위함이 분명해."

"그렇기는 합니다만 그 불순한 의도는 결코 성공할 수 없습니다. 십팔나한진을 격파한다는 것은 불가능합니다."

혜명 대사의 단호한 어조에 무현 선사도 고개를 끄덕였다.

소림은 천하 최강이라는 백팔대나한진을 보유하고 있지만 대나한진은 백 년 이래 펼쳐진 적이 없었다.

대나한진은 백팔 명이나 되는 나한을 동원해야 하기에 수련도 쉽지 않을뿐더러 워낙 방대한 진세라 장소적인 제약을 많이 받는다. 하기에 소림 창건 이래 대나한진이 펼쳐진 경우는 오직 세 번뿐이었다.

십팔나한진은 규모 면에서 작을 뿐 나한진을 구성하는 금강나한들의 무술이 하나같이 뛰어나기에 전력상 대나한진에 비해 손색이 없는 진법이다. 특히 상대의 숫자와 무공 수위에 따라 신축적인 대응을 할 수 있기에 대나한진보다 훨씬 효과적이었다.

장담컨대 십팔나한진을 돌파할 수 있는 절세고수는 천하를 통틀어도 손에 꼽을 정도이다.

일순 참회동을 바라보던 무현 선사의 눈빛이 심하게 흔들렸다.

"혜명, 대체 자객이 누구를 척살하기 위해 침투했다고 생각하느냐?"

"송구합니다. 저로서는 도저히 짐작이 가지 않습니다."

"저자가 탑림을 거쳐 침투한 것이 사실이냐?"

"확실합니다."

"탑림은 경내에서도 가장 외진 곳이다. 조사전과 방장실과도 멀리 떨어져 있지. 굳이 탑림을 경로로 선택한 이유가 무엇이겠느냐?"

혜명 대사도 비로소 사태의 심각성을 깨닫게 되었다.

"사… 사숙, 설마 참회동을?"

무현 선사는 한 손을 세워 가슴에 대며 불호를 외웠다.

"아미타불… 너무도 망극하구나. 저자의 목적은 참회동에 있다. 오, 대자대비한 부처님이시여!"

혜명 대사의 장삼과 가사가 세찬 바람을 맞은 듯 파르르 떨렸다.

"이럴 수는 없습니다. 어떻게… 어떻게 감히 성승 사존을!"

그는 십팔금강나한들을 향해 사자후로 외쳤다.

"금강나한들은 일말의 자비도 베풀어서는 안 된다! 자객은 참회동을 목표로 삼고 있다! 속히 제압하라!"

관전하던 소림의 무승들은 경악하지 않을 수 없었다.

자객의 목표가 참회동!

대번에 자객의 청부 대상을 떠올린 그들은 불경함을 이기지 못하고 연신 합장을 하며 불호를 외웠다. 그들로서는 상상을 하는 것만으로 두려웠고 죄스러웠기에 더 이상 생각을 옮길 수 없었다.

천불성승이 어떤 존재이던가.

현 소림 장문인의 사숙조이며 살아 있는 부처님으로 불리는 경외의 대상이다. 또한 소림 사상 최강의 고수이며 인간 한계를 넘어선 성자이기도 하다. 그를 떠올리는 것만으로 제자들은 부복배례하였고 그의 언행이 기록된 경전을 늘 암송하였다.

비록 삼십 년 전 참회동에 입동하여 생사를 알 수 없지만 그것은 중요치 않았다. 이미 성불했을 것이라 모두가 믿었기 때문이다.

한데 천불성승의 목숨을 노리는 극악한 자객!

소림의 제자들로서는 대웅보전의 불상이 파괴되는 청천벽력이 아닐 수 없었다.

십팔금강나한들 역시 충격과 분노를 금할 수 없었기에 각기 최고의 절기를 구사하며 일검향을 향해 대공세를 퍼부었다. 가급적 인명 살상을 금기시하는 불문의 제자들이었지만 그들도 인간이었다.

그들에 눈에 비친 일검향은 인간일 수 없었다.

감히 부처를 향해 검을 휘두른다면 그것은 인간이 아니라 악귀(惡鬼)였다. 상대가 악귀라면 신성한 금역을 더럽히는 한이 있더라도 반드시 격멸해야 했다.

우우웅—!

금강나한들의 분노가 담긴 무공은 어마어마했다. 물샐틈없는 나한진 속에서 펼쳐진 공세라 피하는 것은 불가능했다.

그러나 일검향은 마지막까지 희망을 버리지 않았다.

어떠한 난관과 어떠한 고통이 따르더라도 반드시 춘추봉으로 귀환하겠다는 것이 그의 의지였다.

'난 반드시 돌아갈 것이다!'

그는 자청검을 두 손으로 감싸 쥐었다.

순간 그의 경락을 타고 흐르던 여의진기가 폭포수처럼 자청검 속으로 스며들었다.

번— 쩍!

눈부심 섬광과 함께 검극에서 일 장 길이의 검기가 뿜어져 나왔다. 동시에 여의진기가 그의 몸을 휘감았다.

"차아앗!"

그는 검을 앞으로 뻗은 채 빛살처럼 날아갔다. 사위의 모든 빛이 소멸되면서 한 자루 검만이 광채를 발했다. 소리마저 침묵하였기에 마치 시간이 정지된 듯한 상황이었다.

신검합일(身劍合一)!

일검향은 거의 무의식 상태에서 초상승검법을 전개한 것이다.

콰아앙ㅡ!

어마어마한 폭음과 함께 전면을 가로막은 세 명의 금강나한이 형체를 알아볼 수 없을 만큼 분시가 되었다. 삽시간에 나한진이 격파되면서 그들이 펼쳤던 대공세가 바닷물 속에 빠진 듯 소멸되어 버렸다.

일검향이 나한진을 격파하고 참회동을 향해 날아가자 무현 선사는 벼락같은 기합성을 외치며 솟구쳐 올랐다.

"멈춰라!"

허공으로 무수한 권영(拳影)이 피어올랐다. 그는 답공술을 펼친 채 힘껏 주먹을 내질렀다.

위이이잉!

선명한 권영이 자색 기운을 발하며 섬광처럼 뻗어나갔다. 바로 소림의 성명절기 중 하나인 백보신권(百步神拳)이었다.

백 보 밖의 철석도 박살 낸다는 백보신권!

추락하는 유성처럼 허공을 가로지른 백보신권은 그대로 일검향의 등판을 강타했다.

퍼억!

일검향은 피 분수를 내뿜으며 세차게 벼랑에 충돌했다.

신검합일을 전개하느라 공력이 거의 소진된 상태였기에 그가 받은 타격은 심각했다. 벼랑을 타고 구른 그는 바닥으로 털썩 떨어졌다. 기혈이 역류하면서 그는 연거푸 피를 토해냈다. 내장 조각까지 일부 섞여 나올 만큼 심한 부상이었다.

그는 전신을 와들와들 떨었다.

사지가 마비되어 꼼짝도 할 수 없었다. 세상이 빙글빙글 돌면서 아득한 나락으로 추락하는 것만 같았다. 차라리 죽는 것이 편안할 만큼 고통스러웠다.

‘끝났군… 결국 실패했어.’

마지막 희망의 끈마저 손아귀에서 빠져나가자 그는 허탈해졌다.

정신이 몽롱해지며 공허한 웃음이 감돌았다. 그로서는 최선을 다했기에 후회는 없었다. 구천에서 천사명왕을 만난다 해도 부끄럽지 않을 것 같았다.

‘미안해… 모두에게 너무 미안하군… 돌아가야 하는데…….’

그는 눈을 반개한 채 소림 무승들이 자신을 끌어내기를 기다렸다.

한데 득달같이 달려왔어야 할 그들이 전혀 보이지 않았다. 신음 어린 탄식과 안타까운 한숨 소리만 아련하게 들려올 뿐이었다.

“……?”

일검향은 어찌 된 영문인지 몰라 애써 몸을 일으켜 앉았다.

무현 선사와 혜명 대사를 비롯한 모든 무승들이 멀리 이십여 장 밖에서 길게 도열해 있었다.

그들의 발 앞에는 금색으로 칠한 돌 말뚝이 드문드문 박혀 있었다. 그들은 돌 말뚝의 경계를 넘지 못하고 분노와 안타까움만 표하는 중이었다.

“아……!”

일검향은 정신이 번쩍 들었다. 다훼의 서찰 한 대목이 스치듯 지나갔다.

'맞아! 참회동은 성역이라 소림의 제자들은 절대 접근할 수 없다고 했어.'

그는 고개를 돌려보았다.

등 뒤로 커다란 동부가 입을 딱 벌리고 있었다. 손질을 가하지 않은 천연 동굴이었다. 그리고 동부 위 석벽에는 세 개의 글자가 금강지로 선명하게 새겨져 있었다.

〈참회동(懺悔洞)〉

일검향은 피가 끓어오르는 열기를 느꼈다.

"참회동! 참회동이야. 그래서 소림의 제자들이 다가오지 못하는 거였어."

그는 자청검을 지팡이 삼아 짚으며 힘겹게 몸을 일으켰다.

멀리서 지켜보던 무승들은 그가 멀쩡히 일어서자 모두가 경악을 금치 못했다.

"이럴 수가?"

"태사조님의 백보신권을 맞고도 살아 있단 말인가?"

"아미타불… 진정 악귀란 말인가?"

무현 선사는 다시 한 번 백보신권을 발출하기 위해 주먹을 불끈 쥐었다.

"결코 살려둘 수 없다!"

혜명 대사가 급히 그의 소매를 감싸 쥐었다.

"고정하십시오, 사숙. 어찌 성역을 훼손하려 하십니까?"

"자객이 살아 있지 않느냐?"

"그래도 안 됩니다. 참회동은 역대 사존들께서 스스로 열반에 드시는 성역이 아닙니까? 장문인조차도 원로회의 재가 없이는 드실 수가 없는 곳입니다."

무현 선사는 원통하고 죄스런 심정에 눈물을 글썽였다.

"외부인이… 그것도 추악한 자객이 성역을 침범했는데 보고만 있어야 한단 말이냐?"

"참회동의 금계(禁戒)는 누구도 거역할 수 없습니다. 금계를 범한 자는 즉시 반도로서 처벌을 받게 됩니다."

혜명 대사의 역시 비통한 심정으로 고개를 떨구었다.

"성역을 지키지 못했으니… 이제 소림의 모든 제자들은 죄인이 되고 말았습니다."

일검향은 물끄러미 무승들을 바라보다가 몸을 돌렸다.

마침내 참회동에 진입하게 되었다.

한데도 그는 전혀 기쁘지가 않았다. 입동은 그저 하나의 경로일 뿐 더 큰 과제가 남아 있었던 것이다.

한 걸음 한 걸음이 고통이었다. 부상에 의한 고통이 아니라 마음의 고통이었다. 그러나 행보를 멈출 수는 없었다. 그것은 그가 걸어야 할 자객으로서의 숙명이기 때문이다.

2

휴식이 필요했다.

혹독한 자객 수련을 받았다 해도 그 역시 살과 피로 이루어진 인간이었다. 여러 번에 걸친 싸움으로 심한 내외상을 입은 그의 몸은 만신창이 되었다. 웬만한 사람이었다면 이미 과다한 출혈과 탈진으로 혼절을 하였을 것이다.

"헉헉……!"

참회동 안으로 들어선 그는 심한 현기증을 느끼며 털썩 주저앉았다.

그는 어깨에 멘 바랑을 풀어 안을 뒤졌다.

다행히 내상을 치유하는 요상단과 외상에 바를 금창약이 준비돼 있었다. 먼저 그는 상처 부위에 금창약을 바르고 옷을 찢어 동여맸다.

긴장이 풀리면서 전신 곳곳이 쑤시고 아팠다. 어깨를 다쳐 왼팔은 제대로 힘을 줄 수가 없었다. 금강나한들의 곤에 얻어맞은 다리도 성치 못했다.

그는 소금물이 스며든 사탕수수를 씹었다.

찝찔한 물기가 목구멍을 타고 흘러 들어갔다. 염분 섭취는 생존에 아주 중요한 역할을 차지한다. 자객들은 약간의 물과 소금만 있으면 한 달 가까이 생존할 수 있는 수련을 받아왔다.

일검향은 두 알의 요상단을 복용하고는 운기조식을 취했다.

여의진기가 십이경락을 타고 돌면서 빠른 속도로 기력을 회복시켜 주었다. 하지만 백보신권에 의한 타격이 워낙 심해 내공은 평소의 절반밖에 운용할 수 없었다.

운공을 마친 일검향은 조심스럽게 동굴 안으로 들어갔다.

동굴 특유의 매큼한 냄새가 코를 찔렀다. 공기는 건조했고 온도는 활동하기에 적당할 정도였다.

십여 장 정도를 들어가자 너무도 앞을 분간할 수 없었다.

일검향은 바랑에서 화섭자를 하나 꺼내 밝혀 들었다. 시야가 조금 회복되자 그는 다시 안으로 들어갔다.

일순 눈앞으로 은은한 녹색 기운이 느껴졌다.

작은 지하 광장 한가운데에 야광석으로 둘러진 우물이 보였다. 녹색 기운은 야광석에서 발산된 빛이었다.

우물로 다가선 일검향을 안을 들여다보았다.

짙은 어둠. 너무도 짙어 두려움마저 불러일으키는 어둠이 우물 속에 존재해 있었다. 절대적 어둠이 바로 달리 무저갱(無低坑)으로 불리는 참회동이었다.

일검향은 긴장을 해소하기 위해 깊이 숨을 들이켰다.

'여태까지는 참회동에 입동하는 데만 전력을 기울였다. 그리고 그것을 이루었다. 이제는 참회동 바닥까지 내려가는 데에만 주력하면 돼. 그 안에서 어떤 상황이 벌어질지 우려할 필요는 없다. 이번 척살은 한 치 앞도 예상할 수 없는 암흑 속을 걷는 것과 같다. 한 단계씩 해결하는 것이 최선이다.'

그는 바랑을 뒤져 도구를 찾아보았다.

뾰족한 철침과 쇠고리, 천잠사로 엮은 끈 뭉치와 가죽 장갑, 그리고 허리에 두를 가죽 띠.

그는 다훼와 동문들의 세심한 준비에 감사하며 우물을 둘러싼 야광석에 단단히 철침을 박았다. 과정 하나하나가 그의 생명과 직결되기에 소홀할 수 없었다. 그는 천잠사를 고리에 걸어 철침과 연결하고는 다른 한쪽 끝을 가죽 띠에 둘렀다.

가죽 띠를 허리에 힘껏 조인 그는 깊이 심호흡을 했다.

'침착하자. 어떤 상황에서도 당황하지 말아야 한다.'

그는 스스로를 채찍질하고는 무저갱 안으로 뛰어들었다. 추락 속도
가 빨라지자 그는 가죽 장갑을 낀 손으로 천잠사를 쥐어 속도를 늦추
었다. 장갑은 사슴 가죽으로 만들어졌기에 질기고 부드러웠다.

그렇게 이십여 장 정도를 하강했다.

보이는 것은 어둠뿐이었다. 한 가닥 끈에 의지해 있는 몸이 좌우로
심하게 흔들렸다. 다시 이십여 장을 더 내려가자 가죽 띠로 조인 허리
에 심한 압박이 전해졌다.

그는 잠시 하강을 멈추며 위쪽을 올려보았다. 아무것도 보이지 않았
다. 무저갱 입구도 분간할 수 없었다.

또다시 십여 장을 더 내려가자 천잠사도 더 이상 풀리지 않았다.

'대체 얼마나 깊기에 아직도 바닥에 당도할 수 없는 것일까? 이제는
뛰어내릴 수밖에 없는데…….'

그는 화섭자를 하나 밝혀 들었다.

자신의 몸 주변을 살필 수 있는 것 외에는 여전히 어둠뿐이었다. 아
래쪽을 비쳐 보았지만 바닥을 감지할 수가 없었다. 그는 바닥으로 화
섭자를 던졌다.

희미한 불꽃을 발하는 화섭자가 추락했다. 끝없이 추락하는 것만 같
았다. 적어도 그의 눈에는 그렇게 비쳤다. 너무도 짙은 어둠 때문에 시
간 흐름에 대한 감각이 마비된 것이다.

화섭자의 불빛이 더 이상 멀어지지 않았다. 그것은 바닥에 닿았음을
의미했다. 생각보다 훨씬 깊은 거리였다.

십 장? 이십 장? 그 이상일까?

일검향은 공간에 대한 감각마저 마비돼 깊이를 정확히 측정할 수가
없었다. 하지만 마냥 주저할 상황이 아니었다. 화섭자의 불꽃이 꺼지

면 또다시 아까운 화섭자를 하나 더 낭비해야 하기 때문이다.

그는 천잠사에 연결된 가죽 띠를 쥐었다.

'가자!'

가죽 띠를 푼 그는 사지를 활짝 펼치며 어둠 속으로 하강했다.

그의 경공 능력으로는 십 장 높이를 하강할 수 있을 정도였다. 그 이상의 깊이라면 추락하는 속도를 감당할 수가 없다. 그의 느낌으로 십여 장을 하강하면서 급속도로 진기가 흩어졌다.

추락 속도를 늦출 수 없자 그의 몸은 곤두박질하듯 떨어지기 시작했다.

그 와중에도 그는 꺼질 듯이 깜빡거리는 화섭자를 직시했다. 자칫 머리로 떨어지면 즉사한다. 바닥에 당도하기 직전 최대한 낙법을 발휘하면 충격을 완화시킬 수 있기에 정확한 판단을 해야 했다.

쉬이이익!

귀청을 찢는 추락 속도에 머리카락이 쭈뼛 솟았다.

깜빡거리는 화섭자 불빛이 순식간에 눈앞으로 다가왔다. 바닥이었다. 그는 무릎 사이에 머리를 묻은 채 몸을 최대한 동그랗게 말아 빠르게 회전시켰다.

퍼억!

엄청난 충격에 그의 입에서 절로 신음 소리가 터져 나왔다.

"흐으윽!"

그는 충격을 견딜 수 없어 몸을 데굴데굴 굴렀다. 전신이 산산조각으로 부서진 것 같았다. 뼈가 어긋나고 살이 헤진 고통에 온몸이 부들부들 떨렸다.

그러나 그는 정신을 잃지 않았다.

그는 고통에 몸을 떨면서도 자신의 살아 있음을 확신했고 바닥에 당도했음을 위안으로 삼았다.

'당도했다. 내가 참회동 바닥에 내려섰어!'

스스로 생각해도 믿기지 않는 침투였다. 소림 무승들의 포위망을 돌파했고 아득히 깊은 참회동에 당도한 것이다. 이제 마지막 단계였다.

척살!

그는 누운 채로 여의심결을 운기했다.

연속된 부상으로 운용할 수 있는 진기는 고작 삼성 정도였다. 이제 다시 참회동 위로 올라간다는 것은 불가능한 상태였다.

하지만 그것은 차후 문제였다. 그가 숱한 곤경을 무릅쓰고 참회동에 침투한 이유는 천불성승에 대한 척살이었기에 이제 그것을 마무리할 단계였다.

그는 천근처럼 무거운 몸을 일으켜 세웠다.

착지를 하면서 관절에 무리가 갔는지 오른발을 제대로 움직일 수가 없었다. 왼팔에 이어 다리까지 상해를 입었으니 거의 반신불구의 몸이었다.

이런 몸으로 척살을 감행한다. 그것도 무림 최강의 고수를.

천하인 모두가 조소를 던질 상황이지만 그는 자신의 척살에 대해 어떤 두려움이나 주저함도 없었다. 성공을 확신하지 않았지만 실패에 대한 불안감두 없었다.

그저 자신에게 주어진 숙명에 따라 자신의 길을 걸을 뿐이었다.

화섭자가 밝혀지면서 그는 자신이 얼마나 만신창이가 됐는지 비로소 알 수 있었다.

옷은 갈기갈기 찢겼고 온통 피로 얼룩져 있었다. 오른발을 움직일 수 없는 이유도 알게 되었다. 무릎이 심하게 찢겨 허연 관절이 비집고 나와 있었던 것이다.

일검향은 일단 관절을 맞추고 옷을 찢어 칭칭 동여맸다. 의술에 능하지는 않아도 웬만한 상처는 스스로 치료할 수 있는 그였다.

어느 정도 몸을 추스른 그는 화섭자를 쳐들고 주변을 두루 살폈다. 사위가 워낙 어두워 화섭자 불빛으로는 이 장 밖을 헤아리기가 어려웠다. 지형 숙지는 기본이기에 그는 아픈 다리를 이끌고 천천히 걸음을 옮겼다.

십여 걸음을 옮기자 벽이 보였다.

석벽은 안쪽으로 호선을 그리며 기울어져 있었다.

일검향은 석벽을 매만지며 다훼가 서찰에서 밝힌 대로 참회동이 항아리 형태라는 것을 실감했다. 대략 육칠십여 장에 달하는 높이를 감안한다면 벽호공 신법을 구사해도 기어오르는 것은 불가능한 지형이었다.

그는 화섭자를 좌우로 밝히다가 벽을 따라 천천히 이동했다.

문득 낮은 석대 위로 한 구의 유해가 눈에 띄었다.

“…….”

그는 화섭자를 낮추어 유해를 살펴보았다.

아주 오랜 세월이 경과한 듯 유해는 두개골 일부와 대퇴부 뼈만 남긴 채 진토로 변해 있었다. 승복과 가사 역시 가루가 되어 형체조차 찾아볼 수 없었다.

“족히 수백 년 전 참회동에 입동한 고승이었나 보군.”

일검향은 다시 벽을 따라 걸음을 옮겼다.

곧바로 또 하나의 석대가 보였다.

석대 위 앙상한 유골 사이로 염주가 보였다. 유골의 형태로 미루어 첫 번째 보았던 유해보다는 나중에 입동한 선승의 유해로 보였다.

이후에도 몇 구의 유해가 간격을 두고 놓여져 있었다. 모두가 참선을 하면서 좌화가 된 듯 석대 밖에 널브러진 유해는 없었다.

일검향은 유해를 지나치면서 소림 고승들의 높은 의식에 경의를 표하지 않을 수 없었다.

세상과 단절된 무저갱, 한줄기 빛과 소리조차 없는 침묵의 세계, 절대적인 고독…….

이런 참회동 속에서 생사의 경지를 초월해 화두(話頭)에 전념하다 열반에 든 고승들이 존경스럽기만 했다. 이제 그도 선승들처럼 이곳에서 뼈를 묻어야 할 상황이다. 과연 자신이 이들처럼 의연하게 죽음을 맞이할 수 있을지 장담할 수 없었다.

화섭자가 꺼지자 그는 바랑에서 다른 화섭자를 꺼내 밝혀 들었다.

남아 있는 화섭자는 세 개뿐이었다. 참회동이 아주 넓지 않다면 화섭자를 모두 소진하기 전에 천불성승을 찾아내기는 가능할 것 같았다.

일순 한쪽 다리를 끌며 걸음을 옮기던 그가 우뚝 멈춰 섰다.

좌대에 가부좌를 틀고 앉아 있는 한 사람. 그는 여태 보아왔던 유해의 형태가 아니었다. 어깨며 다리 위로 먼지가 수북했지만 온전한 사람의 형태를 유지하고 있었다.

'천불성승?

그는 마음속으로 외치며 가까이 다가섰다.

머리에 아홉 개의 계파가 찍혀 있는 노승이었다. 희끗한 수염은 바닥에 닿을 만큼 길게 자라 있었다. 기골이 장대한 체구였지만 뼈에 가죽만 붙어 있어 해골처럼 보였다. 몸에 두른 황색 가사며 장삼은 심하게 삭아 거의 가루로 변해 있었다.

일검향은 흥분을 금할 수 없었다.

마침내 세상의 전설과 대면하게 된 것이다. 천상삼비의 일인이며 천하 최강의 고수 천불성승. 천하인 모두가 흠모하며 경외하는 무림의 성자를 자신의 눈으로 보게 되었다.

그는 감동에 젖어 자신도 모르게 털썩 무릎을 꿇으며 배례를 올렸다.

공손히 삼배를 올린 그는 조심스럽게 고개를 들었다.

"선사님의 수행을 어지럽힌 죄를 용서해 주십시오."

그는 비로소 천불성승의 용모를 똑똑히 확인할 수 있었다.

송충이 눈썹은 좌우 균형이 맞지 않았고 코는 뭉뚝한 주먹코였다. 눈을 감고 있어 분명치 않았지만 한쪽 눈이 유난히 불거진 것으로 미루어 짝눈으로 보였다.

전설의 성승으로 불리기에는 너무 추한 몰골이었다.

"……?"

일검향은 자신의 눈을 의심했고 더불어 자신이 혹시 사람을 잘못 찾은 것은 아닌지 혼란스러웠다.

하지만 천불성승은 가장 최근에 참회동에 든 고승이었다. 그 외에는 백 년 이래 참회동으로 입동한 고승이 있었다는 얘기를 들은 적이 없었다. 아직 온전한 형체를 유지하고 있는 것을 감안한다면 천불성승이 분명했다.

'천불성승이 확실해… 무현 선사와 같은 고고한 기품은 느낄 수 없지만 분명 천불성승이다.'

그는 허리춤의 자청검을 쥐었다.

감히 살심을 품는 것조차 용납되지 않는 무림의 성자이지만 척살은 그의 숙명이었다. 천불성승을 척살하기 위해 그는 숱한 난관을 거쳐 참회동에 침투하였고 이제 척살을 결행해야 할 상황이었다.

하지만 그는 검을 뽑을 수가 없었다. 두려움 때문이 아니었다.

먼지를 뒤집어쓴 채 미동도 하지 않고 있는 천불성승이 이미 좌화한 몸임을 깨닫게 된 것이다.

일검향은 안도와 동시에 허탈함에 젖어 긴 한숨을 내쉬었다.

그의 손으로 전설의 성자를 살해하지 않아도 되었다는 것은 지극한 안도가 아닐 수 없었다. 천불성승의 존체에 병기를 들이댄 것만으로 그는 평생 괴로움을 느껴야 하기 때문이다.

그러나 죽음을 무릅쓴 자신의 침투가 의미를 상실했다는 것은 허무 그 자체였다.

그는 망연한 눈빛으로 어둠을 올려다보았다.

'성승은 이미 열반에 드셨다. 그것을 확인했으니 나의 소임은 다한 셈이다. 이제 돌아가야 하는데… 어떻게 참회동을 빠져나간단 말인 가?

한데 이때였다.

그의 손에 쥐어진 화섭자의 불꽃이 가볍게 나부꼈다.

"……?"

일검향은 눈을 번쩍 떴다. 흔들리던 불꽃은 이내 꼿꼿하게 타올랐지 만 그는 의혹을 금할 수 없었다.

참회동은 외부 세계와 철저하게 차단된 공간이었다. 아득히 높은 곳 에 출구가 뚫려 있지만 바람이 스며들어 바닥까지 이를 수는 없었다. 한데 분명 미세한 바람이 불어와 불꽃을 흔들었다.

그는 찬찬히 어둠 속을 둘러보다가 천불성승의 유해로 시선을 고정시켰다.

'설마… 생존해 계셨단 말인가? 성승의 숨소리에 불꽃이 흔들린 것이라 말인가?'

그는 눈 한 번 깜짝이지 않은 채 천불성승을 직시했다.

초극의 경지에 이른 고수는 한 번의 호흡만으로 오래 시간 동안 숨을 멈출 수 있지만 생존을 위해서는 영원히 숨을 멈출 수는 없다. 물론 그가 직접 천불성승의 맥을 짚어 생사를 확인할 수 있지만 그는 감히 천불성승의 존체에 손을 댈 수가 없었다.

한데 화섭자 하나가 소진될 때까지 불꽃의 흔들림은 없었다.

일검향은 새로 화섭자를 밝혀 들고는 조용히 기다렸다. 천불성승의 생존은 그에게 있어 아주 중대한 사건이었다. 살아 있다면 척살을 늦출 수 없었다. 망아지경에 빠져 있어 아무런 대응도 하지 못할 상황이라도 그는 척살을 결행해야 했다.

이때 화섭자의 불꽃이 다시 흔들렸다. 흔들림은 분명했고 잠시 전보다 더 오래도록 불꽃이 나부꼈다. 또한 일검향 스스로도 천불성승의 호흡을 감지할 수 있었다.

'아직 살아 있다!'

일검향은 이를 악물며 자청검을 쥐었다. 그는 오로지 척살만 생각하며 벼락같이 몸을 날렸다.

"용서하십시오, 선사님!"

그는 천불성승의 미간을 향해 자청검을 겨누었다.

일순 천불성승이 번쩍 눈을 떴다. 좌우의 눈 크기가 다른 짝눈이었지만 너무도 맑은 눈이었다. 참회동의 절대적인 어둠이 순식간에 소멸되는 듯 밝고 깨끗했다.

일검향은 찰나지간 다훼의 서찰 내용을 떠올리며 미간을 찌르던 검극을 천불성승의 왼쪽 눈으로 틀었다. 천불성승의 약점이 안정혈(眼睛穴)일 가능성이 높다면 눈동자를 노리는 것이 보다 확실한 척살일 수 있었기 때문이다.

오랜 참선 속에서 갓 깨어난 천불성승은 아무런 대비도 할 수 없었다.

참회동은 소림의 장문인이라도 함부로 들어올 수 없는 금역이다. 그의 수행을 방해할 그 어떤 존재도 생각할 수 없는 것은 당연한 일이다. 한데 눈을 뜨는 순간 상상도 못할 변괴가 벌어졌다.

자객이 침투해 척살을 가해온 것이다.

천불성승은 자신의 눈을 노리는 검극을 감지하는 순간 일갈을 내질렀다.

"이놈!"

짤막한 외침이었지만 그것은 불문의 상승절기 사자후(獅子吼)였다. 한마디 외침으로 만마를 굴복시킬 위력의 사자후. 그 절대적인 음공이 펼쳐지는 순간 무형의 기운이 폭발했다.

자청검은 천불성승의 동공을 찌르기 직전 튕겨졌고, 더불어 일검향 역시 음공에 휩싸이고 말았다.

퍼억!

둔탁한 폭음과 함께 일검향은 피를 뿜으며 오 장 밖으로 나가동그라졌다. 어마어마한 음공에 오장육부마저 뒤틀렸다. 숨이 턱 막히며 육체를 벗어나려는 영혼의 몸부림에 정신이 아득해졌다.

바닥으로 떨어진 그는 아무것도 볼 수 없었다. 화섭자의 불꽃마저 꺼져 보이는 것은 오직 짙은 어둠뿐이었다. 몇 번 눈을 깜박이던 그는 옆으로 고개를 꺾었다.

희미해져 가는 의식 속에서 그는 자신의 최후를 직감했다.

죽음…….

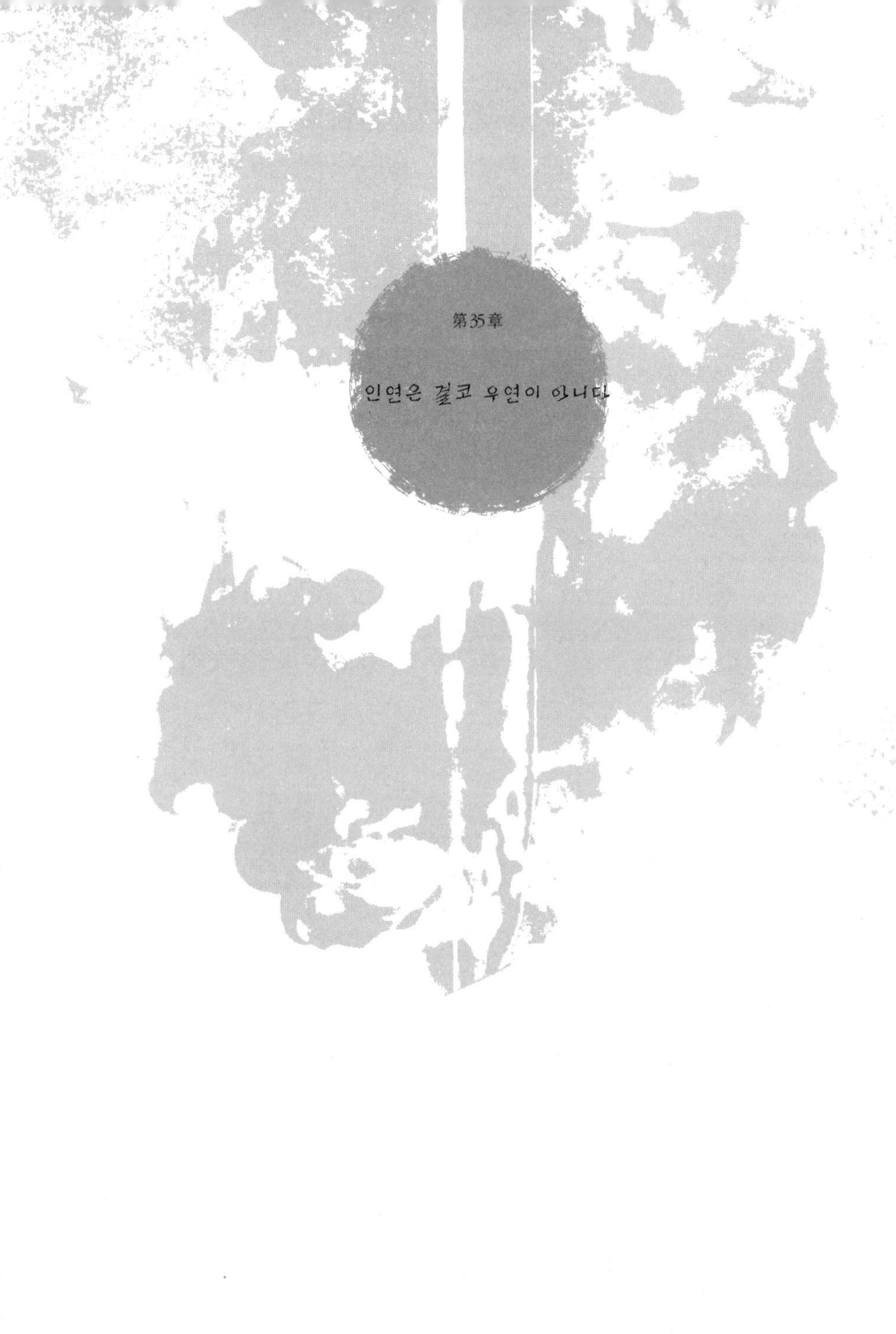
第35章
인연은 결코 우연이 아니다

쏴아아아……!

봄비치고는 세찬 빗줄기였다. 정자의 지붕을 타고 흐르는 낙숫물이 흡사 주렴을 드리운 듯싶었다.

정자 안에서 혼자 술을 마시고 있던 여인은 우울한 눈빛으로 낙숫물을 바라보고 있었다. 중년의 나이로는 놀랍도록 희고 깨끗한 피부를 지닌 미부였다.

그녀는 다시 한 잔의 술을 마시고는 공허한 웃음을 머금었다.

"부질없는 생각이었어… 차라리 그를 은천마국으로 들여보내는 것만 못했어."

여인은 바로 요지선궁의 궁주 소운향이었다.

그녀는 자책 어린 한숨을 내쉬고는 빈 잔 가득 술을 따랐다.

이때 우산을 받쳐 쓴 추가영이 정자 아래로 다가섰다. 그녀를 안내해 온 우상비가 턱짓을 보내고는 물러갔다.

추가영이 정자로 올라서자 소운향이 빈자리를 가리켰다.

"앉아라."

추가영은 잠시 그녀를 바라보다가 정자 난간으로 다가섰다. 그녀는 금궁의 정경을 둘러보며 입을 열었다.

"이렇듯 아름다운 궁내에 사내가 없어 안타까워하십니까?"

빈정대는 말투였지만 노골적인 악감은 깃들지 않았다.

그녀는 지난번 척살단 자객들의 방문 때 자신을 지켜주려 한 소운향을 보면서 많은 것을 생각하게 되었다. 자신을 내궁에 연금시킨 것이 단순히 인질로 삼기 위함이 아님을 깨닫게 된 것이다.

소운향의 위선은 분명 지탄받아 마땅하지만 악녀로는 보이지 않았다. 자신을 척살하기 위해 침투한 자객을 죽이지 않았다는 것도 깊이 생각해 보아야 할 문제였다.

소운향은 그녀의 조롱에도 별반 화를 내지 않았다.

"사실이다. 지금 같아서는 아무 사내라도 끌어안고 미친 듯이 즐기고 싶다."

"……."

"잠시 전 일검향의 행적이 보고됐다."

"예에?"

추가영이 급히 그녀 앞으로 다가섰다.

"어떻게 됐어요? 검향은 무사한가요?"

"앉아라. 너와 술을 나누면서 모든 것을 밝히고 싶구나."

"검향이 어찌 되었는지 먼저 말해요!"

추가영이 다그치자 소운향은 술잔을 들어 입으로 가져갔다.

"참회동에 입동했다. 첫 단계는 통과한 셈이지."

"아아!"

추가영은 크게 안도하며 자리에 앉았다. 그녀는 거푸 석 잔의 술을 들이키고는 가슴을 쓸었다.

"이제 어떻게 되는 거죠?"

"아무도 모른다. 자객이 소림의 십팔나한진을 돌파하고 금역인 참회동에 입동한 것만으로도 천하가 발칵 뒤집혔지."

"소림의 입장에서 본다면 엄청난 치욕인데 어떻게 그런 기밀이 외부로 흘러나온 것이죠?"

"소림에서야 당연히 제자들에게 엄중하게 함구령을 내렸지. 하지만 소림의 수뇌부에도 은천마국에 의해 포섭된 자들이 숨어 있다."

추가영은 의아한 표정을 지었다.

"검향의 말에 의하면 자신의 손에 죽은 정현 대사가 은천마국의 첩자라고 했어요. 한데 또 다른 첩자가 있단 말입니까?"

"정현은 하급 첩자일 뿐이다."

"정말 끔찍한 놈들이군요."

추가영은 소림의 수뇌부에까지 침투한 은천마국의 마수에 몸서리를 치고 말았다.

소운향은 연못 위로 쏟아지는 빗줄기로 시선을 돌렸다.

"일검향이 참회동에 입동했지만… 돌아오지는 못할 것이다. 결코 돌아오지 못해."

추가영은 그녀를 직시하며 물었다.

"지금 그를 위해 슬퍼하는 건가요?"

"그래."

"그렇다면 왜 그를 참회동으로 들여보냈습니까? 궁주는 애초부터 그를 죽이려 했잖아요?"

소운향은 길게 한숨을 내쉬고는 입술을 곱씹었다. 그리고는 참으로 놀라운 비밀을 털어놓았다.

"사실 천예사원에다 요지선궁의 궁주를 척살해 달라는 의뢰를 한 사람은 바로 나다."

"……!"

추가영은 자신의 귀를 의심했다.

세상에 과연 누가 자신의 목숨을 자객에게 청부할 수 있단 말인가? 그것도 천하에서 가장 뛰어난 자객들을 보유한 천예사원의 자객에게!

그녀는 멍하니 소운향을 바라보았다.

"궁주… 지금 제정신이에요?"

"가영, 난 멀쩡해. 술을 많이 마셨지만 조금도 취하지 않는구나."

"무슨 의도죠? 왜 천예사원의 자객들을 함정으로 끌어들인 겁니까?"

소운향은 술잔을 손에 들고 일어섰다. 그녀는 난간 앞에 서며 금궁의 정원을 둘러보았다.

"이곳 요지선궁은 천지성후 조사님께서 창건하신 이후 백여 년을 유지해 왔다. 단순히 명맥만 이어온 것이 아니라 천하에서 가장 고결하고 신비로운 문파로서 존재해 왔었다. 한데 내가 제사대 궁주에 올라 삼 년을 지나기도 전에 참담한 수모를 겪게 되었다."

"……."

"음양천 앞을 지키던 선화와 선랑 다섯이 갑작스럽게 납치를 당하였다. 그 아이들의 무공이 결코 약하지 않은데도 제대로 대응 한 번 못하고 제압을 당한 것이지."

추가영이 낮은 음성으로 물었다.

"은천마국……?"

"난 제자들에게 비상경계를 지시하고 궁을 나섰다. 그때 웬 중년인이 내 앞에 나타났다. 머리카락도 붉고, 눈알도 붉고, 두 손마저 붉은 자였다. 혈의인은 자신이 요지선궁의 제자들을 납치했다고 하더군. 그러면서 그 아이들을 되찾고 싶으면 자신과 겨뤄 이겨야 한다고 말했다."

"그자가 누구죠?"

"태상전에 속해 있는 자들은 모두 상(相)의 직위를 지니고 있다. 나중에 알고 보니 그자는 혈상(血相)으로 불리는 자였다."

소운향은 손에 쥔 술잔을 비우고 난간에 걸터앉았다. 눈길은 회색빛 하늘을 좇고 있었다. 진한 아픔이 깃들인 눈빛이었다.

"내가 비록 중원제일의 고수는 아니지만 어떤 고수와 싸워도 패하지 않을 자신이 있었다. 천중육기 중에서도 나를 능가할 고수는 세 명 정도뿐이니까."

"……."

"혈상은 좌도우검(左刀右劍)을 구사하는 자였다. 아주 특이한 경우라 할 수 있지."

"좌도우검이요?"

추가영도 좌도우검을 동시에 펼칠 수 있는 사람에 대해서는 들어본 적이 없었다.

양손으로 쌍검과 쌍도를 전개하는 무공도 수련이 쉽지 않다. 자칫 자신이 펼치는 절기가 서로 충돌할 수 있기 때문이다.

한데 검과 도는 서로 다른 성격의 병기라 수련 방법도 상이하다. 하기에 전설적인 양심신공을 터득하지 않고서는 동시에 좌도와 우검을 펼쳐 내기는 불가능한 일이었다.

소운향은 실성한 사람처럼 공허한 미소를 지었다.

"어처구니없게도 나의 천지쌍검은 혈상의 좌도우검을 이기지 못했다. 나 스스로도 믿을 수 없는 참담한 패배였지. 그리고 그는 내게 조건을 제시했지… 죽겠느냐, 벗겠느냐!"

"궁주?"

추가영은 눈을 번쩍 뜨며 자리에서 일어섰다.

소운향은 너무도 담담하게 자신의 치욕적인 비밀을 털어놓았다.

"난 벗었다. 혈상에 의해 강제로 겁탈을 당한 것이 아니라 구차한 목숨을 부지하기 위해 기꺼이 옷을 벗었다."

추가영은 고개를 흔들며 외쳤다.

"아닙니다. 그럴 수는 없어요. 거짓말입니다!"

"당시 나는 참담한 패배에 거의 이지를 상실했었다. 사존의 위대한 명예를 훼손했기에 내 자신의 몸 따위는 생각지 않았다. 너무도 엄청난 상심과 좌절에 내 자신을 학대하고 싶었는지도 모른다."

"궁주……."

"난 죽었어야 했다. 패배를 당했을 때 깨끗하게 죽었어야 했고, 몸을 더럽혔을 때 목숨을 끊었어야 했다. 하지만 난 죽지 않았다. 아니, 너무 억울하고 원통해 죽을 수가 없었다."

소운향의 음성이 조금씩 떨리기 시작했다.

"두 달 후 혈상이 다시 본 궁을 찾아왔다. 나는 다시 한 번 혈상과 겨뤘다. 패배에 대한 설욕보다는 그자와 함께 죽겠다는 결심을 품고 도전을 했지. 그러나 두 번째 대결에서도 난 무참하게 패하고 말았다. 그자는 다시 조건을 제시했다. 죽겠느냐, 협력하겠느냐……."

"흑, 궁주······."

추가영은 뜨거운 눈물을 흘리며 털썩 무릎을 꿇었다.

그녀는 소운향과 아무런 관계도 없었지만 마치 자신이 패배를 당하고 유린을 당한 듯 고통스러웠다.

소운향의 치욕은 분명 무덤까지 가져가야 할 비밀이었다. 그것을 숨김없이 털어놓았다는 것은 단순한 넋두리가 아니라 자신에 대한 절대적인 신뢰임을 가슴이 저리도록 느끼게 된 것이다.

소운향은 잠시 침묵하다가 다시 입을 열었다.

"그 후 난 혈마공이란 직위를 받았고 은천마국의 협력자가 되었다. 성스런 천지성후의 후예가 사악한 마도 집단에게 굴복한 것이지."

난간에서 내려선 그녀는 추가영에게 다가섰다. 그녀는 추가영을 감싸 일으키며 등을 다독여 주었다.

"슬퍼하지 마라. 나를 위해 동정할 것도 없다. 세상에는 나보다 불행하고 고통스런 삶을 사는 사람들이 더 많으니까."

추가영은 그녀의 어깨에 얼굴을 묻은 채 눈물만 흘렸다.

대체 무슨 말을 해야 할지 몰랐다. 소운향을 위로해 줄 수도 없었고 욕할 수도 없었다. 같은 여인의 신분으로 그저 그녀의 아픔을 대신 느낄 뿐이었다.

소운향은 그녀를 자리에 앉히고는 술을 따라주었다.

"내가 은밀하게 사내를 끌어들이는 음탕한 요부가 된 것은 두 번의 패배를 겪은 이후였다. 저들에게 망가진 모습을 보여야 했기 때문이다."

"왜… 왜 복수할 생각을 하지 않았습니까? 천지성후님의 후예로서 당연히 복수를 해야 하는 것 아닌가요?"

"혈상은 태상전에 소속된 여러 마상(魔相) 중 한 명에 불과하다. 그런 자를 이기지 못한 내가 무슨 능력으로 복수를 할 수 있겠느냐?"

추가영은 그녀의 손을 감싸 쥐었다.

"궁주, 세상에는 아직 빛이 존재합니다. 소림과 무당의 전력은 건재하고 의천맹은 백도의 지주로서 은천마국에 대항하고 있습니다. 게다가 천예사원의 자객들 역시 복수를 외치고 있는 상황입니다."

"부질없는 몸부림일 뿐이다. 저들은 너무도 강해. 상상도 할 수 없을 만큼 무서운 자들이다."

"영원한 마(魔)는 없습니다. 은천마국의 국주도 인간이지 마신(魔神)이 아닙니다. 천예사원의 자객들은 누구도 죽일 수 있는 최고의 전문가입니다. 왜 그들에게 협조를 구하지 않고 검향을 죽음 속으로 몰아넣은 것입니까?"

소운향은 의자에 깊숙이 몸을 묻었다.

"마국은 너무도 거대해 천예사원의 자객이라도 그 실체에 접근할 수 없다. 나 역시 극히 일부만 알 뿐이야. 당금 천하에서 그들을 상대할 수 있는 존재는 오직 두 분밖에 없다."

"……?"

"천지성후 사존님은 타계하셨지만 천상삼비 중 두 분은 아직 생존해 계신다. 천맹무선은 구름과 같은 분이라 행방을 알 수 없지만 천불성승은 소림 참회동에 계시지."

추가영의 동공이 심하게 흔들렸다. 소운향이 무엇을 의도하고 있는지 비로소 간파한 것이다.

"하면… 검향을 의도적으로 참회동에 보낸 것입니까?"

소운향은 술을 한 모금 들이키고는 조용히 고개를 끄덕였다.

"소림의 땡초들은 지나치게 계율에 얽매어 있다. 산문이 파괴되는

치욕을 당했지만 참회동에 계신 천불성승에게 고하지도 못했다. 의천
맹의 권고를 받아들여 보복을 참고 있을 뿐이지."

그녀는 나직한 한숨을 내쉬며 자신의 치밀한 의도를 소상하게 밝혔다.

"천불성승은 무림의 전설적인 존재야. 그분이 참회동에서 나서야만
백도는 은천마국과 맞설 백도연맹을 창건할 수 있다. 그러기 위해서는
누군가 참회동으로 뛰어들어 현 상황을 소상하게 고해야 한다. 하지만
참회동은 소림의 성역이자 절대 금역이다. 과연 누가 소림의 철통같은
경계를 뚫고 참회동에 들어갈 수 있을까?"

"……."

"나는 수년에 걸쳐 천불성승을 출동시킬 계책을 강구했지만 도저히
해법을 찾을 수가 없었다. 그러던 중 은천마국에 의해 천예사원이 괴
멸되었다는 소식을 듣게 되었다. 천사명왕과 사대금살이 제거되었다
는 소식을 듣고는 천예사원도 이제 끝났다고 생각했지. 한데 얼마 전
벽력신군이 자객에 의해 척살되었다는 풍문을 듣고는 생각을 달리하게
되었다. 벽력신군을 척살할 자객은 천예사원의 자객밖에 없기에 그들
이 건재하고 있음을 확신한 것이다."

추가영이 곧바로 말을 받았다.

"그래서 자신을 살인 청부해 을화 언니를 끌어들여 제압하고, 다시
을화 언니를 미끼로 검향마저 덫에 걸리게 만든 건가요?"

소운향은 서글픈 미소를 지었다.

"어쩔 수 없었다. 소림의 금역으로 뛰어들 사람은 그들밖에 없으니
까."

"그러다 정말… 검향이 성승을 척살하기라도 한다면……."

"불가하다. 일 푼의 가능성도 없는 일이야. 가능성은 희박하지만 난

성승께서 생존해 계시기를 기대하고 있다. 일검향이 성승에게 제압된다면… 성승께서도 세상의 전모를 아시게 될 것이다."

추가영은 원망스런 눈빛으로 그녀를 직시했다.

"왜 검향에게 그런 상황을 말하지 않았어요? 성승에 대한 척살이 아니라 구원을 요청하기 위한 침투였다면 그가 괴롭지는 않았을 겁니다. 설사 침투 도중 목숨을 잃는다 해도 허망하지는 않았을 것입니다."

"일검향은 자객이다. 자객은 척살을 목표로 할 때만 최선을 다한다. 만일 내가 진정한 의도를 털어놓았다면 그는 결코 참회동으로 향하지 않았을 것이다."

"……."

추가영은 인정하지 않을 수 없었다.

자객은 패권 다툼과는 무관한 사람들이다.

그들의 임무에 지장을 주지 않는다면 누가 천하의 주인이 되든 상관하지 않는다. 은천마국이 천예사원을 침공하는 바람에 일검향을 비롯한 동문들이 은천마국에 원한을 품게 된 것이지 그런 일이 없었다면 흑백 대결에는 관여하지 않았을 것이다.

'요지선자의 말이 맞아. 검향은 은천마국으로 뛰어드는 일이라면 모를까 절대 참회동 침투를 수용하지 않았을 거야.'

그녀는 한 가닥의 위로라도 받기 위해 조용히 물었다.

"궁주, 만일 검향이 무사히 참회동을 내려가 성승을 만났다면 돌아올 가능성은 있는 건가요?"

"……."

"성승께서 비록 오랜 폐관 수련에 들었지만 무림의 성자가 아닙니까? 현 무림 상황을 외면하지는 않겠지요?"

소운향은 그늘진 표정으로 술잔을 감싸 쥐었다.

"솔직히… 나도 알 수 없다. 참회동에 든 역대 선승들 중 누구도 다시 나온 적이 없으며 나와서는 안 되는 것이 금계(禁戒)다."

"그럼… 검향이 죽을 수밖에 없단 말입니까?"

"그가 살아서 돌아온다면 그것은 기적이다."

추가영은 한 가닥 희망마저 무너지자 참담한 심정으로 고개를 떨구었다.

쏴아아……!

누구를 위한 애도일까. 빗줄기는 여전히 정자의 지붕을 세차게 때리고 있었다.

잠시 오열을 흘린 추가영은 원독 어린 눈빛으로 그녀를 직시했다.

"당신을 죽이겠어. 그런 후 나도 죽어 그를 만나겠어. 넋이 되어서라도 참회동으로 날아갈 거야. 검향의 영혼을 참회동 어둠 속에 혼자 버려둘 수는 없어!"

몸을 일으킨 소운향은 정자 입구로 걸음을 옮겼다.

"네가 나를 죽이려 하지 않아도 난 곧 죽는다. 태상전에서 소환령이 발부됐다. 저들은 내가 일검향을 참회동으로 침투시킨 의도를 이미 간파하고 있다."

"……."

"넌 떠나라. 일검향을 위해 자결할 생각이라도 요지선궁을 떠나 목숨을 끊어라."

"당신은……."

"난 요지선궁의 궁주이다. 궁을 지키지 못하면 궁과 함께 산화하는 것이 당연한 도리이지."

소운향은 정자 아래로 내려섰다.

쏟아지는 빗줄기에 그녀는 이내 흠뻑 젖었다. 그녀의 공력이라면 호신강기를 펼쳐 빗줄기를 튕겨낼 수 있었지만 고스란히 비를 맞았다.

표정은 의외로 담담했다. 어떠한 슬픔과 분노, 두려움과 아쉬움도 엿보이지 않았다. 요지선궁의 궁주로서 긍지와 의연함을 지닌 그런 모습이었다.

추가영은 정자 난간에 머리를 묻은 채 무릎을 꿇었다.

소운향을 원망할 수도 없었다. 원망스러운 것은 이런 비극이 벌어질 수밖에 없는 현실이었다.

난생처음 사내를 사랑하게 되었지만 세상 사람들 모두가 경원시하는 자객이었다. 그렇다 해도 그녀는 개의치 않았으며 그와 함께 있을 수만 있다면 세상의 어떤 지탄과 경멸도 무시할 수 있었다.

한데 그녀에게는 그런 행복이 주어지지 않았다. 서로의 마음을 확인하면서 작별을 하였고 그것이 그들의 마지막이었다.

"흑흑… 검향! 당신은 정말 돌아오지 못한단 말입니까?"

2

절대적인 어둠.

웅크리고 앉아 있는 소년의 귀로 창노한 음성이 들려왔다.

"이름이 뭐냐?"

소년은 아무런 대꾸도 할 수 없었다. 시간과 공간을 감지할 수 없는 상황에서 이미 의식이 마비돼 버렸기 때문이다.

그의 뇌리 속에서 거의 잊혀진 자객 입문 시절의 기억이었다. 눈을 감아도 어둡고 떠도 어둡기만 했던 혼정관의 기억이 재현되고 있었다.

"네 녀석은 대체 누구냐?"

창노한 음성이었지만 어린 시절 그에게 물음을 던진 원주의 건조한 음성이 아니었다. 다소 쉰 듯한 음성이었지만 강한 힘이 깃들어져 있었다.

"……."

일검향은 현실과 몽환의 경계에서 스르르 눈을 떴다.

자신이 죽었는지 살았는지조차 분간할 수가 없었다. 천불성승을 향해 척살을 결행하는 순간 그는 강력한 음공에 휩싸여 의식을 잃고 말았다.

지금 눈앞에 보이는 어둠도 의식을 잃기 전과 다를 바 없었다.

"대체 어떻게 참회동에 들어온 것이냐?"

창노한 음성이 다시 들려오면서 일검향은 번쩍 정신이 들었다.

이곳은 혼정관도 아니었고 자신에게 물음을 던진 사람도 원주가 아니었다.

'내가 어떻게 참회동에 들어왔냐고?'

그렇다면 자신은 죽은 것이 아니라 여전히 참회동 속에 있는 것이다.

그는 몸을 일으키려 했지만 전신 뼈마디가 으스러진 듯 꼼짝도 할 수 없었다. 극심한 내상으로 내공마저 모두 소진되면서 여태껏 그를 지켜주었던 여의심결조차 운기할 수 없었다.

그는 누운 채로 입술을 달싹거렸다.

"저는… 자객입니다. 선사님을 척살하기 위해… 들어왔습니다."

"뭐야, 척살?"

어둠 속에서 종이 깨지는 듯한 광소성이 들려왔다.

"으허허헛!"

호쾌한 웃음소리는 참회동 동부 안을 진동시켰다. 엄청난 내공이 실린 웃음소리에 수북한 먼지가 자욱하게 피어올랐고 돌가루가 우수수 부서져 내렸다.

일검향은 귀청을 자극하는 음공에 기혈이 역류했다. 오공을 통해 피가 흘러나왔다.

다행히 웃음소리가 이내 그쳤다.

"재미있구나. 노납 평생 이렇듯 즐거워보기는 처음이다."

음성의 주인공은 물론 천불성승이었다.

삼십 년에 걸친 폐관 속에서 아직 생존해 있었던 것이다. 단지 숨만 쉬고 있는 것이 아니라 사자후를 발휘할 만큼 건재했다.

일검향은 척살을 실패했지만 원통한 심정은 전혀 들지 않았다.

숙명 때문에 천불성승을 향해 검을 뻗었지만 만일 척살을 성공했다면 너무도 고통스러웠을 것이다. 그는 자신의 실패를 당연하게 여겼고 천불성승의 건재함에 진심으로 안도했다.

천불성승은 그를 향해 손끝을 가리켰다.

"이리 오너라."

손끝에서 금빛 기운이 뿜어졌다. 금강반야신공이었다. 금빛 기운에 휩싸인 일검향은 둥실 떠오르며 천불성승 앞으로 이끌려 갔다.

천불성승의 법신은 금빛의 후광에 덮여 있어 마치 등신불(等身佛)처럼 보였다. 법신에서 뿜어진 광휘 때문에 칠흑 같은 어둠 속에서도 모습이 분명했다.

천불성승은 자신 앞에 둥실 떠 있는 일검향의 손을 매만졌다. 뼈와 가죽만 남은 손이었지만 아주 컸다.

"이런, 몸이 아주 엉망이구나. 그나마 심맥이 다치지 않았으니 죽지는 않겠구나."

그는 일검향의 전신을 매만져 주었다.

우둑우둑……!

뼈마디가 어긋나는 음향과 함께 탈골된 일검향의 관절이 순식간에 본래대로 맞추어졌다. 더불어 그의 장심을 통해 주입되는 뜨거운 금강반야진기가 빠른 속도로 일검향의 내상을 회복시켜 주었다.

그는 일검향의 얼굴을 유심히 살피고는 호감 어린 웃음을 지었다.

"허헛, 엄살을 전혀 피우지 않는 것을 보니 의지가 굳은 녀석이로군."

"……."

"두려워할 것 없다. 비록 네가 노납을 척살하려 했지만 노납은 전혀 화를 내지 않겠다. 또한 너를 해칠 마음도 없다."

천불성승은 금강반야진기를 해소하며 그를 바닥에 앉혀주었다.

일검향은 천불성승의 신비로운 능력에 감탄하고 말았다.

간단한 추궁과혈을 받았을 뿐인데 관절이 맞춰지면서 운신이 가능했고, 고갈됐던 단전에 뜨거운 진기가 스며들면서 여의진기가 경락을 따라 회전하기 시작한 것이다.

그는 자신의 목숨을 노리러 온 자객에 대해 전혀 경계하지 않는 천불성승의 관대함과 의연함에 절로 고개가 숙여졌다.

"저는 일검향이라 합니다."

천불성승은 흥미로운 눈빛으로 그를 내려다보았다.

"누구의 제자냐?"

"저는 천예사원에 소속된 자객입니다."

"천예사원? 하면 천사명왕의 제자란 말이냐?"

"그러하옵니다."

"그 맹랑한 녀석은 살아 있더냐?"

"……."

일검향은 자신이 가장 존경하는 사부를 아이 취급하는 천불성승의 태도에 다소 기분이 상했다. 하지만 살아온 세월과 무림의 배분을 감안한다면 천사명왕도 천불성승에 비해서는 까마득한 후배임을 인정할 수밖에 없었다.

"사부님께서는 수개월 전 산화하셨습니다."

천불성승은 애석한 표정을 지으며 불호를 외웠다.

"아미타불… 생사(生死)는 덧없으니 그의 죽음을 너무 슬퍼하지 마라. 어쩌면 죽어서도 저승사자가 되어 자신의 직분을 다하고 있을지도 모르니 말이다."

"선사님께서는 제 사부님을 아십니까?"

"물론이지. 천사명왕도 노납을 척살하려 한 적이 있어 분명하게 기억한다."

"예에?"

너무도 뜻밖의 과거사에 일검향은 고개를 들어 그를 올려다보았다.

천불성승은 일검향의 머리를 쓰다듬으며 호쾌한 웃음을 터뜨렸다.

"허허헛, 선재선재(善哉善哉)로다. 너희 사제가 대를 이어 노납을 척살하려 하다니, 우연이라 하기에는 참으로 기이한 인연이구나."

아득한 무저갱 속에서 대면한 자객과 전설의 성자.

성자를 죽이러 온 자객은 더 이상 자객이 아니었다. 그는 실패한 자객이었기에 겸허한 심정으로 성자 앞에 부복해 있었다.

천불성승은 참회동 안을 천천히 둘러보았다.

“넌 어떻게 이곳까지 내려올 수 있었느냐?”

“천잠사를 이용해 겨우 내려올 수 있었습니다.”

“천잠사? 흐음, 가능은 하겠지만 워낙 깊은 곳이라 쉽지는 않은 일이지.”

천불성승은 고개를 쳐들어 상방을 응시했다. 두 눈에서 은은한 금빛 광채가 뿜어져 나왔다.

“그래, 저 높이 걸려 있는 가는 끈이 천잠사인가 보구나.”

일검향도 고개를 들어 살펴보았지만 일 장 앞도 분간할 수가 없었다.

그는 칠흑 같은 어둠도 환하게 꿰뚫어 보는 천불성승의 신안(神眼)에 또 한 번 경탄하고 말았다.

천불성승은 의미심장한 웃음을 지었다.

“유감이구나. 네 생명줄이 너무 높은 곳에 걸려 있어 탈출하기는 불가능하다.”

“……”

“네가 막 열반으로 들어서려는 노납을 깨웠으니 그 책임을 져야 한다. 무슨 뜻인지 알겠느냐?”

“제 목숨이 열 개라면 선사님 앞에 열 번이라도 자결하고 싶은 심정입니다. 제게 어떤 독형을 가하신다 해도 달게 받겠습니다.”

천불성승은 그를 요모조모 뜯어보며 의아한 표정을 지었다.

“네가 진짜 자객이냐?”

“그렇습니다.”

“정말 천사명왕이 키운 자객이란 말이자?”

“사실입니다. 이런 상황에서 제가 어찌 선사님께 거짓을 아뢰겠습니까?”

일검향이 진지하게 대답하자 천불성승은 수궁이 가는 듯 고개를 끄덕였다.

"하기는 어차피 죽을 몸인데 신분을 숨길 필요도 없겠지."

천불성승은 무릎 위에 올려놓은 바랑을 열어 뒤적거렸다.

"네 소지품을 살펴보니 단단히 준비를 했구나. 벽곡단과 소금기가 스며든 사탕수수가 있으면 한동안 목숨을 부지할 수 있을 게다."

그는 벽곡단을 하나 꺼내 입에 넣었다.

"배가 몹시 고픈 것으로 봐서 아주 오랜 세월이 지난 것 같구나."

"선사님께서 참회동에 입동하신 지 삼십 년이 넘었습니다."

"그러하냐? 노납은 삼사 년 정도 지난 줄로만 알았다."

"그동안 아무것도 드시지 않고 살아오신 겁니까?"

천불성승은 천천히 벽곡단을 씹으며 말을 받았다.

"인석아, 노납도 사람이다. 아무리 삼매경에 빠져 지냈다 해도 조금은 먹어야 하고 가끔 물도 마셔야 해."

"이 깊은 무저갱 안에 먹을 것이 있단 말입니까?"

"입동할 때 벽곡단을 한 줌 가지고 들어왔지. 그리고 선대 사조님들이 남겨놓은 벽곡단이 있어 굶주리지는 않았다. 충분한 물은 없지만 석벽을 타고 흐르는 물방울을 모으면 한 모금은 만들 수 있다. 사실 아무것도 먹지 않은 채 최후의 용맹정진(勇猛精進)에 들어야 하지만 노납은 조금 더 오래 살고 싶었다."

일검향의 입가에 절로 미소가 감돌았다.

잠시 대화를 나누면서 그는 천불성승의 격의없는 호탕함에 매료되고 말았다.

천불성승이 전설의 무림성자가 아니라 이웃집 할아버지처럼 여겨진

것이다. 만일 그의 신분에 대해 전혀 모르고 만났다면 그가 천불성승
이라고는 전혀 짐작하지 못했을 것이다.

'선사님은 진정 성인이시다. 격식과 계율마저 초월한 분이셔.'

그는 자신이 이런 무림성자를 척살하려 했다는 사실이 너무도 부끄러
웠다. 천불성승이 지닌 화려한 명성보다 소탈한 성격에 감격한 것이다.

천불성승은 소금기가 스며든 사탕수수를 씹으며 아이처럼 흐뭇한
표정을 지었다.

"호어, 별미로다. 비상 식량으로는 적격이야."

"송구합니다. 이럴 줄 알았으면 더 많이 준비해 올 것 그랬습니다."

"허헛, 네 녀석의 소행은 괘씸하지만 성격이 정말 마음에 드는구나.
자객이라는 생각이 전혀 들지가 않아."

"제가 자객인 것은 분명하지만 자객도 인간입니다. 사부님께서는 자
객이 결코 살인 병기가 아님을 강조하셨습니다."

천불성승이 갑자기 정색을 지었다.

"이런 고얀 놈 봤나!"

"선사님……?"

"네 녀석한테 하는 소리가 아니야. 애송이 주제에 노납보다 먼저 저
승으로 간 네 사부를 두고 하는 말이다. 정말 고얀 놈이로군. 자객이
살인 병기가 아니라는 가르침은 노납이 직접 내려준 것이다. 한데 마
치 자신이 깨달은 것처럼 제자들에게 가르쳐?"

일검향은 천불성승이 농담을 하는지 진담을 하는지 판단이 서지 않
았다.

'대체 성승과 사부님은 어떤 관계란 말인가?'

자객과 불문의 고승.

그들 사이에는 어떤 연관성도 찾기 힘들다. 더군다나 천사명왕마저 천불성승을 척살하려 했다면 좋은 관계일 수는 없었다. 한데 천사명왕이 천불성승의 가르침을 받아들여 그것을 천예사원 자객들에게 전했다면 일검향에게 천불성승은 정신적인 사존일 수 있었다.

한바탕 호통을 친 천불성승은 표정을 풀며 호쾌한 웃음을 터뜨렸다.

"허허헛, 천사명왕이 그래도 말귀를 알아들었다니 참으로 기쁘구나. 노납의 가르침을 잊지 않고 제자들에게 전했고 너 역시 그것을 가슴에 간직하고 있으니 교외별전(敎外別傳)이 따로 없도다."

그는 호의적인 눈빛으로 일검향을 바라보았다.

"네 이름을 일검향이라 하였더냐?"

"그렇습니다."

"그래, 검향. 이제 얘기해 봐라. 대체 누가 노납의 목숨을 원했으며 어떻게 참회동에 이를 수 있었던 것이냐? 설마 소림이 문을 닫은 것은 아니겠지?"

"물론 아닙니다. 하지만 소림의 불력이 예전만 못한 것은 분명한 사실입니다."

천불성승은 대번에 그 말뜻을 파악하고는 고개를 끄덕였다.

"네 말이 맞다. 참회동은 역대 최고의 사존들께서 열반에 드신 성역이다. 소림의 제자들이 자객의 침투를 막지 못했으니 실로 개탄할 일이 아닐 수 없다. 어느 녀석이 장문인에 올랐는지 몰라도 이곳 참회동으로 불러들여야겠구나."

"그럼 아뢰겠습니다."

일검향은 공손히 머리를 숙이고는 자신이 참회동에 이르게 된 연유를 소상하게 털어놓았다.

그의 목적은 인질로 잡혀 있는 추가영을 구하기 위함이지만 그 전후 과정을 얘기하다 보니 은천마국의 존재를 거론하지 않을 수 없었다. 더불어 천사명왕이 은천마국의 교활한 술수에 의해 원통한 죽음을 당하게 된 상황도 밝혀야 했다.

천불성승은 보다 상세한 내막을 알기 위해 간간이 질문을 던졌을 뿐 어떤 감정도 표출하지 않았다.

시간의 흐름을 알 수 없기에 얼마나 긴 시간이 흘렀는지는 알 수 없었다. 바깥 세상의 시간으로 족히 한나절은 지난 것 같았다.

일검향은 참회동에 침투해 천불성승을 찾아낸 것을 끝으로 긴 얘기를 마무리했다. 얘기를 마친 그는 신중한 눈빛으로 천불성승의 반응을 살폈다.

천불성승은 사탕수수를 씹고 있다가 한심스럽다는 표정을 지으며 혀를 찼다.

"어리석은 녀석, 공연히 죽을 고생을 하며 예까지 이르렀구나."

"예에?"

"요지선자란 계집이 음탕한지는 몰라도 사려는 깊다. 너희 자객들을 요지선궁으로 끌어들인 것도 아마 그 계집애의 계책일 것이다. 다시 말해 넌 그 계집애에게 속은 거다."

"……."

"아직도 이해를 못하는 것이냐? 요지선사는 널 통해 노납을 죽이려고 한 것이 아니다. 너를 참회동으로 들여보내 무림의 현 상황을 전하여 노납이 참회동에서 나서기를 원한 것이다."

"아……!"

일검향의 입에서 절로 긴 한숨이 흘러나왔다. 정황을 대번에 간파한 천불성승의 지혜로운 한마디에 그 역시 상황의 전모를 깨닫게 되었다.

'아, 그랬단 말인가? 그래서 자신을 척살하기 위해 침투한 누님과 나를 죽이지 않았던 거였어. 결국 가영이 죽을 일도 없었다.'

허탈했다. 척살을 위해 보름을 넘게 고심하였고 동문들의 지원까지 받으면서 침투한 그가 아니었던가.

사부의 명예를 건 맹세였기에 철회할 수 없었지만 진정한 목적은 추가영을 구하기 위해서였다. 그의 가슴에 사랑의 열정을 심어준 여인이기에 자신의 목숨을 던져서라도 구하기를 원했다.

한데 모든 상황이 계책이었다. 그는 꼭두각시처럼 요지선자 소운향의 계책에 따라 움직여 온 것이었다.

자객인 아닌 연락책으로서!

그는 소운향을 떠올리자 강렬한 살의(殺意)가 피어올랐다.

그녀의 의도대로 움직였다는 것이 수치스러웠고 그것을 간파하지 못했다는 사실에 분노했다. 그녀가 원했던 것은 자신의 척살 능력이 아니라 침투 능력이었던 것이다.

일순 부드러운 기운이 스며들면서 그의 살의가 가라앉았다. 천불성 승이 그의 뇌정혈에 장심을 올려놓으며 금강반야진기를 불어넣어 주고 있었다.

"이 녀석, 이곳은 역대 사존들께서 열반에 드신 엄숙한 묘역이다. 함부로 피 냄새를 풍기지 마라."

일검향은 부끄러움을 느끼며 고개를 숙였다.

"송구합니다, 선사님."

"너는 어리석은 아이가 아니다. 다만 너의 순수한 감정 때문에 상황을 정확히 간파하지 못한 것뿐이지."

천불성승은 그의 뇌정혈에서 손을 떼며 스스럼없는 미소를 지었다.

"비록 너의 의지는 아니었지만 넌 노납을 만나게 되었지 않았느냐? 노납을 죽이지 못한 것이 통한이라면 다시 기회를 주겠다."

"선사님, 제가 인간의 탈을 쓰고 어찌 선사님께 다시 검을 들이댈 수 있겠습니까? 말씀 거두어주십시오."

"허허, 노납은 너를 만나 정말 즐겁다. 네가 단순한 살인 병기가 아니라서 즐겁고, 너를 통해 세상 밖의 상황을 듣게 되어 즐겁구나. 너는 즐겁지 않느냐?"

일검향은 쓸쓸한 고소를 머금었다.

"전설의 성자이신 선사님을 알현하게 되어 영광인 것은 사실입니다. 하지만 제가 세상 밖으로 나갈 수 없기에 가영은 목숨을 끊으려 할 것이고, 춘추봉의 동문들은 불귀객이 된 저 때문에 슬퍼할 것입니다. 그들을 생각하면 즐거울 수가 없습니다."

"아미타불… 그것을 우려했다면 애초에 소림에 침투하지 말았어야 했다. 만에 하나 네가 참회동을 탈출한다 해도 소림의 전 제자들이 동부 밖에서 대기하고 있을 텐데 어떻게 빠져나갈 수 있겠느냐?"

"모르겠습니다. 제가 참회동에 입동할 때도 한 단계씩만 생각했을 뿐입니다."

천불성승은 바닥까지 길게 늘어진 수염을 내리쓸었다.

"검향아, 애석하게도 노납은 강호무림에 어떤 도움도 줄 수가 없구나. 참회동에 입동한 소림의 제자는 절대 다시 나갈 수 없다. 그것은 참회동이 만들어진 칠백 년 전부터 전해 내려온 금계다. 노납 역시 소림의 제자로서 그것을 거역할 수 없다. 게다가 마음이 있어도 몸이 따라주지 않는다."

그는 하반신까지 덮은 수염을 쳐들어 어깨 뒤로 넘겼다.

"보아라!"

두 다리는 무릎 위까지 바싹 말라 있었다. 살과 근육 한 점 없이 뼈에 가죽만 씌워진 상태였다. 두 다리는 형체만 남아 있을 뿐 이미 걸을 수 있는 기능을 상실했다.

"……?"

일검향은 눈을 커다랗게 뜬 채 천불성승을 올려다보았다.

천불성승은 수염을 내려 다시 다리를 덮었다.

"노납은 하반신이 마비된 상태라 운신이 용이치 않다. 물론 부공술을 구사해 참회동 내부를 잠시 떠다닐 순 있지만 경공술은 전혀 펼칠 수가 없다."

일검향은 가슴 한쪽이 뻥 뚫린 듯 공허해졌다.

그가 누구의 계략에 의해 참회동에 입동했는지는 중요치 않았다. 그가 소림의 경계를 돌파하고 힘겹게 참회동에 내려와 천불성승의 생존을 확인했지만 아무런 의미도 없게 되었다. 소림이 무너진다 해도 천불성승은 참회동을 벗어날 수 없는 몸인 것이다.

'요지선자, 너의 계책은 절묘했지만 결국 우리 모두는 실패다. 천불성승을 세상 밖으로 모시려 한 계획은 무산되었다. 나 또한 부질없는 침투로 이곳에서 뼈를 묻게 되었으니 너와 나는 얻은 것이 하나도 없다.'

일검향이 침울한 모습으로 입을 다물자 천불성승이 부드럽게 위로해 주었다.

"너무 상심하지 마라. 영원한 낮이 없듯이 영원한 밤도 없는 법이다. 은천마국의 마력이 아무리 강력해도 오랜 세월 세상을 지배할 수는 없다. 달리 사필귀정(事必歸正)이겠느냐? 반드시 숨은 영웅이 나타나 마의 무리를 몰아낼 것이야.”

“세상이 어찌 되든 전 관계없습니다. 다만… 제 손으로 복수를 할 수 없다는 것이 원통한 뿐입니다.”

“증오와 분노는 영혼을 사악하게 만든다. 이곳이 비록 시간도 구분할 수 없는 세상이지만 수행을 하기에는 더없이 좋은 곳이다. 더군다나 너 혼자가 아니라 당분간 노납과 함께 지낼 수 있으니 외롭지도 않을 것이다. 마음을 편안히 먹고 속세의 업을 씻으려 노력하면 성취가 있을 것이다.”

일검향은 천천히 몸을 일으켰다. 그는 칠흑 공간을 천천히 둘러보았다.

“진정… 나갈 수 없는 곳입니까?”

“두려우냐?”

“두려워서가 아닙니다. 천예사원의 자객들은 목숨이 붙어 있는 한 희망을 버리지 않습니다. 삶에 대한 집착 때문이 아니라 죽어도 춘추봉으로 돌아가 죽기를 원하기 때문입니다.”

“흐음, 유감스럽게도 출구는 네가 들어왔던 수직 동혈이 유일하다. 노납이 네게 줄 수 있는 유일한 도움은 저 높이 드리워져 있는 천잠사의 정확한 위치다. 대략 이십여 장 높이이니 네가 도약해서 천잠사를 쥘 수 있다면 일단 탈출은 가능하다. 물론 소림 제자들의 포위망을 또다시 돌파하기는 불가능한 일이겠지만.”

천불성승은 일검향의 움직임을 따라 눈길을 돌렸다.

“검향아, 부질없는 일이니 집착을 버려라. 노납처럼 스스로 다리의 경락을 끊어버리면 집착 또한 사라질 것이다.”

“……!”

우뚝 걸음을 멈춘 일검향은 아주 천천히 돌아섰다. 그는 복잡한 심정이 얽힌 눈빛으로 천불성승을 바라보았다.

"선사님 같으신 분도 집착에서 자유롭지 못하셨습니까?"

"노납 역시 승복만 걸쳤지 평범한 인간에 불과하다. 세상 사람들은 노납이 성불한 것으로 알고 있지만 그것은 사실이 아니다."

천불성승은 감회 어린 눈빛을 지으며 말을 이었다.

"노납은 열 살의 나이에 사미계를 받아 팔십 년 동안 불도를 닦았지만 어떤 심득도 얻지 못했다. 그것이 부끄러워 참회동으로 내려오게 되었지. 한데 막상 참회동에 내려오니 후회가 되었다. 노납의 성격상 참회동의 고독과 적막함을 견디지 못하고 참회동을 나가려는 시도를 하게 될 것이 우려되었다."

"……."

"노납이 참회동을 나선다면 그것은 소림의 치욕이다. 오랜 세월 선대 사존들께서 열반에 이르기까지 정진을 하였던 참회동의 성스러움이 노납에 의해 훼손되기 때문이다. 하여 노납은 스스로 다리의 경락과 신경을 끊어버린 것이다."

일검향은 눈시울이 뜨거워지는 감동에 젖었다.

천불성승은 평생토록 아무런 심득도 없었다고 말했지만 그것은 지나친 겸손이었다. 과연 어느 누가 자신의 육신을 금제해 심적인 집착을 끊으려 할 수 있단 말인가?

천불성승은 소탈한 미소를 머금었다.

"노납은 비로소 마음의 평온을 얻었다. 깨달음이 무엇인지를 알게 되었고 그것이 가져다주는 정신적 희열이 얼마나 지고한지를 절감하게 되었다. 왜 진작 다리를 금제하지 못했는지 후회가 될 정도였다. 네가 얘기해서 안 사실이지만 벌써 삼십 년이란 장구한 세월이 흘렀다고는 전혀 느낄 수가 없었다."

일검향은 석대 앞에 공손히 무릎을 꿇었다.

"너무도 망극합니다. 달리 드릴 말씀이 없습니다."

그는 진심으로 용서를 빌고 죄를 청했다. 자신으로 인해 천불성승의 삼십 년 수행이 깨진 것이 얼마나 심각한 잘못인지를 가슴으로 느끼게 된 것이다.

그는 절대 참회동 안으로 들어와서는 안 되는 일이었다. 자신뿐만 아니라 그 누구도 고귀한 성역을 더럽힐 자격은 없다. 세상이 무너져도 성자의 고결한 수행은 지켜졌어야 했던 것이다.

천불성승은 물끄러미 그를 바라보다가 물었다.

"노납이 널 어찌했으면 좋겠느냐?"

"처분에 맡기겠습니다. 하지만 너무도 성스런 곳이라 제가 감히 이곳에서 뼈를 묻는 것조차 스스로 용납할 수 없습니다."

"네 말대로라면 노납은 너를 벌할 수도 없겠구나?"

"……."

"네가 속죄할 수 있는 유일한 방법이 있기는 하다."

"하교해 주십시오."

"참회동을 나가라. 네 스스로 들어왔으니 재주껏 참회동을 떠나거라. 그것이 네가 속죄할 유일한 길이다."

"예에?"

일검향은 난감한 표정으로 고개를 들었다.

천불성승은 여태까지와 달리 엄한 눈빛으로 그를 직시했다.

"본래 너를 말벗 삼아 한동안 지내면서 열반에 들까 했는데 노납의 생각이 너무 짧았음을 깨달았다. 이곳은 선대 사존님들의 유해가 모셔진 성역이다. 소림의 제자도 아닌 네가 참회동에 들어온 것도 불경이며, 더욱이 이곳에서 죽는다는 것은 절대 용납될 수 없는 행위다. 너는 수단과 방법을 가리지 말고 이곳을 떠나야 한다. 그것이 노납이 네게 베풀 수 있는 마지막 자비다."

일검향은 천불성승의 저의를 알 수 없었다.

그의 능력으로 참회동을 벗어날 수 없음은 천불성승이 더 잘 알고 있다. 그것을 강요한다는 것은 지독한 억지다. 그렇다고 자신에게 심적인 고통을 주기 위함이라고는 생각할 수 없었다. 천불성승의 눈빛은 그가 참회동에서 떠나기를 진심으로 종용하고 있었다.

일검향은 감히 반발을 할 수 없기에 정중히 고개를 조아렸다.

"최선을 다하겠습니다."

"또 한 가지. 참회동은 신성한 곳이니 소란을 피워서는 안 되며 사존님들의 유해를 훼손해서도 안 된다. 가급적 최대한 조용히 빠져나가야 한다. 알겠느냐?"

"명심하겠습니다."

일검향은 배례를 올리고는 뒷걸음질로 좌대에서 물러섰다.

금강반야신공을 해소했는지 법신을 밝히던 후광 같은 금빛이 사라지면서 천불성승의 모습이 어둠 속에 묻혀 버렸다.

절대적인 고요와 어둠.

석벽에 등을 기대고 앉은 일검향은 숨조차 크게 쉴 수가 없었다.

'참회동을 빠져나가라고? 대체… 대체 어떻게 이 무저갱을 빠져나갈 수 있단 말인가?

第36章

다시 세상 밖으로

벽호공은 수직 벼랑도 기어오를 수 있는 신법 중 하나다. 벽에 등을 바싹 밀착시킨 채 팔다리를 움직여 이동하는 모습이 거미를 방불케 한다.

한데 십여 장을 오르자 석벽이 완만하게 머리 위쪽으로 기울어져 있었다. 다훼가 사전에 파악해 일러준 대로 참회동 안은 거대한 항아리 형체였다.

일검향의 몸이 곧바로 추락했다. 그는 학운표(鶴雲飄) 낙법을 펼쳐 겨우 바닥으로 내려설 수 있었다.

그의 입에서 짧은 탄식이 흘러나왔다.

벌써 얼마나 많은 시도를 했는지 모른다. 석벽을 타고 기어오르다 떨어지기를 백 번은 반복한 듯싶었다. 천불성승에 대한 속죄로 어떻게든 참회동을 벗어나려 했지만 능력 밖의 일이었다.

천불성승은 단정히 좌선을 하고 있을 뿐 그에게 탈출 방법을 일러주지도 않았고 그를 호되게 꾸짖지도 않았다.

일검향은 가부좌를 틀고 앉으며 운공조식을 취했다.

그의 능력으로 탈출이 불가능한 줄은 알고 있지만 결코 좌절할 수 없었다. 그의 목숨이 붙어 있고 그의 체내에 한 줌의 기력이라도 남아 있는 한 참회동을 나가는 데 혼신의 노력을 해야 했다. 그것이 유일한 속죄였기에 다른 어떤 것도 생각지 않았다.

여의진기가 대주천을 거듭하면서 어느 정도 기력이 회복되었다.

일검향은 석벽을 짚고 섰다.

'벽호공으로는 불가능하다. 손톱 한 마디라도 들어갈 수 있는 틈이 있는지 찾아보자.'

그는 몸과 뺨을 바싹 밀착시킨 빠르게 기어올라 갔다.

십여 장 높이까지는 어렵지 않았다. 그 후부터가 문제였다. 석벽이 머리 위쪽으로 기울어져 있어 더 이상 몸을 밀착시킬 수가 없었다.

그는 석벽을 더듬으며 손가락이 파고들어 갈 만한 공간이라도 있는지 더듬거렸다. 시야만 확보되었어도 답답하지 않겠지만 한 치 앞도 제대로 분간할 수 없기에 그의 행동은 더딜 수밖에 없었다.

또다시 추락이었다.

이번에는 근 십오륙 장 높이까지 올라갔기에 낙하 도중 진기가 흩어지며 신법이 심하게 흔들렸다. 그는 최대한 몸을 회전하면서 낙법을 구사했다.

퍼억!

등으로 떨어진 그는 튀어나오려는 비명을 씹어 삼켰다. 경건함을 훼손시킬 수 없다는 의지 때문이었다.

소리없이 숨을 몰아쉰 그는 비틀비틀 석벽으로 향했다.

석벽에 몸을 밀착시켰지만 진기가 고갈돼 더는 기어오를 수가 없었다. 억지로 기어오르느라 손끝이 터지고 손톱이 부서져 있었다.

'나가야 한다. 선사님은 스스로를 금제해 삼십 년 동안 수행을 해오셨다. 그분의 존엄함을 지켜 드려야 한다. 나 같은 속물은 참회동에 한 시라도 있을 자격이 없다.'

그러나 이번은 이 장을 기어오르기도 전에 추락하고 말았다.

극도의 탈진으로 몸이 와들와들 떨렸다.

충분히 휴식을 취해야겠지만 시간을 지체하는 것 같아 자주 휴식을 취할 수도 없었다. 연속된 실패로 천불성승의 법신을 바라보는 것만으로도 죄스러웠다.

그는 이를 악물며 또다시 석벽으로 다가섰다.

한데 이때였다.

참선에서 깨어난 천불성승이 나직이 그를 꾸짖었다.

"허어, 이놈! 아직도 빠져나가지 못한 것이냐?"

일검향은 좌대 앞에 무릎을 꿇으며 고개를 조아렸다.

"송구합니다, 선사님."

"어리석은 것이냐, 아니면 고집스러운 것이냐? 노납에게 빠져나갈 무공을 가르쳐 달라고 사정할 수도 있었다. 왜 성심껏 간청하지 않은 것이냐?"

"선사님……?"

"네 심성을 지켜보니 악하지는 않구나. 협(俠)은 부족할지 몰라도 의(義)는 충후하다. 내 너를 위해 한 가지 신법을 일러주겠다."

일검향은 감동에 젖어 거듭 배례를 올렸다.

"망극합니다. 선사님의 수행에 방해가 되지 않도록 저는 어서 참회 동을 나가고 싶은 마음뿐입니다."

"네 녀석의 고집은 천사명왕과 흡사해."

"듣고 싶습니다. 사부님이 왜 선사님을 척살하려 했었습니까?"

"왜냐고?"

천불성승은 눈을 반개하며 회상에 젖었다.

"흐음, 당시 천사명왕은 겨우 서른을 넘은 나이였지만 이미 천하제 일의 자객으로 명성을 떨치고 있었다. 당시 노납은 구화산 사자암(獅子 庵)에 머물러 있었는데 그가 찾아왔다. 그는 건방지게 노납을 척살하 겠다는 명첩을 먼저 보냈었지."

"예고 살인입니까?"

"그렇다고 봐야지. 노납은 괘씸하기도 했고 의아한 생각에 그를 맞 이해 삼 합을 겨루었다. 확실히 대단한 실력자였다. 하지만 예고 살인 은 커다란 실수였지. 자객답게 기습이나 암습을 노렸어야 했다. 노납 은 당시 그의 눈빛을 통해 아주 고통스런 상황임을 파악할 수 있었다. 그는 내 손에 죽기 위해 찾아온 거였다. 하지만 노납은 그를 죽이지 않 고 법어로써 설득해 돌려보냈다. 그 후 그가 자객 생활을 은퇴하고 천 예사원을 창건했다고 들었다."

일검향으로서는 처음 듣는 비사였다.

천사명왕이 이른 나이에 은퇴해 천예사원을 창건했다고 듣기는 했 지만 상세한 내막에 대해서는 전혀 아는 바가 없었다.

"당시 제 사부님께서 왜 스스로 죽기를 원하신 겁니까?"

"전혀 듣지 못했더냐?"

"그렇습니다."

"그렇다면 노납도 밝힐 수 없다. 네 사부의 수치스런 과거일 수 있으니까. 그래도 듣고 싶으냐?"

"아닙니다.

"허허헛, 제 사부는 끔찍이도 위하는 놈이군. 하기는 사부의 명예 때문에 참회동으로 뛰어든 녀석이니까."

천불성승은 가볍게 소매를 저었다. 허공으로 금빛 기운이 펼쳐지면서 일검향은 둥실 뜬 채 눕혀지게 되었다.

"네가 터득해야 할 경공술은 초상승 경공이다. 네 체질로는 시일이 많이 걸릴 것이다. 노납이 손을 좀 봐주어야겠구나."

천불성승은 양손에 금강반야진기를 운집해 그의 근육과 뼈, 경혈을 안마해 주었다.

일검향은 놀라움을 금치 못했다.

"선사님……?"

"오냐, 너희 생사현관을 타통시켜 주기 위함이니 어서 집중해라."

천불성승의 뜨거운 진기가 그의 뇌정혈과 전중혈을 통해 스며들었다.

일검향은 감격에 젖어 스르르 눈을 감았다.

천불성승이 그에게 참회동을 빠져나가도록 종용한 것은 그의 심성을 관찰하기 위함이었다. 그가 불가능한 도전을 하면서 좌절하지 않는 의지를 보인 것이 천불성승에게 모종의 결심을 하도록 만든 것이다.

탈태환골(奪胎換骨).

강호인이라면 누구나 꿈꾸는 신체적 변화다. 생사현관이 타통되면 체질의 한계를 극복한 최고의 절기를 수련할 수 있다. 또한 몸이 동강 나지 않는 한 회생할 수 있고 끊이지 않는 진기를 보유할 수 있기에 초상승 절예를 마음껏 펼칠 수 있다.

그러나 탈태환골은 천고의 영약을 복용하거나 초극 고수의 내공을 지원받아야만 가능하다. 현실적으로 천고의 영약을 찾아내기란 불가능하기에 초극 고수의 내공으로 생사현관이 타통되는 것이 일반적이다.

천불성승의 심후한 공력을 주입받은 일검향의 몸이 심하게 뒤틀리면서 풀어지기를 반복했다. 관절이 일제히 뽑혔다가 다시 맞춰졌고 그의 의지에 관계없이 피부가 부풀어 오르기도 했다.

시간의 흐름을 알 수 없는 장소이기에 얼마나 지났는지는 알 수가 없었다.

일순 일검향은 전신을 관통하는 통렬한 쾌감과 함께 허공에 둥실 뜨는 아늑함에 젖었다. 몸이 깃털처럼 가볍게 느껴졌고 무궁한 기운이 경락을 타고 감돌았다.

그는 자신의 몸을 내려다보며 스스로 감탄을 금치 못했다.

천불성승의 법신처럼 그의 몸에서도 은은한 후광이 흘러나온 것이다. 그것은 내공 수위가 백 년을 넘어섰음을 의미하는 현상이었다.

천불성승은 둥실 뜬 채 가부좌를 틀고 앉아 있는 일검향을 바라보며 흐뭇한 미소를 지었다.

"근골이 뛰어나구나. 아주 빠르게 적응했어."

"……."

"이제 네게 다섯 가지 절기를 전수해 줄 것이다. 네가 소림의 제자가 아니기에 소림 전통의 절기는 전해줄 수 없다. 오대절기는 노납이 이곳에서 참선에 들면서 심마(心魔)를 이겨내기 위해 창안한 절기다. 마를 제압하기 위한 절기이기에 금마오절기(禁魔五絶技)로 명명하겠다."

“선사님, 전 죽어 마땅한 죄인입니다. 탈태환골도 감격스런 일인데 절기까지 전수해 주시려 하십니까?”

천불성승은 목에 걸었던 불주(佛珠)를 풀어 손에 쥐었다.

“그것이 인연이라는 것이다. 노납은 아무것도 남기지 않은 채 열반에 들기를 원했지만 석가세존께서 그것을 원치 않으셨나 보다. 네가 노납의 금마오절기를 어떻게 사용할지는 네 자유다.”

“…….”

“참, 요지선자는 죽이지 마라. 교활하기는 해도 너와 노납의 만남을 주선해 준 아이니까. 게다가 성후의 후예라면 노납이 지켜줘야 한다. 그것만은 명심해라.”

“알겠습니다.”

일검향은 기꺼이 천불성승의 지시를 수용했다.

사실 요지선자의 진정한 의도를 간파하고서부터는 그도 요지선자를 죽일 마음이 없어졌다.

추가영에게 해를 입히지만 않았다면 좋은 관계를 유지하고 싶었다. 게다가 아무리 모든 감정을 삭제한 채 교합을 맺었다지만 그녀와 살을 섞은 사이임을 부정할 수 없었던 것이다.

천불성승은 혜광밀어(慧光密語)를 통해 그의 뇌리에 금마오절기의 구결을 심어주었다. 혜광밀어는 상대에게 자신의 의지와 지식을 전달하는 수법으로 전성술보다 차원이 높은 절기였다.

“금마오절기는 심마를 제압하기 위해 창안된 절기다. 네가 사악한 마음으로 수련하려 한다면 오히려 주화입마에 들게 된다. 이 점을 각별히 명심해라.”

“알겠습니다.”

"그리고 네가 참회동을 나서면 소림의 제자들과 한바탕의 싸움을 피할 수 없다."

천불성승은 손에 쥔 불주를 그의 목에 걸어주었다.

"각 법당의 주지라면 능히 노납의 금강불주(金剛佛珠)를 알아볼 것이다. 금강불주는 녹옥불장을 제외하면 최고의 신물이니 이 불주를 내보이면 감히 널 해치지 못할 것이다."

"선사님의 깊은 배려에 감읍할 따름입니다."

"그리고 한 번 정도는 소림을 위해 힘을 써다오. 그로써 넌 노납에게 보답할 수 있는 것이다."

"예, 가슴 깊이 새겨두겠습니다."

"자, 그럼 떠나라."

천불성승은 그와 장심을 마주 대고는 허공으로 들어올렸다.

"금강반야신공!"

짤막한 외침과 함께 금빛 기운에 휩싸인 일검향은 활시위를 떠난 화살처럼 허공으로 솟구쳐 올랐다.

일검향은 이미 생사현관이 타통된 몸이라 자유롭게 답공술을 펼칠 수 있었다. 천불성승의 진기를 받아 십수 장을 솟구친 그는 능공허보를 구사했다.

그는 연속적으로 허공으로 밟으며 솟구쳐 올랐다.

'이 정도 높이면 천잠사를 잡을 수 있을 텐데?'

그는 품속에서 하나 남은 화섭자를 꺼내 들었다. 화섭자가 밝혀지면서 주변으로 일 장 정도 시야가 확보되었다.

다행히 멀지 않은 곳으로 천잠사 한 가닥이 보였다.

'됐어!'

일검향은 칠보간섭 경공을 펼쳐 허공을 밟고 뛰었다.

그의 공력으로는 허공에 마냥 떠 있을 수 없기에 한 걸음을 밟고 뛸 때마다 급격히 하강했다.

가까스로 천잠사를 움켜쥔 그는 가슴 저린 감동에 젖었다.

몇 번 심호흡을 거쳐 진기를 회복한 그는 천잠사를 타고 빠르게 기어올라 갔다. 예상치 못한 기연으로 탈태환골을 거친 그였지만 워낙 높은 거리라 참회동을 나서는 데에는 진땀을 흘려야 했다.

마침내 그는 참회동을 우물처럼 둘러싼 수직 동혈에서 빠져나올 수 있었다.

실로 기적 같은 생환이 아닐 수 없었다.

천불성승을 척살하기 위해 뛰어들 때만 해도 그가 이렇게 살아서 빠져나올 줄은 전혀 생각지 못했다. 비록 척살에는 실패했지만 그는 천불성승을 만나 오히려 절세고수로 성장하게 되었다.

악연(惡緣)이 기연(奇緣)으로 바뀐 것이다.

일검향은 참회동을 향해 정중히 아홉 번 절을 올렸다.

"선사님, 목숨을 구해주시고 절기까지 전해주셨으니 백골난망입니다. 선사님의 절기는 마를 척결하는 데만 사용하겠습니다. 금마절기가 척살에 오염되는 일은 결코 없을 것입니다."

굳게 다짐한 그는 참회동 밖으로 걸음을 옮겼다.

동부 입구를 통해 희미한 빛이 스며들어 왔다. 여명 무렵이거나 땅거미가 저물 무렵인 듯싶었다. 그로서는 적당한 시각이었다. 절대적인 어둠에 익숙해 있던 시력으로는 태양을 직접 대할 수 없기 때문이다.

새벽 안개가 짙었다.

그가 참회동을 등지고 밖으로 나서자 여기저기서 경호성이 터져 나왔다.

"오, 악귀다!"

"맙소사, 악귀가 참회동을 나왔다!"

"아미타불… 무슨 낯으로 사존님들을 뵙는단 말인가?"

줄곧 지켜서 있던 계지원 주지 무현 선사가 격분한 음성으로 외쳤다.

"당장 악귀를 제압하라!"

"예, 태사조님!"

십팔금강나한들을 비롯한 소림의 제자 이백여 명이 일검향을 철통같이 에워쌌다.

"받아랏!"

"항룡복호장!"

금강나한들이 노성을 발하며 달려들자 일검향은 목에 건 불주를 번쩍 쳐들었다.

"소림의 제자들은 금강불주를 알현하라!"

당당한 외침에 금강나한들은 흠칫 놀라 공세를 멈추었다.

여명의 안개 속이지만 일검향의 손에 쥐어진 불주는 은은한 금빛을 발하고 있었다. 천불성승의 신물인 금강불주. 그 존엄함을 능가할 수 있는 신물은 오직 녹옥불장뿐이다.

무현 선사가 대번에 금강불주를 알아보았다.

"아미타불! 저… 저것은 사숙님의 금강불주?"

그는 황색 가사를 여미며 배례를 올렸다.

"사숙님의 신물을 배알하옵니다."

무현 선사는 현 소림의 최고 배분인 대원로였다. 그가 앞서 배례를 올리자 달마원과 나한전 주지, 그리고 모든 무승들 역시 부복배례를 했다.

일검향은 금강불주의 놀라운 위력을 실감했지만 소림에 돌려주는 것이 도리라 생각하였다. 그가 지니기에는 너무도 존엄한 신물이었다.

그는 무현 선사의 손에 금강불주를 쥐어주었다.

"선사, 금강불주를 반환하겠소. 소생의 죄를 용서하시오."

무현 선사가 무언가를 물으려 하자 그는 신속하게 솟구쳐 올랐다.

"천불성승께서는 열반하셨소. 소생은 단지 그 사실을 확인했을 뿐이오!"

그가 탑림을 향해 날아가자 달마원 주지 혜명 대사가 다급히 외쳤다.

"놓쳐서는 안 된다! 어서 제압하라!"

그러나 무현 선사가 침통하게 말을 받았다.

"그만두어라."

"사숙……?"

무현 선사는 금강불주를 두 손으로 감싸며 참회동을 향해 합장을 올렸다.

"성승님의 금강불주를 반환한 자다. 그는 소림을 떠날 자격이 있다."

2

천예사원의 자객 무향검살.

그는 당금 천하에서 가장 유명한 인물이 되었다. 그것이 악명이든 협명이든 강호인으로서 그를 모르는 사람은 거의 없었다.

그는 벽력신군을 척살하면서 세상을 진동시켰고, 요지선궁에 침투해 모두를 놀라게 만들었으며, 급기야는 소림의 성역인 참회동에까지 뛰어들어 천하를 발칵 뒤집어놓았다.

한때 천예사원이 은천마국의 침공을 받아 괴멸되었다는 풍문도 나돌았지만 이제 그것을 믿는 사람은 없었다. 천예사원이 예전보다 더 강력해졌고, 더 무서워졌으며, 더 무모해졌다는 데 생각을 같이했다.

특히 무향검살의 존재는 천사명왕의 분신으로 인정을 받았다.

그 누구도 죽일 수 있으며 어떤 장소에도 침투할 수 있기에 죽음의 제왕으로 불리었던 천사명왕. 그가 다시 부활하여 세상으로 나섰다는 사실에 모두들 공포에 떨지 않을 수 없었다.

사실 소림의 성역 참회동까지 침투할 수 있는 자객을 막아낼 방법은 현실적으로 없기 때문이다.

여섯 가닥의 물줄기가 휘감아 도는 육반수가 멀리 보인다. 은은한 물안개에 의해 요지선궁이 출입구는 가려져 있는 상태다.

구릉 위로 내려선 일검향은 육반수를 바라보며 묘한 감회에 젖었다.

돌이켜 보면 삼십여 일 만의 귀환이었다.

요지선궁을 떠나 소림에 당도해 참회동 침투를 모색했던 기간이 보름이었다. 참회동에서 나선 후 알게 된 사실이지만 그는 참회동 내에서 열흘 가까이 머물러 있었던 것이다. 그리고 그는 비천술을 펼쳐 닷새 만에 요지선궁에 이르게 되었다.

길지 않은 삼십여 일.

하지만 그에게는 지독히도 길고 고통스런 시간이었다. 참회동에 침투하면서 너무 고뇌하는 바람에 머리카락이 뭉턱 빠졌을 정도였다.

어쨌거나 그는 참회동에서 돌아왔다. 그것도 절세고수가 되어서!

휘이익!

일검향은 수면을 밟고 육반수 물줄기를 가로질렀다. 엄청난 공력을 지니게 된 그는 특별히 신법을 펼치지 않아도 간단히 수면을 차고 건너뛸 수가 있었다.

"⋯⋯!"

협곡 입구로 내려선 일검향은 가볍게 미간을 찌푸렸다.

입구를 지켜서고 있어야 할 선랑들이 전혀 보이지 않았다. 음양천은 파괴돼 있었고 협곡 주변으로 핏자국이 역력했다. 참으로 예상치 못한 변괴였다.

"침공?"

일검향은 눈을 가늘게 뜨며 협곡 안을 직시했다.

협곡의 좁은 통로는 교차된 두 개의 깃발이 길을 막고 있었다. 단풍 잎 형태의 붉은 문장이 선명한 검은 깃발이었다.

바로 은천마국을 상징하는 천마기(天魔旗).

일검향은 의아함을 금할 수 없었다.

'요지선자는 분명 은천마국의 동조자다. 한데 이 표식은 뭔가? 한바탕 싸움까지 벌어진 것 같은데?'

추가영을 떠올린 그는 입이 바싹 말라붙었다.

"어떤 사태가 벌어졌건 가영이 위험해!"

그는 호신강기를 발출해 몸을 보호했다.

그의 몸을 휘감는 금빛 기운은 금마오절기 중 하나인 범천강기(梵天罡氣)였다. 소림의 절기는 아니지만 불문 최고의 고수에 의해 창안된 절기답게 강력한 방어력을 지니고 있었다.

일검향은 자신의 몸을 살펴보았다.

아직 일성의 경지에 불과해 범천강기는 한 뼘밖에 뻗어나가지 못했다. 하지만 웬만한 기관 장치에서 뿜어지는 암기 세례는 막아낼 것 같았다.

그는 범천강기로 몸을 보호한 채 협곡 안으로 뛰어들었다.

협로 곳곳이 파괴돼 있었다. 입구가 열려 철 대롱 같은 기관 장치가 모습을 드러냈고, 벽마다 핏자국이 선명했다. 다행히 모든 기관 장치가 이미 작동됐는지 그를 향한 기관 작동은 없었다.

끔찍한 지옥도(地獄圖)!

내궁의 성문 앞은 아비규환의 참상으로 뒤덮여 있었다.

수십 명에 달하는 선랑과 선화들이 무참하게 죽어 있었다. 일부의 선랑들은 하반신이 벗겨져 능욕까지 당한 상태였다. 절반은 도검과 같은 병기에 당했고 나머지 절반은 지독한 음한강기에 얼어붙어 있었다. 은천마국의 절기인 혈음마공이었다.

일검향은 지그시 이를 깨물었다.

'어떻게 된 거야? 몰살을 당했다. 그것도 은천마국의 침공에 의해.'

그는 박살난 성문을 통해 내궁으로 들어섰다.

내궁 곳곳도 파괴돼 있었고 십여 명의 선랑과 선화들이 죽어 있었다. 요지선궁의 제자들이 모두 몇 명인지 정확히 알 수 없지만 그의 눈으로 헤아린 시신만 오십 명이 넘었다.

더 끔찍한 참상은 금궁의 입구에 펼쳐져 있었다.

금궁 성문에 좌우상비가 무수한 병기에 꽂힌 채 매달려 있었던 것이다. 그녀들의 몸에서 흐른 피로 바닥이 유난히 붉었다.

일검향은 나직이 한숨을 내쉬었다.

'단순한 침공이 아니다. 놈들은 무자비한 추살을 펼친 것이다.'

그는 좌상비와 한 번 겨룬 적이 있기에 그녀의 무공 수위를 능히 짐작할 수 있었다.

그녀는 초일류고수였다. 수월루주였던 은마령보다 훨씬 강한 여인으로 생각되었다. 한데 그녀 둘 모두가 이런 참상을 당했다면 은천마국에서 정예 군단을 파견한 것이 분명했다.

금궁 전각 앞에 이르자 그의 심장이 세차게 뛰었다.

"가영! 내가… 돌아왔어!"

그는 분연히 외치며 전각 안으로 뛰어들었다.

요지선자의 침실에 두 여인이 알몸으로 널브러져 있었다. 간살을 당한 모습이었다. 일검향은 피가 확 솟구쳤지만 애써 냉정을 유지하며 두 여인의 용모를 살폈다.

요지선자 소운향이 아니었다. 또한 다행스럽게도 추가영이 아니었다.

'아, 가영이 아니었군.'

그는 안도의 숨을 내쉬며 금궁 곳곳을 수색했다. 내실에는 침공을 피해 몸을 숨기다 발각된 선랑들의 시신 두세 구가 엎어져 있었다.

일검향은 빠르게 생각을 굴렸다.

'요지선자와 가영의 시신은 없다. 피신했거나… 최악의 경우 잡혀 갔을 것이다.'

하지만 요지선궁의 제자들 다수가 죽어 있는 상황을 감안한다면 피신했을 가능성은 거의 없어 보였다. 요지선자 같은 초고수는 은천마국에서도 필요했을 것이기에 압송당했을 가능성이 훨씬 높았다.

그는 요지선자의 압송 따위는 상관할 바 아니었다. 문제는 추가영이었다. 그녀가 요지선궁 내에 머물러 있었다면 역시 은천마국으로 끌려 갔을 것이다.

'가영이 마국으로 잡혀갔단 말인가?'

그의 피가 뜨겁게 끓어올랐다.

은천마국에 대한 분노와 추가영에 대한 우려가 한데 뒤엉켰다. 참회 동에 들어갔다 나온 그였기에 세상 어느 곳도 두렵지 않았다. 은천마 국의 소재를 알고 있다면 당장이라도 뛰어들 그였다. 그러나 그 저주 의 마국은 여전히 구름 속에 묻혀 있었다.

그는 잠시 고심하다가 금궁을 나섰다.

시신들의 사후 경직과 부패 상태를 감안한다면 참살은 사나흘 전에 벌어진 듯싶었다. 은천마국의 침공을 받은 것은 확실하지만 왜 이런 비극이 벌어졌는지는 언뜻 이해가 되지 않았다.

문득 천불성승의 지혜로운 통찰력이 뇌리에 떠올랐다.

'맞아. 선사님은 요지선자가 일부러 나를 참회동으로 보낸 것임을 대번에 간파하셨다. 은천마국에서도 그것을 간파했다면 요지선자는 반도로 취급될 수밖에 없다. 나를 압송하지 않은 데다 소림의 전설까 지 깨우려 하다가 은천마국의 분노를 야기시킨 거겠지.'

현재로서는 그런 추론이 가장 타당성이 있었다.

내궁을 나선 일검향은 협곡 통로에 이르자 두 손을 교차하며 범천강 기를 끌어올렸다. 허공으로 둥실 떠오른 그는 통로 좌우 석벽을 향해 연이어 일장을 내질렀다.

"차아앗!"

금빛 기운이 번득이며 그의 장심에서 소용돌이 장력이 뿜어져 나왔 다. 금마오절기 중 하나인 범황통천장(梵荒通天掌)이었다.

콰아아앙!

엄청난 폭음과 함께 통로 전체가 진동하며 우르르 붕괴되었다. 협로가 붕괴되면서 요지선궁의 입구는 완전히 봉쇄되었다.

그로서는 할 수 있는 최선의 대응책이었다. 요지선궁의 제자들을 묻어주고 싶었지만 워낙 수효가 많아 엄두가 나지 않았다. 그저 통로를 막아 들짐승과 도적들의 약탈을 막아줄 수 있는 것이 전부였다.

한데 그가 막 통로를 나섰을 때였다.

"이런 사악한 놈!"

창노한 외침과 함께 희뿌연 강기가 노도처럼 날아들었다.

반사적으로 몸을 말아 솟구친 일검향은 허공을 차며 급격히 곤두박질쳤다. 그의 자청검이 벼락같은 쾌검초를 뿌려냈다.

일순 상대를 직시한 그는 입을 딱 벌리고 말았다.

"어엇?"

그는 급히 손목을 틀어 쾌검을 무산시켰다. 노인을 향해 겨누었던 검극이 비껴졌지만 노인은 그를 향해 소매를 휘둘렀다.

"노옴!"

퍼엉—!

일진 폭음과 함께 일검향은 삼 장 밖으로 튕겨졌다. 그나마 범천강기가 자연적으로 발출되면서 호신강기를 형성했기에 내상은 면할 수 있었다.

미끄러지듯 다가선 노인은 긴 소맷자락을 휘저었다. 부드러운 소맷자락이 쇠처럼 단단해지며 일검향의 목을 휘감았다. 절정의 철수진기(鐵袖眞氣)였다.

노인은 소맷자락으로 일검향을 단단히 조이며 준엄하게 꾸짖었다.

"네놈이 이렇듯 흉악한 악귀인 줄 몰랐다. 노부의 불찰을 통탄하지 않을 수 없구나."

일검향은 목이 날아갈 위기 속에서도 놀라울 만큼 침착했다.

"노선배님, 소생이 의협은 아니지만 악귀로 불릴 만큼 흉악한 사람은 아닙니다."

일검향을 철수진기로 휘감고 있는 추레한 노인은 바로 공공신도 엽운표였다. 강호에서는 늙은 도적으로 불리지만 상상을 초월한 무공을 소유한 신비인.

일검향은 첫 번째 출동 때 그를 만나 여의심결과 같은 신비한 절기를 배우게 되었다. 진귀한 인연이었지만 또다시 엽운표를 만날 기회는 없었다. 한데 예기치 못하게 두 번째로 만나게 되었고, 엽운표의 분노는 일검향의 목숨마저 위협하고 있었다.

엽운표는 형형한 눈빛으로 그를 직시했다.

"넌 감히 소림의 성역으로 뛰어들어 소림의 명예와 위엄을 훼손했으며 소림 사존들의 존엄성마저 더럽혔다. 인정하느냐?"

"어떻게 소생이 무향검살임을 아셨습니까?"

"노부의 물음에 먼저 답해라."

"인정합니다."

"또한 천지성후의 고결함이 스며든 요지선궁마저 파괴했다. 인정하느냐?"

"그건 인정할 수 없소이다."

엽운표의 소맷자락이 일검향의 목으로 파고들었다.

"네놈이 요지선궁의 입구를 파괴하는 광경을 노부의 눈으로 분명히 보았는데 부인한단 말이냐?"

"소생이 당도했을 땐 요지선궁은 이미 괴멸된 상태였습니다. 은천마국의 침공을 받아 대다수의 제자들이 죽었소이다."

"뭐라? 그럼 요지선자는?"

"그녀의 시신은 없었습니다. 피신했거나 아니면 은천마국에 잡혀간 것이 확실합니다."

엽운표는 침통한 표정을 지으며 소맷자락을 풀어주었다.

"네 말을 믿겠다. 적어도 천예사원의 자객이라면 죽음이 두려워 거짓을 고하지는 않을 테니까."

일검향은 그가 어떻게 자신의 신분과 소속을 알고 있는지 궁금했다.

"노선배님은 제가 처음부터 천예사원의 자객임을 알고 있었습니까?"

"그렇지는 않다. 네가 자객일 가능성이 높다고 판단했지. 그 후 대백랑이 수월루주의 지시를 받아 너를 추적하고 있다는 풍문을 듣고 네가 천예사원의 자객임을 확신하게 되었다."

"한데 이곳은 어쩐 일이십니까?"

"노부는 참회동이 침범당했다는 충격적인 소문을 듣고 믿을 수 없었다. 숭산으로 가서 직접 확인하려 했었지. 한데 은천마국의 정예 군단이 요지선궁을 공격할 것이라는 정보를 입수해 급히 달려온 것이다."

"노선배님은 요지선궁에 침투해 요지선자의 수치스런 비밀까지 알아낸 분이 아니십니까? 왜 그 음탕한 계집을 비호하려는 겁니까?"

엽운표는 붕괴된 요지선궁의 입구를 보고는 길게 탄식했다.

"소운향은 죽어 마땅한 요부이지만 요지선궁은 지켜져야 한다. 천지성후께서 창건하신 후 백 년의 전통을 유지해 온 신성한 곳이다. 그곳이 더럽혀지고 피로 물들었다니 참으로 개탄스런 일이구나."

"노선배님은 대체 누구십니까?"

"강호의 늙은 도둑인 공공신도일 뿐이다."

"진정한 신분을 알고 싶습니다."

"넌 자객이고 노부는 도둑이다. 그 이상 어떤 신분을 더 밝히란 말이냐?"

"……"

일검향은 더는 캐묻지 않았다.

강호의 은자(隱者)들은 나름대로 신분을 드러낼 수 없는 남모를 비밀을 지니고 있다. 엽운표도 은자의 부류였기에 그의 비밀스런 신분은 존중해 주어야 했다.

엽운표는 예리한 눈빛으로 그를 훑어보았다.

"네가 참회동에 침투했다는 풍문은 들었지만 탈출했다는 정보는 아직 입수하지 못했다. 언제 빠져나온 것이냐?"

"며칠 되지 않았습니다."

"흐음, 그렇다면 내가 정보를 입수하지 못한 게 당연하군."

엽운표는 가볍게 고개를 끄덕이다가 다시 물었다.

"참회동에 들어가 천불성승은 알현하였느냐?"

"이미 열반에 드셨습니다."

"그럴 리가 없다. 네가 참회동에 침투할 수는 있어도 다시 빠져나오려면 소림의 제자들과 사투를 벌여야 한다. 그들은 절대 널 내보내려 하지 않았을 것이다. 단신으로 소림과 맞서 싸울 무인은 단연코 세상에 존재하지 않는다."

일검향은 눈을 깜빡이며 차분하게 응수했다.

"성승께서 지니셨던 신물 중 금강불주가 있었습니다. 그것을 내보이니 모두가 부복을 하며 길을 열어주더군요. 덕분에 무사히 빠져나올 수 있었던 겁니다."

그는 가급적 천불성승과 대면한 사실을 숨기고 싶었다.

그가 생존한 천불성승과 만난 사실이 밝혀지면 수많은 질문이 쏟아질 것이며, 천불성승으로부터 금마오절기까지 하사받은 내력을 밝혀야만 할 것이다. 그렇게 되면 소림에서는 그를 천불성승의 후계자로 인정해야 할지 고민할 것이고, 자객으로서의 입지가 혼란스럽게 된다.

그는 소상한 내막은 천예사원의 동문들에게만 밝힐 생각이었다.

엽운표는 물끄러미 그를 응시하다가 표정을 풀었다.

"내 잠시 격분하여 미처 생각지 못했네. 예전처럼 자네를 노제로 대하고 싶네."

"……."

"성승의 생존은 비밀로 해두게나. 그저 전설의 한 부분으로 흘려보내야 합당하네."

엽운표는 일검향의 어깨를 가볍게 감싸 쥐며 환한 웃음을 지었다.

"자네에게 엄청난 변화가 있었군. 이 우형이 알려준 심법으로는 불과 일 년 만에 생사현관을 타통할 수가 없지. 자네가 성승의 도움으로 이렇듯 지고한 경지에 이르렀으니 천하의 홍복일세."

일검향은 그의 뛰어난 안목을 더는 속일 수가 없었다.

"역시 예리하시군요. 노선배님의 짐작대로 선사님을 뵈었고 몇 가지 절기를 하사받았습니다."

"허허, 노형으로 칭하라지 않았는가? 자네가 성승의 절기를 계승했으니 노부와 호형호제를 한다 해도 자격이 충분하네."

"그럼… 노형님으로 칭하겠습니다."

"암, 그래야지. 노제를 제대로 봤다는 것이 내게도 자랑일세. 허허!"

엽운표는 허리춤에서 호리병을 끌러 기분 좋게 술을 들이켰다.

일검향은 정중하게 손을 모았다.

"노형님, 후한 은혜를 입었는데 술 한잔 대접치 못해 송구합니다. 급히 귀환해야 할 상황입니다."

엽운표는 흔쾌하게 고개를 끄덕였다.

"어쩔 수 없지. 하지만 다음에 만나면 꼭 술을 사야 하네. 알겠는가?"

"예, 노형님."

"가보게나. 난 요지선궁의 불쌍한 제자들이나 묻어주어야겠네."

엽운표는 협곡 안으로 몸을 날렸다.

그가 가슴 앞에 교차한 양손을 힘껏 벌리자 참으로 엄청난 변괴가 일어났다. 붕괴된 바윗덩이들이 무너져 내린 석벽 속으로 파고들었다. 그가 지나쳐 갈 때마다 바윗덩이들이 좌우로 흩어지면서 협곡은 본래의 형태대로 복원이 되었다.

복원은 파괴보다 수십 배는 힘겨운 작업이다. 한데도 엽운표에게는 그저 담장 하나를 새로 쌓는 정도에 불과해 보였다.

일검향은 엽운표의 가공하면서도 신비로운 능력에 감탄하지 않을 수 없었다.

'세상 사람들이 노형님의 존재를 확실히 알았다면 천상삼비가 아니라 천상사비(天上四秘)가 되었을 것이다.'

3

완연한 봄 날씨였다.

비교적 봄이 늦게 찾아오는 사천성의 산간 지역도 신록과 더불어 꽃 향기가 만발하며 봄의 정취를 한껏 느끼게 해주었다.

인마의 통행이 잦아지면서 산자락이나 고갯마루마다 노천반점들이 다시 천막을 세워 영업을 개시했다. 마을 사이의 간격이 먼 사천성에서 노천반점은 어디서나 흔히 볼 수 있는 광경이었다.

홍패산(興牌山) 자락의 노천반점은 귀주에서 사천으로 넘어서는 길목에 위치한 노천반점이었다.

귀평상단(貴平商團)은 소규모 대상 상단이지만 노천반점이 수용하기에는 다소 많은 숫자였다. 개점 첫날부터 정신없이 손님들을 맞이한 주인 부부는 상단이 떠나고 나서야 겨우 숨을 돌릴 수 있었다.

그들 부부가 늦은 점심을 먹기 위해 자리에 앉았을 때 청년 무사가 반점 안으로 들어섰다.

먼 길을 달려온 듯 먼지를 뒤집어쓴 흰색 장삼이 누렇게 변색돼 있었다. 평범한 용모라 특별히 관심을 끌 만한 구석은 없어 보였다.

그는 주인 부부가 식사를 하고 있자 미안하다는 표정을 지으며 간단한 요리와 술을 주문했다. 소면으로 식사를 때운 그는 닭튀김을 안주 삼아 술을 마셨다.

한가한 떠돌이 무사로 보이는 청년은 다름 아닌 일검향이었다.

요지선궁을 떠나온 그는 춘추봉으로 향하는 중이었다. 추가영에 대한 우려 때문에 줄곧 고심하던 그는 가장 희망적으로 생각을 굳혔다.

요지선자와 함께 있었다면 안전하게 피신했을 가능성이 높다. 설사 은천마국에 잡혀갔다 하더라도 살아 있을 것이다. 살아만 있다면 반드시 구출할 자신이 있다. 자신이 이르지 못할 곳은 없으니까.

그는 술 반 병을 비우기도 전에 자리에서 일어섰다.

노심초사 자신을 기다리고 있을 춘추봉 동문들을 생각하면 한가하게 술을 즐길 시간이 없었다. 허기를 때우고 충분히 휴식을 취한 그는 노천반점을 나섰다.

한데 그때 고갯마루가 소란스러워지면서 한 떼의 상인들이 우르르 몰려왔다. 잠시 전 노천반점을 떠났던 귀평상단이었다.

주인 부부가 반점을 나서며 물었다.

"대인, 왜 다시 길을 돌려 오셨습니까요? 놔두고 가신 물건이라도 있으셨습니까요?"

상단의 단주는 소매로 연신 땀을 훔쳤다.

"이 길로는 성도로 갈 수 없어. 혹시 돌아가는 다른 길은 없는가?"

"왜 그러십니까요? 소인이 알기로 도적도 없는 안전한 길입니다요."

"도적이 아닐세. 도적보다 더 흉악한 놈들이 지키고 있네. 여러 말 말고 다른 길이나 일러주게."

상단의 단주는 힐끗 일검향을 보고는 주의를 주었다.

"무사도 이 길을 갈 생각은 마시오."

"이유가 뭐요?"

"사연혈린등(死煙血燐燈)이 꽂혀 있소. 십 리 일대에 접근하는 자는 누구라도 죽게 되오."

단주는 입에 올리기도 두려운 듯 몹시 조심스런 표정이었다.

사연혈린등!

그것은 은천마국의 암살 조직인 척살단의 신물이었다. 높은 장대 위에 해골이 장식돼 있는데 낮에는 누런 연기를 뿜어내고 밤에는 시퍼런 인광을 발해 비상경계임을 통보한다.

사연혈린등은 요인에 대한 척살이 진행되고 있다는 의미이기에 표식을 넘어서는 자는 무조건 죽는다. 풍문에 의하면 잔마대 무리들이 척살단에 지원하겠다는 생각으로 사연혈린등을 넘어섰다가 몰살을 당했다고 하였다.

사연혈린등은 은천마국의 상징인 천마혈기와 더불어 당금 천하를 통제하는 가장 강력한 표식 중 하나였다.

일검향은 척살단의 등장에 본능적인 적개심이 치밀었지만 별 내색 없이 물었다.

"척살단 놈들이 누구를 쫓고 있소?"

"경계 밖으로 겨우 빠져나온 무사의 말로는 의천맹 협사들이라 하였소. 곧 동료들을 수배해 지원에 나서겠다고 하더군."

"잘 들었소."

일검향은 상단이 되돌아온 길을 피해 다른 길로 달려갔다.

상대가 척살단이라면 결코 좌시할 수 없는 자들이다. 하지만 상인들이 지켜보고 있는 상황이기에 일부러 우회로를 택했다. 약간의 의심이라도 사지 않도록 조심해야 하는 것이 그의 행동 지표였다.

누런 연기가 곳곳에서 피어오르고 있었다.

십 리 일대의 분지는 사연혈린등에 의해 철저하게 통제돼 있었다. 백 명에 달하는 척살단 자객이 외곽 방어벽을 형성해 놓은 상태였다. 누구라도 통제선 안으로 들어서면 사람이든 짐승이든 모두 죽이는 것이 그들의 의무였다.

일검향은 나뭇가지 속에 몸을 숨긴 채 하나의 사연혈린등을 응시하고 있었다.

일 장 높이의 장대에 꽂혀 있는 해골의 아가리를 통해 누런 연기가
뭉클뭉클 뿜어지고 있었다. 뻥 뚫린 눈 주변으로 인광이 칠해져 있는
데 밤에는 인광이 연기를 대신하는 것 같았다.

일검향은 수림 곳곳에 은신해 있는 자객들의 위치를 감각으로 찾아
낼 수 있었다.

'꽤 많군.'

그는 교교가 이끄는 척살단과 자객들과의 일전을 떠올렸다.

상대가 하급 자객들이라면 몇 명이든 문제될 것이 없었다. 자신이
앞서 저들의 은신 지점을 파악할 수 있기에 포위망을 돌파하기란 어렵
지 않다.

그는 의천맹의 누가 위협을 받고 있는지는 관심 밖이었다. 그가 척
살단과 맞서려는 이유는 그들을 구출하기 위함이 아니었다. 의천맹 군
사가 감소채이기에 의협심을 발휘해 의천맹도를 도와야 했지만 그는
가급적 감소채를 잊으려 노력했다.

그는 척살의 현장에 교교와 일도살이 있기를 기대했다. 아니, 교교
보다는 일도살을 만나기를 간절히 소망했다.

일도살!

그 이름만으로 그는 분노하지 않을 수 없었다.

그는 칠 년이라는 수련 기간 동안 모든 동문들을 속여온 일도살의
교활함에 치를 떨어야 했고, 은천마국을 끌어들여 원주와 동문들을 무
참하게 살해한 잔악함에 비통한 눈물을 뿌려야 했다.

그가 일도살에 대해 특별히 개인적인 원한까지 지닌 것은 죄책감 때
문이기도 했다.

자객관을 통과하는 외중에 그는 분명 일도살의 혈안을 목격했다. 어

떻게 원주의 검사를 통과했는지 몰라도 일도살은 분명 혈음마공을 터득하고 있었던 것이다.

만일 그가 자신의 의견을 강하게 표명했다면 일도살에 대한 조사가 다시 이루어졌을 것이다. 그랬다면 천예사원의 자객 대다수가 몰살당하는 참극은 없었을 것이다.

너무도 후회스런 일이었기에 그는 원통함을 금할 수 없었다. 아마도 모든 복수를 끝낸다 해도 자신의 실책에 대한 후회와 자책감은 씻겨지지 않을 것이다.

'일도살, 제발 그 안에 있어다오! 네놈을 꼭 죽이겠다!'

일검향은 지그시 이를 깨물며 은신술을 펼쳐 나무 기둥을 타고 내려갔다.

천불성승에게 하사받은 금마오절기를 구사한다면 척살단의 방어벽을 보다 쉽게 돌파할 수 있겠지만 그는 가급적 금마오절기는 펼치고 싶지 않았다. 상대가 척살단이기에 천예사원의 자객답게 자신이 수련해 왔던 자객 수법으로 도전하고 싶었다.

第37章

세 번째 만남

소리없는 죽음.

덤불 속에 은신해 있던 척살단 자객은 뇌호혈로 파고드는 한기를 느끼는 순간 고개를 떨구고 말았다. 그는 죽는 순간까지 자신이 왜 죽게 되었는지를 전혀 이해할 수 없었다.

무성한 나뭇가지 사이에 숨어 있던 자객은 딛고 있던 가지가 잠시 출렁였지만 별 의심을 하지 않았다. 그저 청솔모 한 마리가 지나쳤다 생각한 것이다.

이어 옆으로 한줄기 바람이 스쳐 가며 그는 숨이 턱 막혔다. 호흡이 전혀 이루어지지 않았다. 이미 천돌혈이 베어진 것이다.

일검향은 다시 세 명의 척살단 자객을 더 살해하고 수림 속 깊숙이 침투했다. 한 명 한 명을 척살하는 과정이 워낙 은밀해 주변의 자객들은 전혀 감지하지 못한 상태였다.

　그러나 사연혈린등에 의한 방어벽은 결코 녹록치 않았다. 휘하 자객들의 잠복 상황을 예의주시하고 있던 제이영주가 방어선이 무너졌음을 간파한 것이다.

　삐이익─!

　날카로운 호각 소리가 수림 위로 메아리쳤다.

　일순 곳곳에 은신해 있던 자객들이 빠르게 이동하며 이차 방어선을 형성했다.

　그들은 방어벽 내에서 전개되는 싸움에 외부의 훼방꾼이 끼어드는 것을 철저하게 차단하는 것이 주된 임무였다. 방어선이 돌파되면 사연혈린등에 대한 자부심과 위엄이 무너지기에 방어벽 구축은 그들에게 있어 절대적인 사명이었다.

　제이영주가 일 개 조 열 명을 투입시켰다.

　"침투한 놈은 자객이거나 절세적 고수다. 그러나 어떤 놈이든 사연혈린등을 거역한 이상 죽을 수밖에 없다. 색출해라!"

　"예, 영주님."

　열 명의 자객이 부챗살처럼 흩어지며 일차 방어벽이 와해된 지역을 빠르게 수색했다.

　아무리 은폐 조건이 좋은 수림이라 할지라도 몸을 숨기는 데에는 한계가 있다. 수색 범위가 넓지 않은 데다 수십 명의 자객들이 감시하고 있는 상황이기에 침입자는 발각될 수밖에 없었다.

　일순, 수색조로 나선 자객들이 덤불 속에 은신해 있는 희끗희끗한 인영을 찾아냈다.

　척살단 하급 자객들은 모두 검은색 경장을 입고 복면을 쓰는 것이 규칙이었다. 검은 복장이 아니라면 침입자로 간주된다. 그들은 지체없이 희끗희끗한 인영을 향해 공세를 펼쳤다.

희끗희끗한 인영은 삽시간에 분시가 되어버렸다.

한데 자객들은 죽은 자가 자신들의 동료임을 알아챘다. 동료는 이미 뇌호혈이 관통돼 절명한 상태였고 복면과 검은 경장이 벗겨져 있었던 것이다.

덤불 옆으로 내려선 제이영주는 소속 자객을 내려다보고는 당혹함을 금치 못했다.

"당했다! 놈은 이미 최후 방어선까지 침투했다!"

한편 일검향은 자객에게서 탈취한 경장을 걸친 채 수림 속을 달려가고 있었다. 이차 방어선이 형성되면서 잠시 혼란이 야기됐기에 어렵지 않게 몸을 뺄 수 있었다.

평— 퍼펑—!

수림 저편에서 들려오는 폭음과 기합성이 아주 격렬했다.

일검향은 전장을 향해 빠르게 몸을 날렸다.

순간 나무 기둥 뒤에 은신해 있던 자객들이 벼락같이 달려들며 칼을 휘둘렀다. 두 겹의 방어벽을 뚫고 들어올 자를 대비해 숨겨두었던 세 번째 방어선이었다.

일검향은 철판교 수법으로 급히 몸을 뒤로 눕혀 자객들의 기습을 피해냈다. 동시에 그의 몸이 팽이처럼 회전하며 튀어 올랐다.

"환우일섬!"

쐐애액—!

눈부신 쾌검이 연속적으로 뻗어나갔다.

차차창!

칼이 동강나며 자객들의 몸통까지 한꺼번에 베어졌다. 검극에서 뿜어진 검기에 의한 현상이었다.

일검향은 자신이 검기를 자유롭게 펼쳐 낼 수 있다는 사실에 스스로 놀라움을 금할 수 없었다.

쾌검에 검기까지 가세된다면 그 파괴력은 상상을 초월한다. 하지만 쾌검의 고수로서 심후한 내공을 지닌 자는 흔치 않다. 내공이 뛰어난 검수들은 대부분 성취가 쉬운 패검을 수련하는 것이 관례였기에, 검기를 동반한 쾌검법은 특별한 절기일 수 있었다.

모두 참회동의 기연 덕분이었다.

일검향은 재차 쾌검을 발휘해 네 명의 자객을 마저 쓰러뜨렸다. 간단히 삼차 방어벽까지 통과한 그는 넓게 펼쳐진 분지로 들어섰다.

분지 곳곳으로 십여 구의 시체가 널브러져 있었다. 복장으로 미루어 두 부류임을 헤아릴 수 있었다. 붉고 검은 경장 차림에 복면을 쓴 자들은 척살단의 자객들이었다. 반면 하얀 경장 차림의 청년들은 의천맹 무사들로 보였다.

퍼퍼— 펑!

분지 한쪽은 높은 벼랑으로 둘러져 있었고 그 앞에서 치열한 전투가 전개되는 중이었다.

"꺼져라!"

힘차게 채찍을 휘두르는 노인은 깡마른 체구로 또렷한 매부리코가 인상적이었다. 이미 많은 자객들과 격전을 치른 듯 온몸이 상처투성이였다. 채찍을 쥔 손은 피로 벌겋게 물들어져 있었다.

바로 의천맹의 총호법인 도광패편이었다.

천하구절 중 편절(鞭絶)로 불릴 만큼 채찍에 남다른 경지에 이른 고

수다. 하지만 붉은 경장의 자객들은 죽음에 무관심했기에 부상에 대한
우려도 전혀 없었다.

폭음과 함께 세 명의 자객이 육편으로 화했지만 도광패편은 다시 어
깨와 옆구리, 다리가 베어지는 큰 부상을 당하게 되었다.

도광패편은 급히 혈도를 찍어 출혈을 막았지만 계속 공력을 끌어올
려 대적을 해야 하는 상황이라 제대로 지혈이 되지 않았다. 자객들의
공격을 쳐낼 때마다 상처를 입는 바람에 기력이 탈진되어 그의 채찍도
현저하게 힘을 잃었다.

그는 안타까운 눈빛으로 배후의 접전장을 돌아보았다.

'젠장, 군사를 지켜야 하거늘……!'

두 중년인이 한 여인을 호위하며 자객들의 연속된 공격을 힘겹게 막
아내고 있었다. 이미 심한 부상을 입은 상태로 금세라도 쓰러질 듯 위
태로워 보였다.

여인은 비교적 부상을 당하지 않은 상태였다.

면사로 얼굴을 가리고 있어 용모는 알 수 없지만 면사 위로 드러난
눈이 너무도 아름다웠다. 밤하늘에서 가장 밝게 빛나는 샛별을 뽑아다
옮겨놓은 듯 눈망울 자체가 보석이었다.

여인은 쌍수를 세워 자객들을 상대하고 있었는데, 백설 같은 팔이
팔꿈치까지 푸른색으로 물들어 있었다. 도문의 전설적 기공인 천강진
기(天罡眞氣)에 의한 현상이었다.

퍼퍼펑—!

강력한 천강수로 자객들을 날려 버린 면사여인은 두 중년인을 뒤로
물러서게 했다.

"내가 맡겠어요. 두 분은 어서 부상을 치료하세요."

두 중년인은 침통한 모습으로 고개를 떨구었다.

"송구하오, 군사."

이때 화려한 금빛 경장의 장년인이 천천히 접전장으로 들어섰다. 복색으로 미루어 은천마국의 금마장에 해당되는 직위임을 알 수 있었다. 바로 이번 작전을 지휘하는 척살단 수석영주였다. 짙은 회색 빛 얼굴이 몹시 음산해 보였다.

수석영주는 면사여인을 향해 거칠게 내뱉었다.

"우리의 임무는 네년을 죽이는 것이 아니라 압송하는 데 있다. 더 이상 반항하지 말고 항복해라."

면사여인은 그를 직시하며 냉담하게 응수했다.

"비열한 놈들! 의천맹에 항복은 없다. 최후까지 싸울 뿐이다."

"네가 항복하면 나머지 조무래기들은 고통없이 죽여주겠다. 아주 자비로운 조건이 아니겠느냐?"

"혈혼수(血魂叟)! 너는 남의 부상을 틈타 공을 세우려는 비겁한 놈일 뿐이다. 게다가 넌 사부를 암살한 후 은천마국에 혈락정(血落井)을 팔아먹는 추악한 반도가 아니더냐? 자비를 입에 담기에 네놈은 너무 더러운 짐승이다."

수석영주는 허리춤의 칼을 천천히 쥐었다.

걸음걸이나 발도의 동작 모두가 권태로울 만큼 느리게 보였다. 성질 급한 사람은 그의 행동을 지켜보는 것만으로 분통이 터질 것이다.

그는 칼을 뽑아 들고는 고개를 옆으로 기울였다.

"가급적 네년을 다치지 않게 하려 했는데 주둥이가 너무 예리하군. 내 전력을 밝히지 말았어야 했다."

"의외로군. 너 같은 놈도 수치를 알고 있단 말이냐?"

"수치? 난 그런 거 모른다. 다만 네년이 아무것도 모르고 나불대는 것이 짜증이 좀 날 뿐이지."

그는 왼발로 몸을 지탱한 채 교묘하게 몸을 기울였다.

한편 세 번째 방어선까지 통과한 일검향은 접전장을 빠르게 쓸어보다가 몹시 실망했다.

'일도살 놈은 오지 않았군. 교교도 없어!'

그는 다소 허탈한 심정이 되어 곧바로 척살단의 포위망을 빠져나가려 했다. 하지만 멀리 면사여인을 대하는 순간 가슴이 내려앉는 충격과 함께 묘한 설렘에 휩싸였다.

'감소채?'

그러했다. 별빛 같은 눈망울을 지닌 면사여인은 어린 시절 그에게 평생 잊을 수 없는 추억을 안겨준 감소채였다. 또한 지난해 그녀를 향한 살인 청부를 수행하다가 하마터면 그녀를 죽일 뻔한 끔찍한 상황에서 극적인 재회를 갖기도 했다.

이번이 세 번째 만남이었다.

그녀의 존재를 애써 잊으려 했고, 그녀와의 추억도 아련한 기억 저편으로 보내려 했지만 감성은 결코 의지로 조절될 수 있는 것이 아니었다.

'척살단의 표적이 감 소저라면… 좌시할 수 없는 일이다.'

일검향은 가볍게 입술을 깨물었다.

그에게 있어 감소채는 여전히 자신이 지켜주어야 할 존재였다. 무공한 초식 모르는 어린 시절에도 그녀를 지켜주었기에 지금의 그로서는 당연한 결정일 수밖에 없었다.

그는 곧바로 전장으로 이동했다. 한바탕 격돌을 펼쳐야 했기에 굳이 은신술을 펼치지 않았다.

그의 접근에 막 공격을 펼치려던 수석영주의 권태로운 표정이 짜증스럽게 일그러졌다.

"아니, 웬 놈이야?"

그는 기울였던 자세를 해소하며 천천히 고개를 돌렸다.

전장을 향해 달려오는 일검향의 태도는 당당했다. 뒤로 두 겹의 포위망을 형성하고 있던 제이조와 제칠조의 자객들 수십 명이 바싹 따라붙고 있었다.

수석영주는 자신의 눈을 의심했다.

"어떻게 된 거야? 놈이 정녕 세 겹의 포위망을 돌파했단 말인가?"

붉은 경장의 자객 네 명이 일검향을 저지하기 위해 달려들었다. 양측이 뒤엉키는 순간 섬광이 번득였다.

번— 쩍!

병기가 교차했지만 금속성 한 번 일지 않았다. 비명 소리도 없었다. 달려든 네 명의 자객은 순식간에 분시가 되었고, 일검향은 저지선을 뚫고 감소채 앞에 이르렀다.

비로소 일검향의 존재를 확인한 감소채는 충격과 감동으로 눈물을 글썽였다.

"소공자……?"

반면 잠시 부상을 치유하고 있던 도광패편은 안색이 싹 변했다.

"엇! 천예사원의 자객?"

그는 급히 감소채 앞을 막아서며 채찍을 치켜들었다.

"네놈이 다시 군사의 목숨을 노리고 온 것이냐?"

의천맹의 총호법인 그가 일검향을 경계하는 것은 당연한 태도였다.

지난겨울 두 명의 자객에 의해 감소채가 척살을 당할 뻔하지 않았던가. 감소채의 안위를 책임져야 할 그로서는 치욕이 아닐 수 없었다. 한데 척살단의 자객들만으로도 위급한 상황에 천예사원의 자객까지 출현했으니 그로서는 암담하기만 했다.

일검향은 감소채를 향해 가볍게 목례를 취했다.

"오랜만이오. 약속을 지키지 못해 미안하오."

감소채는 서글픈 미소를 지었다.

"아닙니다. 자객 일검향의 신분이 아닌 방문이라면 언제든지 환영한다고 말씀드렸지요."

"난 여전히 자객 일검향이오. 그것이 바뀌는 일은 없을 것이오."

일검향은 담담하게 응수하고는 등을 돌렸다.

"내가 상대하겠소."

"소공자……."

"은천마국은 우리 천예사원의 원수요. 특히 척살단주 일도살은 반드시 죽여야 할 교활한 반도요. 놈을 따르는 이들 척살단 역시 예외일 수 없소."

도광패편이 일검향 옆으로 다가섰다.

"자네가 우군이 될 줄은 몰랐군. 함께 싸우세나."

"물러서시오."

"뭐, 뭐야?"

"검에는 눈이 없소. 나 외에는 모두 적이기에 오히려 방해만 될 뿐이오."

"……."

도광패편은 잠시 그를 응시하다가 뒤로 물러섰다.

'지독히도 오만한 놈이군. 혼자서 저 많은 척살단 자객들을 모두 상대하겠다는 건가?'

감소채는 신중하게 생각하다가 도광패편에게 전음을 보냈다.

"총호법, 일단 검향 자객에게 맡기세요. 그사이 원로님께서 이끌고 있는 제이진이 당도하기를 기원할 수밖에 없습니다."

도광패편 역시 전음으로 응수했다.

"군사, 풍문이 사실이라면 저자는 소림의 참회동까지 뛰어든 무서운 자객이오. 노부는 솔직히… 저자의 저의가 의심스럽소."

"소녀는 그를 믿습니다."

"사람은 바뀌는 법이오."

"사람은 바뀔 수 있지만 그의 심성은 바뀌지 않습니다. 그는 의인입니다. 그가 아무리 공포의 자객 무향검살이라 해도 그는 뜨거운 심장을 지닌 의인입니다. 소녀의 믿음은 절대적입니다."

감소채의 굳은 신뢰에 도광패편은 더는 이의를 제기할 수 없었다. 그녀의 지략과 냉철한 판단력을 높이 존중하기 때문이다. 그녀가 절대적으로 믿는다면 그 또한 믿음을 갖고 기다릴 수밖에 없었다.

그는 척살단 자객들과 대치해 선 일검향 쪽으로 시선을 고정시켰다.

한 명의 자객과 칠십여 명의 자객 단체.

그들은 칠 장 거리를 둔 채 첨예한 대치 상태를 유지하고 있었다.

자객들 간의 대결도 진귀한 광경이며 이렇듯 일 대 다수의 대결 또한 흔치 않은 볼거리였기에 도광패편과 두 호위는 눈 한 번 깜빡이지 않았다.

감소채는 두 손을 꼭 쥔 채 가늘게 떨고 있었다.

'소공자… 이제 어둠에서 벗어나 밝은 곳으로 오십시오. 소공자와

의 아름다운 추억이 악몽이 아니기를 소녀는 간절히 기원합니다.'

수석영주는 고개를 삐딱하게 기울인 채 일검향을 응시하고 있었다. 복잡한 감정이 뒤엉킨 눈빛이 쉴 새 없이 번득거린다.

제이영주와 제칠영주가 좌우로 내려섰다.

"송구하오, 수석영주."

"송구하다고? 이게 송구하다는 말로 해결될 일이냐?"

일검향을 저지하지 못한 제이영주가 한쪽 무릎을 꿇었다.

"놈은 천예사원의 자객이외다. 속하가 판단하기로 무향검살이 아닌가 싶습니다. 그게 사실이라면 표적을 놈에게로 맞추어야 합니다."

"무향검살?"

"나이와 용모로 미루어 확실합니다."

"그렇다면 참새를 쫓다가 봉황을 만난 격이로군. 놈의 목에는 제일급 현상이 걸렸으니까."

수석영주는 힐끗 일검향을 보고는 천천히 걸음을 옮겼다.

두 영주가 좌우에서 따랐다. 같은 영주급이라도 수석영주는 금마장(金魔將)에 해당되는 직급이기에 은마령에 속한 일반 영주에 비해 훨씬 높은 신분이었다.

수석영주가 권태로운 음성으로 물었다.

"네가 천예사원 소속의 무향검살이냐?"

"……."

"숨길 필요 없다. 네놈이 사연혈린등을 뚫고 들어온 이상 절대 달아날 수 없으니까."

"내가 도주할 이유는 없다. 네놈들 모두를 죽일 생각이니까."

"너 혼자서 말이냐?"

“그렇다.”

“……..”

수석영주는 물끄러미 그를 바라보다가 뒤로 한 걸음 물러섰다.

“제이영주, 놈의 말에 대해 어떻게 생각하느냐?”

“지난번 보고에 의하면 제삼영주 교교가 이끄는 자객들이 놈에 의해 거의 몰살되었다고 들었소이다. 충분히 대비를 하지 않으면 우리 중 절반이 죽을 가능성을 배제할 수 없소이다.”

“그렇다면 놈의 말이 전혀 허풍은 아니로군.”

수석영주는 허리춤의 칼을 쥐었다.

“최선의 대응책은?”

“차륜전이외다.”

“좋다. 놈이 쓰러질 때까지 공격한다!”

수석영주가 선두에 서자 십여 명의 자객이 뒤를 따랐다.

쐐애액—!

예리한 도기가 소나기처럼 일검향을 향해 쏟아져 내렸다. 수석영주의 도기뿐 아니라 자객들의 병기들 역시 하나같이 쾌잔했다.

일검향은 한 걸음을 다가서며 일검을 휘둘렀다.

차차창—!

요란한 금속성과 함께 자객들의 일차 공격이 모두 튕겨져 나갔다. 저들의 이차 공격이 전개되자 일검향은 그들 속으로 뛰어들었다. 상대가 차륜전을 펼친다면 그 대응책은 속전속결이었다.

그는 아주 절도있는 쾌검으로 자객들을 하나씩 쓰러뜨려 갔다. 다수의 적과의 싸움에서 화려한 검초는 낭비일 뿐이다. 상대를 죽일 수 있을 만큼의 살법이면 충분하다.

섬광은 섬뜩했고 경풍은 예리했다.

칠십여 명의 자객은 일검향을 여러 겹으로 에워싼 채 번갈아가면서 공격을 펼치고 있었다. 한 번의 초식이 교환될 때마다 최소한 한 명 이상의 자객이 쓰러졌다.

지켜보던 감소채는 오싹한 두려움에 젖고 말았다.

수십 명이 뒤엉키는 혼전이 벌어지고 있었지만 기합성도 없고 병장기가 부딪치는 금속성도 거의 들려오지 않았다. 벌써 십수 명이 죽었지만 비명 소리 하나 터지지 않았다.

너무도 조용한 혈전이기에 더욱 공포스러웠다. 목이 베어지고 팔다리가 잘리고 피가 뿜어지는 모든 광경이 그저 악몽처럼 보였다.

감소채는 부르르 진저리를 치고 말았다.

'아… 이것이 자객들의 싸움이로군.'

그녀는 여러 번 자객의 척살을 받아왔지만 자객들 간의 싸움을 직접 대하기는 이번이 처음이었다.

사람을 죽이는 전문가들답게 그들의 살법은 간결했다. 현란한 변화는 거의 없었다. 상대의 숨통을 겨눈 살법에는 주저함이 없었고, 자신이 죽더라도 마지막 살법을 마저 펼쳐 냈다.

벌써 스무 명에 달하는 자객이 널브러졌다.

그러나 계속되는 차륜전에 일검향도 상당한 부상을 입은 상태였다. 팔다리와 가슴, 등 할 것 없이 전신이 피로 흥건했다.

감소채는 가볍게 입술을 깨물며 도광패편을 돌아보았다. 함께 싸워야 할지 말지를 묻기 위해서였다.

도광패편은 일검향의 경이적인 살법에 놀람과 동시에 두려움마저 느끼고 있었다.

‘놈은 정말 무서운 자객이다. 벽력신군을 살해하고 참회동에 뛰어들어서도 살아 나올 만큼 가공할 능력을 지닌 자답군. 이자의 도움을 받는 것은 고맙지만… 세상의 평화를 위해서라도 이자가 죽기를 바라야겠다.’

이런 와중에 감소채의 눈길을 받자 그는 냉담하게 전음성을 보냈다.

“군사, 지금 나서면 오히려 무향검살의 집중력이 흩어지게 되오. 그가 원하는 싸움이니 지켜봅시다.”

감소채는 안타까운 눈빛을 지었다.

“총호법, 소공자의 부상이 심합니다. 아직도 자객들의 숫자가 너무 많아요. 이러다가는 소공자를 잃게 됩니다.”

“솔직히 노부는 무향검살이 죽기를 바라오.”

“총호법……?”

“그는 천하의 공포요. 은천마국 하나만으로도 상대하기가 벅찬 상황인데 천예사원까지 세상을 위협한다면 백도는 설 자리가 없소. 게다다… 저자는 군사를 척살하려 했던 자객이기에 노부는 아직도 신뢰할 수가 없소.”

감소채는 혈전장 쪽으로 시선을 돌리고는 길게 한숨을 내쉬었다.

“아닙니다. 이건 의(義)가 아닙니다.”

“군사, 대의(大義)를 생각하시오.”

“소의(少義)도 지키지 못하면서 어떻게 대의를 논할 수 있겠습니까? 그가 어떤 사람이든 지금은 우리의 은인입니다.”

감소채는 양손에 진기를 운집시켰다.

손끝에서 팔꿈치까지 푸른 빛이 감돌았다. 천고의 절학 천강신공에 의한 천강수였다. 천강수는 절세적 보검과 같은 위력을 지녔기에 웬만한 장검 정도는 간단히 박살 낸다.

"난 돕겠어요!"

감소채가 혈전장을 향해 몸을 날리자 도광패편은 짧게 탄식을 토했다. 총호법인 그로서도 감소채를 돕지 않을 수 없었다.

한데 그들이 장내에 이르기 전에 한 사람이 섬광처럼 허공에서 내리꽂혔다. 상승 경공인 비행술이었다.

"폭풍노도(暴風怒濤)!"

그가 바닥으로 내려서자 지반이 갈라지며 대폭발이 일어났다.

콰아아앙!

엄청난 폭풍 강기가 동심원을 형성하며 급격하게 확산되었다. 척살단 자객들 수십 명이 폭풍에 휘감겨 낙엽처럼 사위로 날아갔다. 실로 가공할 공력이 아닐 수 없었다.

감소채의 표정이 만개한 꽃처럼 환해졌다.

"아, 풍(風) 원로님!"

도광패편도 비로소 안도하며 힘차게 외쳤다.

"풍 형님, 왜 이제 오셨소?"

단 일 초에 수십 명의 자객들을 날려 버린 인물은 투실투실한 체구의 늙은 거지였다. 얼굴은 묵은 때로 덕지덕지했고 모습도 추레했다. 그는 타구봉을 뽑아 들고는 빙글 회전시켰다.

"꺼져라, 자객 놈들!"

타구봉은 화려한 변화를 일으키며 십여 자루로 갈라졌다.

퍼퍼펑!

미처 피하지 못한 자객들 칠팔 명이 피를 토하며 나가동그라졌다.

이 순간 우렁찬 함성과 함께 십여 명의 무사가 장내로 뛰어들었다.

“은천마국의 주구 척살단 악적들을 섬멸하라!”

“모두 죽여라!”

무사들은 바로 의천맹 순찰단 소속이었다.

감소채는 행여 일검향이 공격을 당할까 우려해 얼른 일검향 옆으로 내려섰다.

“안심하세요, 소공자.”

“…….”

“이제 검을 거두세요. 행여 소공자가 의천맹 무사들마저 해칠까 두렵습니다.”

“…….”

일검향은 잠시 그녀를 응시하다가 검을 거두었다.

척살단 자객들은 한쪽으로 물러선 상태였다. 두 영주는 수석영주를 바라보며 조심스럽게 아뢰었다.

“어렵게 됐습니다, 수석영주.”

“풍진광개까지 출현했다면 퇴각할 수밖에 없습니다.”

수석영주의 기울어진 고개가 옆으로 더 기울어졌다.

“젠장! 아무런 소득도 없이 퇴각해야 한단 말이냐?”

“단주님도 무향검살의 훼방을 받았다고 하면 면책을 내려주실 것입니다.”

수석영주는 잔뜩 미간을 찌푸리다가 고개를 끄덕였다.

“퇴각한다!”

그가 앞서 몸을 날리자 두 영주가 뒤를 따랐다. 척살단 자객들은 부상당한 동료들을 부축한 채 급히 줄행랑을 쳤다.

한바탕의 혈전은 이렇게 마무리가 되었다.

투실투실한 체구의 늙은 거지가 감소채 옆으로 내려서며 황급히 물었다.

"군사, 다친 곳은 없으신가?"

"예, 대원로님."

"오, 다행이군. 대체 놈들이 어떻게 군사의 행적을 찾아냈단 말인가?"

그러다 일검향의 존재를 발견하고는 의아한 표정을 지었다.

"아니, 이 사람은 누구인가?"

"소녀와 총호법을 구해준 분이십니다."

"그래? 이렇게 고마울데가!"

늙은 거지가 일검향에게 다가섰다.

"허허, 노부는 풍진광개라고 하네. 감 군사를 대신해 진심으로 사의를 표하네."

일검향은 다소 경계하는 표정으로 뒤로 물러섰다.

"풍 선배인 줄은 알고 있소. 척살단과는 사적인 감정 때문에 싸운 것이니 감히 사례를 받을 자격이 없소."

"……?"

풍진광개는 어처구니가 없는 듯 물끄러미 그를 응시했다.

'허어, 어린놈의 말투가 왜 이렇게 오만하단 말인가?'

풍진광개가 누구던가.

천중육기 중 일인으로 불리는 당대 최고의 기인이 바로 그였다. 천상삼비는 전설적인 존재이기에 현존하는 최강 고수가 바로 천중육기라 할 수 있었다.

더군다나 그는 개방의 태상장로에 해당되는 신분이기에 대문파의 장문인들조차 먼저 경의를 표하는 존엄한 존재였다. 한데 일검향이 그런 그를 대하고도 냉담하게 응수하자 내심 괘씸한 생각이 들었다.

이때 도광패편이 옆으로 내려서며 일검향을 소개했다.

"풍 형님, 이 젊은 친구가 바로 당대 최고의 자객 무향검살이오."

"뭐야?"

풍진광개의 표정이 무섭게 굳어졌다.

그의 신형이 술 취한 사람처럼 비틀거리더니 일검향의 어깨를 움켜쥐어 갔다. 개방의 독문 금나술인 동나수(銅拿手)였다.

일검향은 급히 범황운룡권으로 응수했다. 금빛 기운이 번득이며 무수한 주먹 그림자가 허공 가득히 벽을 형성했다. 천불성승이 하사한 금마오절기 중 하나였다.

퍼엉!

일진폭음과 함께 풍진광개의 신형이 흔들리며 뒤로 미끄러졌다.

모두가 경악했다. 한갓 자객이 풍진광개의 금나술을 간단히 격퇴시키리라고는 누구도 생각지 못한 것이다.

"이럴 수가?"

풍진광개가 나직이 경호성을 토하자 감소채가 일검향 앞을 막아섰다.

"대원로님, 소녀 일행을 구해준 은인이십니다. 왜 이러십니까?"

"비켜서게, 군사. 저자가 소림의 성역인 참회동에 침투한 자객이라면 결코 용서할 수 없네."

"안 됩니다. 어떤 연유가 있어서일 겁니다."

그러자 등 뒤에서 일검향의 건조한 음성이 들려왔다.

"다른 연유는 없소. 소문대로 천불성승을 척살하기 위해 참회동에 침투한 것이 사실이오."

감소채는 몸을 부르르 떨다가 그를 향해 돌아섰다.

"소공자……?"

일검향은 풍진광개와 도광패편을 차례로 바라보았다.

"유감스럽게도 성승께서는 이미 입적하셨소."

그의 입에서 천불성승의 죽음이 밝혀지자 모두들 무거운 침음성을 흘렸다. 비록 세상과 단절된 참회동으로 입동했지만 아직도 그의 생존을 간절하게 기대하고 있었던 것이다.

일검향은 그들을 등지며 천천히 걸음을 옮겼다.

"멈춰라!"

풍진광개가 앞으로 나서며 그와 마주 섰다.

"소림 계지원의 원주 무현 선사는 노부의 오랜 친우다. 넌 소림의 중죄인이니 무현을 대신해 너를 소림으로 압송하겠다."

이때 풍진광개와 함께 당도한 중년인이 공손하게 아뢰었다.

"대원로님, 속하가 한말씀 올리겠습니다."

"무엇인가?"

"일전에 황포에서 속하와 부락민들을 구해준 무명대협이 있었지 않습니까?"

"그래, 노부가 당도하자 모습을 감추는 바람에 만나지 못했지."

"오랫동안 그 무명대협을 찾지 못해 항상 부담이 되었는데 이제야 만나게 되었습니다."

"……?"

풍진광개의 시선이 본능적으로 일검향에게 꽂혔다.

"하면… 이자가?"

중년인이 일검향을 향해 정중히 예를 올렸다.

"대협, 인사를 늦어 송구하오. 난 의천맹 순찰사령으로 있는 황유곤(黃留坤)이라 하오."

일검향은 비로소 그가 누구인지 기억할 수 있었다.

황포 부락에서 잔마대로 행세한 사혈림의 공격을 그가 나서 해결해 준 적이 있었다.

당시 사혈림의 표적은 의천맹의 순찰사령이었고 그 한 명을 제압하기 위해 수많은 부락민들이 목숨을 잃었다. 만일 일검향이 냉담하게 무시했다면 황포 부락민들은 몰살되었을 것이고 황유곤 역시 압송을 면치 못했을 것이다.

그 사건은 단순한 도적이 아니라 잔마대를 표방한 사혈림의 악도들에 대한 격퇴였기에, 그들을 물리친 무명대협에 대한 존재는 미담(美談)으로 널리 알려지게 되었다.

의천맹으로서도 순찰사령이 제압되지 않았으니 크나큰 은혜가 아닐 수 없었다. 한데 그 무명대협이 바로 공포의 자객 일검향임이 이제야 밝혀지게 된 것이다.

풍진광개는 어이가 없는 듯 짧게 한숨을 내쉬었다.

"이럴 수가 있단 말인가? 정녕 우리 의천맹의 은인이란 말인가?"

감소채가 크게 안도하며 공손히 손을 모았다.

"대원로님도 당시 황포 부락민들을 몰살의 위기에서 구하고도 이름조차 알리지 않으려는 그 무명대협을 진정한 의인이라며 극찬하시지 않았습니까? 소공자가 바로 그런 분이십니다. 물론 참회동에 침투했다는 것은 대사건이지만 무사히 탈출한 것 또한 믿을 수 없는 충격입니다. 소림에서 어떤 결정을 내리기 전에는 누구도 소공자를 징계할 수 없습니다."

도광패편도 풍진광개를 만류했다.

"풍 형님, 군사의 입장을 배려해 주시오. 사실 척살단 자객들과 단독으로 맞서 싸우는 그의 기개와 용기를 보면서 소제도 느끼는 바가 많았소. 그는 단순한 자객이 아닌 것 같소."

모두가 일검향을 비호하자 풍진광개도 더는 고집을 부릴 수가 없었다.

"알겠네. 감 군사의 말대로 소림의 결정을 기다릴 수밖에."

그의 지시로 의천맹 무사들이 포위망을 해소하자 일검향은 당당한 걸음을 옮겼다.

"소공자!"

감소채가 급히 그를 따라왔다. 그녀는 그의 부상 부위를 살피고는 면구스런 표정을 지었다.

"부상이 심하세요. 언제나 소녀 때문에 고초를 겪으시는군요."

"괜찮소."

"좀 앉으세요. 약이라도 발라드려야겠어요."

"나 같은 자객과는 가까이하지 않는 게 좋을 것이오."

"소공자……."

일검향은 건조한 음성으로 대꾸했다.

"감 군사, 난 천예사원의 자객 일검향이오. 먼 옛날 소공자로 불리던 태사린은 이미 사라졌소."

감소채는 조용히 고개를 숙였다.

"알겠습니다. 그럼 그냥 검향 공자로 호칭하겠어요."

"그러시오."

"검향 공자, 정말 천불성승께서 입적하셨나요?"

"그렇소."

"소녀에게만 사실대로 말씀해 주실 수 없겠어요?"

"……."

그가 침묵하자 감소채의 얼굴에 화색이 감돌았다.

"아, 제 짐작이 맞았군요. 공자가 성승께서 열반에 들기 전에 알현하신 것이 틀림없어요."

일검향은 그녀 옆으로 지나쳐 걸었다.

"긴 얘기는 하기 싫소."

감소채가 몸을 돌려 그와 나란히 걸었다.

"아무 말씀 하지 않으셔도 됩니다. 성승께서 생존해 계신 것만으로도 천하는 희망을 가질 수 있습니다. 성승께서 비록 금계 때문에 출동하실 수는 없지만 검향 공자를 접했다면 천하를 구할 안배를 남겨놓으셨을 겁니다."

"……."

"그리고 그 안배를 받으신 분은 바로 검향 공자입니다."

"난 성승을 척살하기 위해 침투한 자객이었소. 그게 가능하다고 생각하오?"

"성승께서는 불가침의 법신을 이루신 분이십니다. 검향 공자가 아무리 그분을 해치려 해도 불가능한 일이죠. 또한 누구도 성승 앞에서는 감화되지 않을 수 없습니다."

"……."

일검향은 부정도 시인도 하지 않은 채 묵묵히 걷기만 했다.

감소채가 그 앞을 막아섰다. 그녀는 그의 손을 따뜻하게 감싸 쥐었다.

"검 공자, 천하를 지켜주세요. 당신 같은 분이 자객이 되었다는 것은 하늘의 안배였을 겁니다. 단지 사람을 해치는 자객이 아니라, 세상의 악적들을 단죄하는 자객이 되라는 뜻으로 사료됩니다."

"감 군사, 우리 천예사원이 은천마국과 싸우려는 것은 사문에 대한 복수심 때문이오. 나 또한 마찬가지이고. 내게 너무 많은 것을 바라지 마시오."

일검향은 자연스럽게 그녀의 손을 풀며 화제를 돌렸다.

"한데 어떻게 척살단의 기습을 받게 되었소?"

"사실 요지선궁이 은천마국의 침공을 받을 것이라는 정보를 입수하고 지원에 나서던 길이었어요. 주력 부대는 풍진광개 대원로님이 이끌었고 소녀는 총호법과 일부 무사들을 대동해 가다가 습격을 받게 된 겁니다."

"요지선궁은 이미 괴멸되었소."

"예에? 벌써 말입니까?"

감소채가 허탈한 심정으로 이마를 짚었다.

일검향은 요지선궁이 괴멸된 상황을 간략하게 말해주고는 한 가지를 부탁했다.

"요지선자와 대백랑 추가영의 시신이 보이지 않았소. 일단 다행한 일이지만, 혹시 그들이 압송되었는지 궁금하오. 특히 추가영의 행적에 대해 몹시 알고 싶소. 의천맹의 정보망으로 알아봐 줄 수 있겠소?"

"노력해 보겠어요."

"좋은 소식 기대하겠소. 정보를 알아내면 구주총련에 남겨놓으시오."

일검향이 손을 모아 작별을 고하려 하자 감소채가 바싹 다가섰다.

“검향 공자, 소녀를 세 번씩이나 구해주신 은혜는 백골난망입니다.
살아생전 은혜를 못 갚으면 죽어서까지 갚겠습니다.”

“잊으시오.”

“저어, 염치불구하고 말씀드리겠습니다. 한 가지… 어려운 청이 있
습니다.”

“말씀해 보시오.”

“소녀를 어느 곳에 데려다 주세요. 소녀의 능력으로는 불가능하며
의천맹 고수들의 도움을 받기에도 어려운 난제입니다. 하지만 소림 참
회동에 침투한 검향 공자의 능력이라면 세상 어디든 뚫고 들어가실 수
있을 것이라 확신합니다.”

“은천마국을 말하는 것이오?”

“아닙니다.”

일검향은 쾌히 고개를 끄덕였다.

“은천마국만 아니라면 어디든 모셔다 드리겠소. 하지만 지금은 급히
귀환해야 하는 상황이라 곤란하오.”

“고맙습니다. 구주총련에 기별을 남겨놓으면 소녀가 공자를 찾아가
겠어요.”

“그럼.”

일검향은 가볍게 목례를 취하고는 수림을 향해 몸을 날렸다. 몇 번
도약을 하는 사이 그의 모습은 수림 속으로 사라졌다.

풍진광개와 도광패편이 그녀의 좌우로 내려섰다.

“요지선궁이 이미 괴멸되었다고 들었네. 그래서 급히 군사와 합류하
는 위해 달려왔는데 오히려 다행한 일이었어.”

“소녀도 이미 들었습니다.”

“어떻게?”

“검향 공자가 말해주었습니다.”

풍진광개가 딸기코를 어루만지며 미간을 찌푸렸다.

“대체 그자는 악인가 선인가? 도대체 파악을 할 수가 없군.”

“대원로님, 소녀의 판단을 믿으십니까?”

“당연하지 않은가? 맹주가 실종된 이후 군사가 얼마나 심혈을 기울여 맹을 인도해 왔는가? 노부는 군사의 판단을 전적으로 존중하네.”

감소채는 잔잔한 미소를 지으며 일검향이 사라진 수림 위 하늘 가를 응시했다.

“검향 자객은 의인입니다. 그것도 누구보다 뜨거운 피를 지닌 열혈의 의협입니다.”

그녀는 또렷한 어조로 덧붙였다.

“은천마국의 혈음마공을 녹여 버릴 정도로 말입니다.”

2

바닥에 깔린 양탄자도 붉고 대청의 천장을 받치고 있는 기둥도 붉었으며 계단 위 단상에 놓인 옥좌도 붉었다.

옥좌에 앉은 청년은 붉은 용포를 몸에 걸치고 있었다. 여인보다 아름다운 용모를 지녔지만 유현한 눈빛과 냉막한 인상의 소유자였다.

“실패했다고?”

그는 단하에 부복해 있던 영주들을 내려다보았다.

수석영주와 제이영주, 제칠영주 등 세 명의 영주가 침통한 모습으로 부복해 있었다. 수석영주는 깊이 고개를 조아렸다.

"작전대로 도광패편까지 거의 제압하는 데 성공했습니다. 한데 천향옥혜(天香玉慧) 감소채를 생포하려는 순간 훼방꾼이 나타나는 바람에 실패하게 되었습니다."

"사연혈린등을 펼쳐 놓았을 텐데 돌파를 당했단 말이냐?"

제이영주가 공손하게 대답했다.

"속하가 외곽 경계를 담당했는데 놈을 막을 방법이 없었습니다."

"그런 절세고수가 대체 누구냐?"

"절세고수가 아니라 절대자객이었습니다."

"……."

"놈은 바로 천예사원의 자객이었습니다."

제이영주는 천예사원이라는 명호를 힘주어 밝혔다. 지난번 제삼영주 교교가 임무에 실패했을 때도 천예사원의 자객이 개입된 것을 감안해 용서받은 일을 떠올린 것이다.

붉은 용포의 청년은 물론 척살단주 일도살이었다. 그는 자리에서 천천히 일어섰다.

"천예사원? 어떤 놈이었더냐?"

"무향검살이라고 불리는 놈이었습니다."

"하면 일검향?"

일도살의 두 눈에서 싸늘한 혈광이 번득였다.

"상황을 자세히 보고해라."

"예, 단주님."

수석영주는 작전에 의해 무난히 감소채를 제압할 상황에서 일검향이 뛰어들고, 다시 풍진광개가 가세하는 바람에 임무에 실패하게 되었음을 소상하게 아뢰었다.

“…….”

일도살은 희미하게 고개를 끄덕이고는 단상을 내려섰다.

수석영주와 제이영주, 제칠영주는 고개를 조아린 채 그의 관대한 처분만 바라야 할 상황이었다.

대청에는 그들 외에도 제삼영주 교교를 비롯해 일곱 명의 영주가 모두 도열해 있었다. 그들 역시 일도살이 어떠한 판결을 내릴 것인지 바싹 긴장한 모습으로 지켜보는 중이었다.

일도살은 수석영주 옆을 지나쳤다.

“혈혼수, 출동 전 난 네게 적어도 척살단의 절반은 대동해야 한다고 주의를 주었다. 한데 넌 삼 개 조면 충분하다고 자부했지.”

“단… 단주님, 천예사원만 개입하지 않았다면…….”

“고작 한 놈이 아니더냐? 단 한 놈 때문에 척살단 삼 개 조의 전력이 무산되었다는 것이 과연 용납될 수 있단 말이냐?”

일도살은 수석영주의 머리를 움켜쥐었다. 수석영주의 머리가 대번에 으스러졌다. 참담한 죽음이었다.

두 영주는 연신 고개를 조아렸다.

“단주님, 관용을!”

“용서해 주십시오, 단주님.”

냉혹하게 수석영주를 해치운 일도살은 단상의 옥좌로 향했다. 옥좌에 앉은 그는 협탁 위에 놓인 술잔을 집어 들었다.

“교교!”

“예, 단주님.”

교교가 한 걸음 나서자 일도살이 예상치 못한 지시를 내렸다.

“제삼영주 교교에게 금위장 직급과 더불어 수석영주 직을 하사하겠다. 네가 두 놈에 대한 판결을 내려보아라.”

교교로서는 예상치 못한 파격적인 승진이었다. 그녀는 내심 기쁨을 감출 수 없었지만 수석영주로서의 첫 판결이기에 신중을 기해야 했다.

“실패를 했으니 총단 풍뢰옥(風牢獄)으로 압송시키는 것이 마땅합니다.”

일도살은 그녀의 제안을 기꺼이 수용했다.

“알겠다. 당장 두 놈을 풍뢰옥으로 압송해라.”

“예, 단주님.”

영주들이 제이영주와 제칠영주를 제압해 끌고 나갔다.

대청에는 일도살과 교교 둘만이 남게 되었다. 일도살은 교교를 단상 위로 불러 올렸다.

“가까이 오너라.”

“…….”

“네가 원하는 대로 금위장에 수석영주가 되었다. 이제 만족하느냐?”

“아직 부족합니다.”

“부족하다고?”

“혈마공에 오르고 싶습니다.”

“혈마공?”

일도살은 차가운 웃음을 터뜨렸다.

“하하핫!”

그는 교교의 머리채를 덥석 쥐었다.

“미친년! 이제 내 자리까지 탐을 내는 것이냐?”

교교는 태연하게 응수했다.

“단주가 태상전에 오르면 당연히 제가 올라야 할 자리가 아닙니까?”

"태상전?"

"그렇습니다. 단주는 능히 마상(魔相)의 직분에 오르실 분이십니다."

"마상 따위는 관심없어. 척살단이야말로 은천마국을 대표할 수 있는 가장 강력한 조직이다. 죽여야 할 놈들을 마음대로 죽일 수 있으니 말이다."

일도살은 교교의 머리채를 풀어주었다.

"너와 내가 척살단에 있다는 것이 밝혀진 이상 천예사원에서 반드시 침투를 감행해 올 것이다."

"놈들이 감히 이곳을 공격해 온다고요?"

"그래."

"잘됐군요. 굳이 나서지 않아도 놈들을 제압할 수 있게 되었으니 말입니다."

일도살은 옥좌에 편히 기대앉았다.

"방심하지 마라. 우리가 누구라도 죽일 수 있듯 놈들 역시 마찬가지다. 특히 일검향, 놈의 능력은 우리가 알고 있는 것보다 훨씬 뛰어나다. 참회동까지 침투했던 놈이야."

"……."

"아마도 갑영이 직접 나설 테니 극진한 예우를 해주어야겠다."

"알겠습니다. 비상경계를 지시해 놓겠습니다."

"다른 놈들은 별 의미가 없다. 천예사원을 상대할 수 있는 사람은 너와 나뿐이니까."

"하오면……?"

"척살십절관(刺殺十絶關)을 설치해라. 너와 내가 그들을 상대하는 것이다.”

“예에?”

교교의 표정이 묘하게 일그러졌다.

일도살의 입가에 장밋빛보다 진한 피의 향기가 감돌았다.

“정말 흥분이 되는군. 갑영과 일검향! 놈들과의 대결은 오래전부터 기대했었다.”

第38章

을화, 그 출생의 비밀

　사람 사이의 만남에는 여러 가지가 있다. 그중 가장 감격적인 것이
죽음에서의 귀환일 것이다.

　그들 모두는 이미 그가 죽은 것으로 알고 있었기에 슬픔과 비통함에
젖어 있었다. 너무도 소중한 사람이었기에 그의 돌연한 생환은 극적인
충격이 아닐 수 없었다.

　춘추봉으로 돌아온 일검향을 바라보는 자객들은 일순 꿈과 현실을
구별할 수 없는 감격에 사로잡혔다.

　"검향!"

　가장 먼저 튀어나온 여인은 을화였다. 그녀는 일검향의 얼굴을 감싸
쥐며 입을 맞추었다.

　"오오, 살아 돌아왔어! 네가… 네가 돌아왔구나!"

　그를 부둥켜안은 그녀는 희열과 감동을 금치 못하고 함께 바닥으로

쓰러졌다.

격정에 휩싸인 그녀는 자신의 아랫도리를 벗고는 일검향까지 벗기려 했다. 만일 계도가 적극적으로 그녀를 만류하지 않았다면 모두가 보는 앞에서 교접을 가졌을 것이다.

창비는 일검향을 얼싸안으며 눈물을 펑펑 쏟았고 계도는 연신 일검향의 등을 어루만지며 그의 생환을 고마워했다. 묵궁은 감격의 절을 올리며 울었고, 일검향이 오히려 그를 달래주어야 했다.

동문들의 감격에 찬 환대가 어느 정도 진정되자 일검향은 갑영에게 정식으로 예를 올렸다.

"대살, 일검향이 귀환했음을 보고드립니다."

"수고했다, 검향."

갑영은 가볍게 고개를 끄덕였다. 평소처럼 별반 표정 변화가 없었지만 입가에 맺힌 희미한 미소가 눈부셨다. 한 가닥 미소였지만 그의 심정을 대변해 주기에는 충분했다.

을화가 다시 그의 등을 감싸 안으며 볼을 비볐다.

"괜찮은 거지? 어디 다친 데는 없는 거지?"

"물론입니다. 한데… 다훼가 안 보이는군요."

"다훼? 흥, 내가 알게 뭐야?"

을화가 냉소를 치자 창비가 눈물 섞인 웃음을 지었다.

"기뻐해, 형! 다훼 누나는 걸어서 오는 중이야."

"다혜가 걸어서?"

일검향은 급히 동부를 향해 뛰어갔다.

동부 입구로 누군가 막 나서고 있었다. 두 개의 협장을 옆구리에 끼고 아주 조심스럽게 걷는 중이라 움직임은 아주 느렸다. 하지만 분명

두 발을 바닥에 딛고 있었다.

다훼였다. 그녀가 윤거를 벗어나 제 발로 움직일 수 있게 된 것이다.

"다훼……."

그녀에게 다가서 일검향은 세 걸음을 앞두고 멈춰 섰다.

"검향!"

다훼는 소리없는 눈물을 뿌리며 얼굴 가득 환한 웃음을 지었다.

일검향은 자신이 살아 돌아와 동문들과 재회한 기쁨보다 그녀의 재활을 더 기뻐했다. 그녀의 불구가 자신 때문이라는 죄책감 때문이기에 더욱 감격했는지도 모른다.

일검향은 세 걸음을 앞두고 선 채 두 팔을 벌렸다.

"이제 협장을 버려. 스스로 힘으로 걸어봐."

다훼는 난감한 표정으로 고개를 저었다.

"아직 무리야. 겨우 협장을 짚고 발을 뗄 수 있을 뿐이야."

"다훼는 할 수 있어. 고작 세 걸음뿐이잖아?"

"검향, 며칠만 기다려 줘."

"해봐. 내가 이렇게 돌아왔잖아? 날 위해 다훼가 스스로 걷는 모습을 보여줘."

다훼는 물끄러미 그를 응시하다가 협장을 손에서 떼었다. 오로지 두 다리의 힘으로만 선 그녀는 금세라도 쓰러질 듯 위태로워 보였다.

일검향은 그녀를 향해 손을 내밀었다.

"자, 어서 걸어봐. 어서."

"아… 알았어."

다훼는 발끝을 끌면서 힘겹게 한 걸음을 떼었다.

일검향은 눈물이 나올 만큼 감격했다. 협장을 떼고 스스로 걸음을 떼었다면 완전 회복을 기대할 수 있었다. 두 걸음을 뗀 다훼는 중심을 잃고 심하게 휘청거렸다.

검향은 그녀를 향해 손을 뻗으며 외쳤다.

"이제 한 걸음! 어서 한 걸음만 더!"

다훼는 고통을 참으며 다시 한 걸음을 내디뎠다.

"잘했어!"

검향은 다훼를 와락 부둥켜안았다. 풀잎처럼 가녀린 몸이기에 그의 품 안에 쏙 들어왔다. 뼈만 앙상한 몸이었지만 따뜻함이 느껴졌다.

"흑, 검향."

그녀의 뜨거운 눈물이 일검향의 앞섶을 축축하게 적셨다.

일검향은 그녀의 등을 어루만지며 부드럽게 말했다.

"다훼, 고마워. 네가 전해준 서찰 덕분에 무사히 참회동에 들어갈 수 있었어. 그리고 이렇게 살아서 돌아올 수 있었던 거야."

"고마워, 정말 고마워, 검향. 네가 무사히 돌아와서 얼마나 고마운지 몰라."

"나도 고마워하고 싶어. 다훼가 다시 걸을 수 있게 되었으니 말이야."

일검향은 콧날을 마주 대며 그녀의 눈을 가까이 들여다보았다.

슬기로 가득한 검고 맑은 눈은 진주처럼 영롱하다. 어렸을 적부터 보아왔기에 언제 보아도 친숙한 눈망울. 너무도 사랑스럽지만 그가 느끼는 사랑은 추가영과의 사랑과는 다른 진한 동료애이며 형제애였다.

물론 다훼가 느끼는 감정은 그와 달랐지만 그녀는 이성적으로 강한 여인이었다. 을화를 통해 그에게 추가영이란 연인이 존재한다는 얘기를 듣고는 보다 냉정해지려 애썼다.

그녀는 자신의 감정이 무너지지 않도록 고개를 약간 뒤로 젖혔다.

"검향… 얘기를 듣고 싶어. 나뿐만 아니라 모두가 듣고 싶어해."

일검향은 그녀와 좀 더 감격스런 해후를 나눌 수 없는 것이 아쉬웠지만, 그녀가 자신을 의도적으로 멀리하는 이유를 충분히 이해할 수 있었다.

"그래. 긴 이야기지만… 지루하지는 않을 거야."

계도가 모처럼 실력을 발휘했다. 그는 충분치 않은 식재료만으로 희한한 요리를 선보였다. 냄새는 향긋했고 모양은 다양했다. 을화는 이십 년 동안 숨겨두었던 술을 내놓아 모두를 놀라게 만들었다.

소청실 식당.

모처럼 천예칠살 모두가 한자리에 둘러앉게 되었다. 석 잔을 거푸 들이킨 그들은 일검향에게로 시선을 고정시켰다.

일검향은 어디서부터 얘기를 시작해야 할지를 고민했다. 한데 갑영이 그의 고민을 훨씬 단축시켜 주었다.

"검향, 네가 용케 소림의 나한진을 뚫고 참회동 안으로 뛰어들었다는 풍문은 들었다. 우리 모두가 알고 싶은 것은 네가 과연 천불성승을 만났느냐."

"만났습니다."

"성승이… 아직 생존해 있었단 말이냐?"

"그렇습니다. 그것도 아주 건재한 상태였습니다. 요지선자와의 약속대로 성승을 척살하려 했지만… 실패하고 말았습니다."

"……!"

여섯 동문은 모두 입을 다물고 말았다.

일검향의 목적이 천불성승의 척살이지만 그가 그것을 결행하리라고 예상한 사람은 아무도 없었다. 천불성승이라면 세수 이 갑자에 달하는 전대의 고인이며 전설적인 기인이 아니던가. 아마 갑영조차 마주 대하는 것만으로 검을 떨구고 말았을 것이다.

을화가 침묵을 깨뜨리는 한마디를 던졌다.

"새끼, 정말 자객이로군. 성승을 향해 살법을 전개했다고?"

"역시 소문대로 불가침의 존재였습니다."

일검향은 자신의 침투 과정과 천불성승과의 조우, 그리고 참회동 내에서의 생활에 대해 소상하게 말해주었다. 마지막으로 금마오절기를 하사받은 후 천불성승의 도움을 받아 탈출하게 된 경위까지 털어놓았다.

갑영을 제외한 모든 동문들은 그의 얘기를 들으면서 연신 감탄사를 터뜨렸다. 너무도 극적인 상황이기에 마치 지어낸 이야기처럼 생각되기도 했다.

을화는 술잔을 내리며 고개를 흔들었다.

"정말 그 노승이 천불성승이란 말이야? 어떻게 전설의 고승이 그렇듯 장난스러울 수 있어?"

다휘가 대신 대답해 주었다.

"사실입니다. 기록에 의하면 천불성승은 파계승처럼 계율을 무시하며 지내오셨습니다. 하지만 워낙 숭고한 성품과 지고한 무공을 지녀 생불로 추앙되면서 그의 파계 행각은 무시되었지요. 또한 성승의 추레한 용모 또한 더 이상 거론되지 않았습니다. 검향의 얘기를 들으니 성승께서 무상지경(無上之境)에 이르렀다는 풍문이 사실인 것 같습니다."

창비가 눈알을 데굴데굴 굴리며 물었다.

"누나, 한데 말이야. 검향 형이 천불성승의 무공절기를 터득했다면 그분의 전인이 되는 거 아냐? 성승의 직계제자라면 배분도 엄청나잖아?"

"절기를 하사받은 것은 사실이지만 사제지간의 예를 갖춘 것은 아니니 직계제자는 아니야. 그저 무림의 고인에게 절기를 배웠다고 봐야겠지."

다훼가 일검향에게 고개를 돌려 동의를 구하자 일검향은 힘있게 고개를 끄덕였다.

"성승께서는 자객인 날 소림의 제자로 삼을 의도가 전혀 없으셨어. 그래서 소림의 절기가 아니라 별도의 절기를 하사하신 거지. 그분의 뜻에 따라 한 번 정도 소림을 도와주는 것으로 보답은 충분해."

계도가 호의적인 웃음을 터뜨렸다.

"하하, 사살은 정말 하늘이 내린 자객일세. 성승의 금마오절기를 모두 터득하면 천하무적이 될 것이네."

모두들 일검향의 생환과 더불어 불연(佛緣)을 진심으로 기뻐했다.

이때 을화가 손뼉을 치며 화제를 돌렸다.

"참, 가영은 어떻게 되었냐? 요지선궁에는 들러보았어?"

"물론입니다. 우선적으로 요지선궁을 찾아갔는데… 이미 괴멸된 상태였습니다."

일검향은 우울하지만 요지선부에 참상에 대해 본 대로 얘기해 주었다. 추가영에 대한 우려가 다시금 그의 마음을 괴롭혔다.

다훼가 그의 손을 쥐며 부드럽게 위로했다.

"검향. 요지선궁이 마국의 침공을 받을 거라는 정보는 우리도 입수한 상태였어. 한데 예상보다 빠르게 침공이 이루어졌나 보군. 하지만 너무 걱정 마. 추가영이 현장에서 살해되지 않았다면 마국 총단이나 척살단으로 압송되었거나 피신했을 거야. 요지선자의 유해가 발견되지 않았으니 함께 피신했을 가능성이 더 높아. 안전하게 있을 거야."

일검향은 모두를 둘러보며 정색을 지었다.

"추가영은 제 개인적인 문제입니다. 지금은 다른 문제를 거론해야 할 때가 아닌가 합니다. 사문과 동문들의 원수인 일도살과 교교! 그들이 척살단을 주관하고 있음이 확실한 이상 더는 복수를 주저할 이유가 없습니다."

갑영이 오랜만에 입을 열었다.

"네 말이 맞다, 검향. 은천마국에 대한 침투는 정보 분석이 좀 더 필요한 상황이지만 척살단은 소재를 정확히 알고 있다. 결정만 내리면 즉시 출동해 침투할 수 있다."

"그렇다면 당장 출동을 요청하겠습니다."

을화가 손을 저어 만류했다.

"검향, 넌 잠시 전 귀환했어. 자객에게는 일정 기간의 휴식이 필요해. 이건 오래 세월 지켜져 온 수칙이야."

"그럼 오늘 하루 충분한 휴식을 취하겠습니다."

"임마, 네가 참회동에서 무사히 귀환했다고 해서 세상이 모두 우습게 보이나 본데 척살단이 그렇게 만만한 곳은 아니야. 상주 자객만도 삼백 명에 달하는 대규모 집단이야. 게다가 놈들도 모두 혹독한 자객 수련을 거친 놈들이고. 신중한 작전이 필요해."

"을화 누님답지 않군요. 놈들이 삼백 명이든 삼천 명이든 두려워할 누님이 아니지 않습니까?"

"누가 두렵다고 했어? 그래도 신중한 작전이 필요한 것은 사실이야!"

계도가 둘 사이로 끼어들었다.

"그만들 해. 일도살과 교교를 누가 죽이고 싶지 않겠어? 우리 모두가 목숨을 던져서라도 죽이고 싶은 반도들이지. 하지만 검향 자네가 참회동에서 무사히 귀환할 수 있었던 것도 우리 모두가 고심해서 작전을 세웠기에 가능했다고 보네. 목적은 무모해도 계획은 철저해야 돼. 적어도 후회는 없어야 하니까."

갑영이 다훼에게로 시선을 돌렸다.

"척살단에 침투해 일도살과 교교의 목을 벨 것이다. 다훼는 모든 정보를 분석해 두어라. 내일부터 작전을 모의한 후 계획이 수립되면 즉시 출동할 것이다."

계도가 을화의 수혈을 짚어 데려가는 바람에 일검향은 겨우 자유로운 몸이 될 수 있었다. 그는 널브러진 술 단지를 대충 치우고 자객 서고로 향했다.

다훼는 서가를 짚으며 아주 천천히 움직이면서 정보 분석에 필요한 자료를 찾고 있었다. 보기에 답답할 만큼 느린 움직임이었지만 일검향은 그녀의 일보일보가 기쁨이었기에 그저 지켜보는 것만으로도 행복할 수 있었다.

비로소 그의 존재를 알아챈 다훼가 고개를 돌리며 쑥스러운 미소를 지었다.

"언제 왔어?"

"정말 보기 좋아. 회복이 갈수록 빨라지는 것 같아."

일검향은 그녀가 안고 있는 자료를 받아 들었다.

다훼는 덜덜 떨면서도 자신의 힘으로 걸음을 옮겼다. 겨우 자리에 앉은 그녀는 수건으로 땀을 닦으며 가쁜 숨을 내쉬었다.

"아직… 몇 걸음 걷기도 힘들어."

"아니야. 이제 거의 회복되었어. 윤거에서 일어났고 협장도 없이 걸었잖아? 곧 예전처럼 뛰어다니게 될 거야."

"고마워. 모두 검향 덕분이야."

"그런 소리 마. 다훼의 의지와 정신력이 장애를 이겨낸 거야. 다훼는 정말 강해."

일검향은 차를 끓여 서로의 잔에 따랐다.

그는 다훼의 지식에 도움이 될까 싶어 참회동에서 있었던 상황을 보다 상세하게 얘기해 주었다.

다훼는 그와 천불성승 사이의 사소한 대화까지 캐물으면서 아주 깊은 관심을 보였다. 사실 전대 고인의 말 한마디와 손짓 한 번도 세상 사람들의 중대한 관심사가 아닐 수 없다.

일검향은 요지선궁을 나오면서 공공신도와 만난 상황에 이어 척살단과의 일전도 얘기해 주었다. 모두 앞에서 밝히지 않은 이유는 자신이 지나치게 강호사에 개입된 것을 숨기고 싶어서였다.

그래도 다훼 앞에서는 숨기고 싶지 않았다.

감소채 때문에 척살단과 단독으로 맞서게 된 사실을 밝히게 된 것이 부담스러웠지만 굳이 회피하지 않았다. 적어도 다훼가 자신을 이해해 줄 수 있는 유일한 여인임을 확신해서였다.

모든 얘기를 들은 다훼는 서글픈 미소를 지었다.

"검향에게는 여인이 너무 많아. 어디를 가도 검향의 여인이 있군."

"나의 여인이라니?"

"춘추봉에 돌아오면 나와 을화 언니가 있고, 세상을 나서면 감소채

와 추가영이 있고, 척살단을 찾아가도 교교가 기다리고 있을 테니 말이
야."

일검향은 어처구니가 없었다.

"말도 안 돼, 다훼. 난 그저……."

"알아, 농담이야. 검향이 진정 사랑하는 여인은 추가영뿐이겠지. 하
지만 감소채 군사와 약속을 했으니 이제 그녀의 부탁을 들어줄 수밖에
없겠어."

"약속을 하지 않았어도… 그녀의 부탁이라면 들어줄 수밖에 없어."

"자객이 그래서는 안 되는데……."

일검향은 의자에 편안히 기대앉았다.

"알아. 나도 자객으로서 자격 조건에 미달이라는 생각이 자주 들고
는 해."

다훼는 한 손으로 턱을 괴며 가만히 그를 들여다보았다.

"절대 그런 생각 하지 마. 검향은 벽력신군을 척살하고 무림의 금역
이라는 요지선궁과 소림의 참회동에까지 침투한 당대 최고의 자객이
야. 검향이 자격 미달이라면 과연 이 세상의 누가 자객일 수 있겠어?"

일검향은 빙그레 미소를 짓기만 했다.

다훼와의 대화는 언제나 마음이 편했다. 그가 그녀의 육신을 지켜줄
수 있는 경호무사라면 그녀는 그의 정신을 지켜줄 동반자였다. 특히
그가 소림의 참회동에 침투하기 전 받아본 그녀의 서찰은 하나하나가
금과옥조였기에 아직도 기억에 생생했다.

기다리겠습니다, 사살이 돌아올 그날을!

　서찰의 마지막 문구는 그가 소림의 승려들과 혈전을 벌이는 와중에도 몸을 지켜주는 신표(信標)가 되었다. 반드시 살아 동문들에게 돌아가겠다는 의지가 없었다면 그는 아마 참회동에서 뼈를 묻었을 것이다.

　다훼는 여러 장의 문서를 한데 엮었다.

　"아마 일도살과 교교라면 우리의 복수에 대해 대비하고 있을 거야."

　"알아. 하지만 알면서도 막지 못하는 것이 자객의 척살이지."

　일검향은 탁자에 바싹 붙어 앉으며 물었다.

　"척살단은 문제될 것 없어. 어차피 우리의 최종 목표는 은천마국이니까. 아직 은천마국에 대해 밝혀낸 것은 없어?"

　다훼는 잠시 고민하다가 대답했다.

　"은천마국의 광대한 영역이 영천왕부(英天王府)의 사유지와 상당 부분 일치돼 있어. 어떤 관계인지는 몰라도 분명 연관이 있는 것 같아."

　"영천왕부?"

　일검향은 예전의 기억을 떠올렸다.

　그가 감소채를 척살하기 위해 출발하기 전 사대금살까지 동원된 대규모 척살이 결정되었다. 그로 인해 천예사원 내에 공백이 생겼으며, 일도살이 본색을 드러내 은천마국의 고수들을 대동하는 바람에 천예사원은 참담한 몰락을 맞게 되었다.

　대규모 척살의 목표가 바로 영천왕부의 은룡왕자!

　당시는 그저 은룡왕자의 척살이 은천마국의 의도적인 계략으로만 생각했었다. 한데 영천왕부가 은천마국과 연관이 있다면 그 척살은 또 다른 의미가 있다고 생각될 수 있었다.

　일검향은 또다시 깊은 고민에 빠져야 했다.

　'영천왕부, 은룡왕자, 은천마국…… 대체 그들 간에 어떤 연관이 있단 말인가?

척살단 침투에 대한 작전은 무려 사흘에 걸친 긴 논의 끝에 완료되었다. 작전에 앞서 동문들끼리 편을 갈라 모의 침투를 연습했고 척살단에 대한 모든 정보를 숙지했다.

작전 참가자는 모두 네 명.

갑영과 을화, 계도, 그리고 일검향이었다. 천예칠살 중 최강의 자객 넷이 동시에 출동하는 상황인만큼 천예사원의 운명과도 직결되는 일이었다.

사실 척살단의 규모를 감안한다면 천예칠살 모두가 출동해도 부족하다 할 수 있지만, 어차피 정면 대결이 목표가 아니었다.

일도살과 교교의 척살!

그들 둘만 죽이면 임무 완수였다. 척살단 자객들의 살인 행각은 세상 사람들이 해결할 문제이지 그들이 관여할 사안은 아니었던 것이다.

창비와 묵궁도 참가를 강하게 요청했지만 한 번에 침투할 수 있는 최대 인원이 네 명이기에 그들은 제외되었다. 물론 계도에 비해서도 자객 능력이 떨어지는 그들이기에 오히려 다른 침투 조에게 방해가 될 수 있음도 감안해야 했다.

갑영은 창비와 묵궁에게 춘추봉 경계를 단단히 지시했다.

"우리의 척살단 공격이 발각되면 마국 총단에서 또 한 번 춘추봉 침공에 나설지 모른다. 우리가 돌아올 때까지 자객철교 앞을 떠나지 마라. 알겠느냐?"

"예, 대살 형님."

을화는 습관적으로 창비와 묵궁의 볼을 아프게 다독여 주었다.

"먹고 싸는 모든 문제를 자객철교에서 해결해. 잔머리 굴리지 말고. 알았어, 새끼들아?"

"걱정 마십시오. 그나저나 가급적 교교 그년은 사로잡아 오십시오. 그 계집을 산 채로 저미고 싶으니까."

"새끼야, 그년 목 따기도 쉽지 않아."

을화에 이어 계도가 그들과 다훼를 위로하고는 자객철교 위로 올라섰다.

일검향은 다훼의 어깨를 따뜻하게 감쌌다.

"다녀올게."

"기다릴게. 그래도 이번에는 직접 전송을 하게 돼 마음이 놓여."

"교교를 반드시 내 손으로 죽여 다훼의 복수를 해주겠어."

"검향……."

"무슨 말 하려는 줄 알아. 교교에게 속죄의 기회를 달라는 얘기잖아? 하지만 지난번 그 계집을 만났을 때가 마지막 기회였어. 만일 그때 그 계집이 조금이라도 속죄의 빛을 보였다면 나도 생각을 달리했을 거야."

"하지만……."

"지금은 적의 소굴로 뛰어드는 상황이야. 죽일 수 있는 기회는 단 한 번밖에 없어. 그들을 죽이지 못하면 우리가 죽어야 돼."

다훼는 서글픈 표정을 지으며 소리없이 고개를 끄덕였다.

걸음을 옮긴 일검향은 창비와 묵궁의 손을 굳게 쥐었다.

"함께 가지 못해 미안하다. 하지만 춘추봉을 지켜야 하는 것도 아주 중대한 임무야."

"알아, 형. 사악한 일도살 그 새끼를 반드시 죽여야 돼. 난 형만 믿어."

창비는 두 손으로 일검향의 손을 마주 쥐었다.

묵궁은 정중히 예를 올렸다.

"무사귀환을 기원하겠습니다. 춘추봉은 걱정 마십시오."

"그래, 너희만 믿겠다."

자객철교로 올라선 일검향은 세 사람을 한번 둘러보고는 신속하게 철교 위로 미끄러졌다. 이미 답공비천술의 경지에 오른 그는 철교를 한 번만 딛고는 운무 속으로 사라졌다.

창비가 혀를 내둘렀다.

"와아, 검향 형은 매번 출동해서 귀환할 때마다 강해지는 것 같아!"

다훼는 마음속으로 그의 말을 받았다.

'더 강해져야 돼. 지금보다 두 배, 네 배. 아니, 열 배, 백 배는 더 강해져야 돼. 그래도… 은천마국의 적수는 될 수 없겠지만.'

2

네 명의 자객은 두 명씩 조를 이루어 두 갈래 길로 나뉘어 이동했다. 네 사람 모두가 한꺼번에 이동하다 보면 아무래도 남의 이목을 집중시킬 우려가 있기 때문이다.

본래 갑영은 일검향과 한 조를 이뤄 이동할 계획이었지만 을화가 워낙 강경하게 일검향과의 동행을 요구하는 바람에 계도와 조를 이루게 되었다. 그들은 물길을 이용해 천자산으로 향했다.

일검향과 을화는 말을 타고 관도를 따라 호남성으로 이동했다.

그들은 어느 조가 먼저 당도하든 이틀만 기다리며, 만일 다른 조가 당도하지 않아도 척살을 진행하도록 사전에 숙의가 되었다. 어떤 변수가 따르더라도 반드시 척살을 집행하겠다는 강력한 의지였다.

춘추봉을 내려온 두 사람은 저녁 늦게까지 꼬박 달려 삼백여 리를 이동했다. 배를 타고 이동하는 갑영의 빠른 행보를 감안한다면 그들은 더욱 강행군을 해야 할 상황이었다.

식사를 마친 일검향은 대충 씻고는 침상으로 들었다. 내일 새벽부터 출발하려면 충분히 잠을 자두어야 했다. 한데 그가 눈을 붙이기에는 아직 문제가 남아 있었다.

수욕을 마친 을화는 이불을 젖히고는 다짜고짜 그의 아랫도리를 벗겼다. 그를 올라탄 그녀는 비음을 발하며 엉덩이를 비벼댔다.

"검향, 한 번만 하자. 나 정말 미칠 것 같아."

일검향은 그녀의 허리를 바싹 조여 안았다.

"이 짓 하자고 그렇게 동행을 고집한 거였소?"

"임마, 네가 참회동으로 들어갔다는 소식을 듣고 얼마나 눈물을 흘렸는 줄 몰라. 솔직히… 네가 살아서 돌아오리라고는 생각지 못했어."

"대형이 반드시 살아 돌아오라고 했습니다. 다훼도 서찰을 통해 무사귀환을 기원했습니다. 난 그 약속을 지켜야 했습니다. 그리고 지킬 수 있었습니다."

일검향은 그녀를 안고 뒤집으며 그녀를 바닥에 눕혔다. 그녀는 교합의 자세가 이루어지자 벌써부터 흥분이 되어 몸을 떨었다.

"아, 검향."

일검향은 그녀의 두 팔을 찍어 누른 채 차분하게 말했다.

"한 가지 물어볼 게 있습니다."

"제발… 한번 안아줘. 이번 임무는 우리 모두가 죽을 수도 있어. 소원 한번 들어줘라, 검향."

을화는 연신 엉덩이를 들썩이며 그와 몸을 섞으려 했다.

일검향은 교묘하게 그녀의 유혹을 피하며 물었다.

"사부님께서 성승을 척살하려 했던 일이 있었습니까? 사부님께서 거의 죽음을 각오했다 말씀하시더군요. 대체 냉철하신 사부님께서 왜 그토록 무모한 척살을 감행하신 겁니까?"

"후우!"

순식간에 욕정이 사라진 을화는 긴 한숨을 내쉬었다.

그녀는 그를 휙 밀치고는 벌떡 일어나 앉았다.

"나쁜 새끼, 이 순간에 꼭 노인네 얘기를 꺼내야겠냐?"

일검향은 옷을 걸쳐 입으며 태연하게 응수했다.

"너무 궁금해서 꼭 묻고 싶었습니다."

"몰라, 새끼야!"

을화는 표독스럽게 쏘아붙이고는 자리옷을 몸에 둘렀다. 탁자에 앉은 그녀는 벌컥벌컥 횟술을 들이켰다.

일검향이 춘추봉으로 귀환할 때부터 벼르던 교합이었기에 그것이 무산된 실망감은 이루 말할 수 없었다.

물론 그녀도 일검향과의 교합이 마음에 걸렸지만 딱 한 번 미친 듯이 격정을 나누고 싶었다. 그로써 욕정을 씻고 일검향을 진정 동생처럼 생각하리라 작심했는데 그녀의 뇌리 속에 찬물을 끼얹은 것이다.

일검향이 마주 앉자 을화는 잔뜩 쏘아보다가 실소를 흘렸다.

"큭, 새끼. 끝내 널 정복하지 못했구나."

"누님은 어떨지 모르겠지만 제가 누님과 깊은 관계를 가지면 더 이상 누님으로 대할 수가 없을 것 같았습니다. 누님이 이해해 주십시오."

"그래, 다시는 널 괴롭히지 않겠다."

을화는 사발 가득 술을 따라 그에게 건넸다.

"힌데 성승이 정말 그런 말을 했단 말이냐?"

"그렇습니다. 제가 그 연유를 전혀 모르자 성승께서도 더는 언급하지 않았습니다. 사부님의 명예에 관한 문제라고 하시더군요."

"명예라… 그래, 내 아버님은 평생 동안 딱 한 번 이성을 잃은 적이 있었어. 바로 내 어머니와 내 출생의 문제 때문이지."

"……."

술잔을 입으로 가져가던 일검향은 눈을 커다랗게 떴다.

을화의 출생 비밀!

그것은 천예사원의 가장 커다란 의혹 중 하나였다. 중원제일의 자객으로 불리는 천사명왕이 어떻게 자신의 혈육을 두게 되었는가. 또한 왜 자객의 업을 딸에게까지 잇게 한 것일까.

일검향은 조용히 술잔을 내린 채 을화를 주시했다.

을화는 창밖으로 시선을 돌리며 이야기를 시작했다.

"노인네는 자객 생활 십 년 만에 천사명왕이라는 별호로써 경외의 대상이 되었지. 그의 그림자만 밟아도 죽는다는 말이 나올 만큼 무시무시한 공포의 존재였어. 하지만 그분도 사람이었지. 계도천살처럼 운명적으로 한 여인을 보는 순간 사랑에 빠지게 되었어. 아마도 자객 특유의 공허함 때문에 그 사랑이 더욱 절실했는지 모르겠어."

"……."

"그분은 차마 자신의 직업을 밝히지 못한 채 양(楊)씨 가문의 규수와 깊은 관계까지 갖게 되었어. 한데 자객의 운명은 어쩔 수 없었지. 그분은 상계의 중요 회합장에 뛰어들어 상단의 단주 하나를 죽이게 되었어. 불행히도 목이 베어져 죽은 상인은 바로… 양 규수의 친아버지였지."

일검향은 입에서 튀어나오려는 신음을 애써 씹어 삼켰다.

을화를 바라보기가 너무도 미안했다. 그녀에게 너무도 고통스런 과거를 되새겨 주었기 때문이다.

천사명왕은 자신의 장인을 살해하는 패륜적 살업을 저질렀다. 그것은 그 자신뿐만 아니라 사랑하는 아내에게까지 엄청난 충격이 아닐 수 없었을 것이다.

"누님……."

"그냥 듣기만 해. 너한테만 털어놓고 나도 영원히 잊고 싶은 비밀이니까."

을화는 안주를 오물오물 씹고는 얘기를 계속했다.

"그분은 양 규수를 찾아가 자신이 장인을 살해했다고 고백했지. 양 규수로서는 하늘이 무너질 충격이 아닐 수 없었어. 그분을 저주하자니 뱃속의 아이가 불쌍했고 용서하자니 사위의 손에 살해된 아버지가 너무도 안쓰러웠지."

"사부님의 괴로움도 아주 크셨을 겁니다."

"노인네는 그 길로 구화산 사자암을 찾아갔어. 천불성승이 잠시 머물러 계신 곳이었지. 그분은 성승에게 살인예고장을 띄우고 척살을 감행했지. 죽고 싶었지만 당대 최고의 자객이라는 자존심 때문에 굳이 천불성승을 찾아간 거였어."

"그랬었군요."

일검향은 비로소 참회동에서 천불성승이 언급한 사건의 전후 상황에 대해 알게 되었다. 하지만 보다 확실한 사정을 듣기 위해 조용히 귀를 기울였다.

을화는 한 모금의 술을 마시고는 긴 한숨을 내쉬었다.

"후우, 양 규수는 계집아이를 낳고는 스스로 목숨을 끊었어. 자신의 생부를 살해한 자객이 자신의 남편이기에 복수도 용서도 할 수 없어 자결을 택한 거지. 천불성승의 법언에 깊이 감화된 노인네가 돌아왔을 때 양 규수는 이미 이 세상 사람이 아니었어."

"……."

"노인네는 검을 꺾고 스스로 자객임을 포기했지. 그분은 계집아이를 안고 세상 속을 떠돌다 춘추봉을 발견하고는 그곳을 은신처로 삼았어. 하지만 그분의 핏속에는 여전히 자객의 피가 흐르고 있었지. 그분은 자신의 분신을 키우기 위해 자객 수련관을 창건하게 되었다. 그것이 바로 천예사원이야. 그래서 탄생된 첫 번째 수련생들이 금살(禁煞)들이었지."

마침내 모든 내력을 알게 된 일검향은 몸을 일으켜 포권의 예를 올렸다.

"이제야 사부님을 이해할 수 있을 것 같습니다. 누님에 대해서도 확실히 알게 되었습니다."

"검향, 넌 내 아버지가 인정한 자객이다. 훗날 천예사원은 네가 계승하게 될 거야. 그래서 모든 내력을 말해준 거지."

"천예사원의 계승자는 대살 형님과 누님이십니다."

일검향은 을화의 뒤로 서며 그녀의 목을 다정하게 감싸 안았다.

"하지만 기회를 주신다면 교두가 되어 수련생들을 열심히 키워보겠습니다."

을화는 일검향의 볼을 토닥거렸다.

"일단 척살단에서 살아 나오는 것이 중요해."

일검향은 그녀의 손을 굳게 쥐었다.

"약속하죠. 누님은 내가 반드시 지켜 드리겠습니다."

3

초록으로 물든 천자산 능선을 따라 이동하는 사람들은 약초 채집꾼들이었다. 망태마다 나무껍질과 풀뿌리가 가득했다. 모두 네 명으로 옷은 허름했고 얼굴은 햇볕에 검게 그을러 있었다.

찌그러진 초립을 쓴 약초꾼이 풀 한 포기를 질겅질겅 씹으며 입을 열었다.

"초행은 아니지?"

사내 복장과는 달리 고운 미성이었다. 약초꾼으로 변장을 한 여인은 바로 을화였다. 그리고 다른 세 사람은 갑영과 계도, 일검향이었다.

그들은 복수를 위해 천자산 변경에 이른 것이다.

일검향은 천자산의 수려한 산세를 둘러보며 고개를 끄덕였다.

"무릉상단의 임무를 마치고 귀환 길에 지난 적이 있었습니다. 벌써 일 년도 훨씬 넘은 일이군요."

"그래, 그 풋내기가 이제는 어엿하게 같이 행동할 수 있을 만큼 성장했으니 참 세월이 빨라."

지도를 살펴보며 숙지하고 있던 계도가 말을 받았다.

"세월이 빠른 게 아니야. 검향 아우가 유난히 뛰어나서이지."

"검향이 뛰어나다기보다 행운이 많이 따르는 것 같아. 이 녀석은 여복도 아주 많거든."

을화가 이죽거리자 일검향이 점잖게 타일렀다.

"그 여복 중에 누님은 해당되지 않습니다. 다훼도 마찬가지고요. 대체 뭐가 여복이 많다는 겁니까?"

"새끼, 키워줘도 소용없다니까."

을화는 눈을 흘기며 일검향의 옆구리를 쿡 찍었다.

갑영이 일행을 계곡으로 이끌었다.

"서두르자."

그의 지시가 떨어지자 모두의 얼굴에 가벼운 긴장감이 감돌았다. 개울 가에 이른 그들은 평석 위에 둘러앉았다.

갑영이 셋을 둘러보며 명을 하달했다.

"다시 말하지만 우리의 목표는 일도살과 교교다. 둘만 죽이면 즉시 폭죽을 터뜨려 탈출을 꾀한다."

"예, 대살."

"침투 도중 누군가 심한 부상을 입으면 온전한 자가 죽여주어야 한다. 알다시피 척살단은 수백의 자객들이 상주하고 있는 소굴이다. 동문들의 행보에 방해가 된다면 우리는 결코 성공할 수 없다."

냉혹하지만 현실적인 지시였다. 다친 동료를 이끌고 침투하거나 탈출하기는 불가능한 일이었다.

천예사원의 네 자객 천예사살(天藝四煞)은 약초 망태와 약초꾼 복장을 땅에 묻었다. 검은 침투복 차림으로 갈아입은 그들은 울창한 수림 속으로 뛰어들었다. 네 명이 숲을 헤치고 이동했지만 잎사귀 하나 떨어지지 않았다.

거대한 해골 벼랑은 실로 섬뜩한 광경이었다.

벼랑을 파고 형성된 해골 형상은 무려 십 장에 달했다. 두 눈 부위에서는 붉은 불꽃이 뿜어졌고 콧구멍에서는 희뿌연 유황 연기가 피어올랐다. 쩍 벌린 거대한 아가리 주변으로 복면인들이 삼엄한 경계를 펼치고 있는데 그곳이 유일한 출입구였다.

척살단(刺殺團)!

은천마국의 공식적인 하부 조직으로 무림천하를 향해 공개적인 요인 암살과 척살과 자행하는 무리가 바로 이들이었다.

척살단 소속 자객들은 은천마국에 복속된 일백여 개의 자객 단체 중에서 가려 뽑은 자객들이라 최하급 자객도 일류급에 버금간다. 하기에 척살단이 비록 은천마국의 하부 조직에 불과하지만 당대 최강의 자객 단체로 불리기에 손색이 없었다.

네 명의 순찰조가 주변 순시를 마치고 귀환 중에 있었다.

척살단 자객들은 영주급을 제외하고는 모두가 복면을 써야 하기에 이들도 복면 차림이었다. 옷자락에 새겨진 숫자로 미루어 제구조 소속인 듯했다.

네 명의 순찰조는 멀리 보이는 해골 요새를 향해 빠르게 이동했다.

순간, 좌우에서 네 개의 그림자가 폭사되었다. 워낙 빠른 기습에 네 명의 순찰조는 비명 한 번 지르지 못했다.

잠시 후 순찰조 복장을 한 자객들이 수림 속에서 모습을 드러냈다.

그들은 물론 천예사살이었다. 척살단에 침투하기 위해 순찰조를 기습해 제거한 것이다. 외부 순시를 위한 순찰조가 네 명씩 활동한다는 정보는 이미 사전에 입수해 두었기에 순찰조로 변장하는 것은 계획된 수순이었다.

갑영이 가장 늦게 순찰조에 합류했다.

"암호는 반삭(半朔), 초일(初日), 혈영(血影)이다."

역시 대살답게 그는 용의주도했다. 순찰 자객을 제압해 탈혼최면술로 암호를 알아낸 것이다.

갑영을 선두로 계도, 을화, 일검향이 해골 요새를 향해 달려갔다.

쩍 벌린 아가리 출입구에는 이 장 높이의 철문이 매달려 있었다. 반쯤 열린 철문 앞에는 서른 명에 달하는 자객이 좌우와 전면을 방어하고 있었다.

그들은 제팔조에 소속된 자객들이었다.

제팔영주는 팔짱을 낀 채 왔다 갔다 걸음을 옮기고 있었다. 얼굴 한쪽이 푸른빛을 띤 청면인(靑面人)이었다.

갑영이 제팔영주를 향해 예를 올리며 외쳤다.

"반삭!"

제팔영주가 역시 암호로 말을 받았다.

"내야(來夜)!"

"초일!"

"천형(天形)!"

"혈영!"

갑영이 주저없이 암호를 대자 제팔영주는 가볍게 고개를 끄덕였다.

"별다른 이상 징후는 없느냐?"

"확인된 바 없습니다."

"수고했다. 쉬어라."

"예, 영주님."

갑영은 세 명의 순찰조를 이끌고 철문으로 들어섰다.

통로의 길이는 십 장 정도였다. 좌우로 횃불이 밝혀져 있어 그다지 어둡지는 않았다. 천장과 좌우 석벽 곳곳으로 무수한 철판들이 가려져 있는 것으로 미루어 기관 장치가 숨겨진 듯싶었다.

통로를 벗어나자 참으로 예상치 못한 별세계가 펼쳐져 있었다.

거대한 원형 분지에는 열대의 수목들이 울창했다. 꽃은 향긋했고 열매는 탐스러웠다. 수림 위로는 요란한 깃털을 지닌 새들이 너울너울 춤을 추었고 나뭇가지에는 원숭이들이 무리를 지어 꽥꽥거렸다.

을화가 나직이 투덜거렸다.

"새끼들, 꼴 같지 않게 웬 사치야?"

일검향은 원형 분지를 둘러싸고 있는 높은 벼랑을 둘러보았다. 벽에는 일정한 크기의 창문이 열을 맞추어 십수 층 높이까지 뚫려 있었다. 어림잡아도 방의 숫자가 수백 개는 되어 보였다.

'내부 역시 석벽을 따라 원형으로 이루어져 있다면 어디로 가든 마찬가지겠군.'

갑영이 석벽을 따라 걸음을 옮기며 나직이 지시를 내렸다.

"내부로 들어가면 이인일조로 행동해야 한다. 정보에 의하면 놈은 상층부 혈룡전(血龍殿)에 머물러 있을 가능성이 높다. 하지만 우리의 직급상 중층부로 진입하는 순간부터 싸움이 전개될 것이다. 최선을 다해 혈룡전에서 만나자."

그는 눈길 한 번 마주치지 않은 채 계도와 함께 진입로로 들어갔다.

둘만 남게 되자 을화는 일검향의 손을 쥐며 걸음을 옮겼다. 여느 사내보다 대담한 그녀였지만 다소 긴장한 듯 손바닥에 땀이 맺혀 있었다.

일검향이 조용히 물었다.

"후회되지 않습니까?"

"뭐가?"

"이런 위험한 임무는 대살 형님이 전문입니다. 대살 형님이라면 누님을 안전하게 지켜줄 수 있을 것입니다."

"모르는 소리 마. 갑영은 방해가 된다면 내 목조차 가차없이 벨 사람이야. 하지만 넌 절대 그렇지는 못할 거잖아?"

"……."

일검향은 소리없는 미소를 머금었다.

그녀의 우려가 지나친 것은 아니었다. 자신이라면 어떻게든 을화를 보호하려 노력할 것이다. 그런 의미로 그녀가 자신과의 동행을 선택했다면 그녀의 선택은 옳았다 할 수 있었다.

"갑시다."

일검향은 그녀의 손을 놓고는 안쪽 진입로로 들어섰다.

복도는 완만한 호선을 그리며 길게 이어져 있었다. 간격을 두고 문이 설치돼 있는데 아마도 자객들의 숙소인 듯싶었다.

이때 위층 계단을 따라 자객 한 명이 내려왔다. 자객은 을화의 옷자락에 새겨진 숫자를 보고는 아는 체를 했다.

"야, 비표(飛彪)! 빌려간 돈은 언제 갚을 거야?"

한데 자객은 을화의 어깨를 짚는 순간 당혹스런 눈빛을 발했다. 을화가 아무리 건장한 체격을 지녔어도 여인의 몸이다. 자객은 감촉을 통해 비표가 여인의 몸임을 대번에 간파한 것이다.

일검향은 허리춤의 비수를 꺼내 자객의 심장에 꽂으며 천돌혈의 짚었다.

최소한의 비명도 흘러나오지 못하도록 막아야 했다. 자객 하나를 처치하는 일은 어렵지 않다. 문제는 다른 누군가에 의해 발각될 경우였다.

일검향은 을화에게 눈짓을 보내고는 가까이 있는 방문을 밀치고 들어섰다. 방 안에서는 두 명의 자객이 창가 탁자에 마주 앉아 술을 마시고 있었다.

"뭐, 뭐야?"

그들이 고개를 돌리는 순간 두 줄기 섬광이 번득였다.

한 명은 젓가락을 쥔 상태로 목이 베어졌고, 다른 한 명은 술잔을 입으로 가져가다가 천돌혈과 미심혈이 베어졌다. 을화가 발을 뻗어 떨어지는 술잔을 받아내자 일검향은 두 자객이 쓰러지지 않도록 본래 자리에 앉혀놓았다.

일검향은 빠르게 방을 둘러보았지만 세 구의 시체를 숨길 방도가 없었다.

을화가 나직이 투덜거렸다.

"젠장, 벌써 발각되면 곤란한데?"

"일단 서둘러 상층부로 올라야 합니다."

일검향은 술을 마시던 자객의 허리춤에서 열쇠를 하나 찾아냈다.

"방문을 닫아걸면 잠시 시간은 벌 수 있소."

"내 잘못이 아니야, 검향."

을화가 변명을 하자 일검향이 부드럽게 위로했다.

"물론입니다. 아직 우리 중 누구도 실수를 하지 않았습니다."

삼층까지는 하급 자객들의 숙소였기에 계단을 오르는 데 아무런 장애도 없었다.

사층 계단은 나선형으로 유난히 높았다. 여기서부터가 중층부로 하급 자객들의 출입이 금지된 장소였다.

일검향은 벽에 등을 붙이며 빠르게 기어올랐다.

"무조건 격돌하십시오."

을화는 가볍게 숨을 들이키고는 계단을 따라 올랐다. 그녀는 빠르게 계단 벽을 둘러보았지만 일검향의 흔적을 전혀 찾아볼 수 없었다.

'이 녀석, 정말 놀랍도록 성장했구나!'

그녀는 내심 감탄을 금할 수 없었다. 일검향의 자객 능력이 자신을 훨씬 넘어섰음을 인정해야 했다. 더 이상 신참이며 초급 자객이라 희롱하기엔 그가 너무 높은 경지에 이르렀음을 절감한 것이다.

사층 진입부에 이르자 세 명의 자객이 일제히 병기를 뽑아 들었다.

"웬 놈이냐?"

"하급 자객이 감히 중층부에는 어쩐 일이냐?"

을화는 득달같이 그들을 향해 달려들었다.

"내가 좀 올라가야 할 일이 있거든."

세 명의 자객은 반사적으로 을화를 향해 공세를 펼쳐 왔다. 순간 허공에서 세 줄기 섬광이 번득였다.

쐐애액—!

세 명의 자객은 거의 동시에 몸이 쪼개지고 말았다. 비명 한마디 지르지 못한 즉사였다.

을화는 자신의 무기력함에 화를 냈다.

"임마, 너 혼자 다 해라!"

"누님, 아직도 싸워야 할 상대는 수두룩합니다. 힘을 아끼십시오."

일검향은 그녀의 손목을 쥐고는 사층 진입부로 들어섰다. 한데 이때였다.

때때땡—!

요란한 종소리가 꼬리를 물고 이어졌다. 외부의 침입을 고하는 경종(警鐘)이었다.

을화는 복면을 벗어 던졌다.

"젠장, 우리가 먼저 발각된 게 아니니 갑영과 계도에게 부끄럽지는 않겠어. 이제 본격적으로 싸우게 되겠군."

일검향도 복면을 벗었다. 어차피 은밀한 침투는 더 이상 불가능했다. 그는 을화를 막아섰다.

"누님, 내 옆에서 떠나지 마십시오."

"야, 서열상 내가 이살이야. 사살 주제에 감히 날 우습게 보는 거냐?"

"지금은 서열을 따질 상황이 아닙니다."

"검향……?"

일검향은 그녀와 마주 서며 신중하게 말했다.

"누님, 내 몸에는 천불성승께서 하사하신 무궁한 불력이 깃들어 있습니다. 그 힘을 오직 마를 척결하는 데만 사용하겠다고 맹세했지요. 이제 그 힘을 사용할 때가 온 것 같습니다."

을화는 양손으로 그의 두 뺨을 감싸 쥐었다.

"그래, 어떤 힘이라도 좋아. 일도살과 교교 그 추악한 반도 놈들을 죽일 수 있다면 부처님 앞에 불공이라도 올리겠다."

第39章

혈전, 또 혈전

최상승 혈룡전.

온통 핏빛의 전각에는 여덟 명의 영주가 집결해 있었다.

단상 앞에 선 교교는 수석영주의 신분으로 그들을 닦달했다.

"대체 어떻게 된 일이냐? 두 곳에서 동시에 경보가 울리다니? 총단의 경비 체계가 이렇듯 무너질 수 있단 말이냐?"

제삼영주가 정중히 보고를 올렸다.

"침투해 온 놈들은 모두 넷으로 확인되었습니다. 각기 두 놈씩 한 조가 되어 동쪽과 북쪽 통로를 따라 접근 중에 있습니다."

"어떤 놈들인지는 확인하지 못했느냐?"

이때 옥좌 위로 혈룡포청년이 유령처럼 내려앉았다. 단순호치의 미공자였지만 얼음처럼 싸늘한 인상의 소유자, 바로 척살단의 단주 일도살이었다.

교교와 영주들이 급히 예를 올리자 일도살이 냉담하게 입을 열었다.

"놈들은 천예사원이다."

"예에?"

교교의 안색이 하얗게 변색되었다. 그녀의 붉은 입술이 파르르 떨린다.

'미친놈들! 기어코 본단까지 침투해 왔단 말인가?'

제이영주가 일도살을 향해 보고를 올렸다.

"동쪽 통로로 진입한 놈들은 둘입니다. 보고에 의하면……."

그가 두 침입자의 인상착의에 대해 말하자 일도살은 곧바로 침입자를 밝혀냈다.

"갑영과 계도 같군."

그가 교교에게로 시선을 돌리자 교교도 동조했다.

"제 생각에도 갑영과 계도가 맞는 것 같습니다."

이번에는 제사영주가 보고를 올렸다.

"북쪽 통로로 접근하는 자들은 젊은 놈과 계집입니다. 젊은 놈의 자객술이 상당히 뛰어난 것으로 보고되었습니다."

교교는 난감한 표정으로 이를 악물었다.

"을화… 일검향?"

일도살은 회심에 찬 미소를 머금었다.

"후훗, 역시 갑영이 직접 침투했군. 천예사원의 잔당들 중 최고 신분이니 본좌가 직접 영접을 해주어야겠구나."

옥좌에서 일어선 그가 천천히 계단을 밟고 내려섰다.

"수석영주는 영주들을 대동해 을화와 일검향을 상대해라. 한 놈만 죽여도 공으로 인정하겠다."

“하면 단주께서 혼자 갑영과 계도를 상대할 생각이십니까?”

“흑백쌍절(黑白雙絶)이 본좌를 호위할 것이다. 어서 가봐라.”

“예, 단주.”

예를 마친 교교는 영주들을 대동하고 혈룡전을 나섰다. 열 명의 영주 중 둘은 요새 입구와 하층 진입구에 배속돼 퇴로 봉쇄가 주 임무였다.

교교는 여덟 명이나 되는 영주를 대동했지만 확실한 자신이 없었다.

천예사원의 동문들을 대면하는 것만으로도 고통이었다. 아무리 무시하려 해도 배신에 대한 죄책감은 쉽게 씻기지가 않았다. 전투 의식이 강하지 않기에 싸움보다는 피하고 싶은 마음이 앞섰다.

제일영주가 품에 안은 철검을 어루만졌다.

“수석영주, 천예사원에 대한 소문은 익히 들었소. 과연 놈들이 진정 자객 중의 자객인지 꼭 한 번 확인하고 싶었소.”

그는 주변의 영주들을 둘러보며 말을 이었다.

“나뿐만 아니라 영주들 모두 같은 생각이오. 놈들이 일단 본단의 중지로 침투한 것은 높이 평가하고 있소. 솔직히 미친놈들이 아닌가 의심스럽기도 하지만 말이오.”

영주들 모두 가소롭다는 표정을 지었다.

“용케 중층부까지 침투했지만 그것이 한계였소. 놈들은 탈출을 전혀 생각지 않는단 말이오?”

“이것이 천예사원의 방식이라면 정말 실망스러운 일이오.”

“간단히 말해 자살 행위일 뿐이오.”

교교가 그들을 향해 단단히 주의를 주었다.

“천예사원의 자객들은 무모하지만 결코 어리석지 않다. 저들은 모두가 불가능하다고 평가된 척살을 완수한 자들이다. 저들은 냉철해. 너희가 조금이라도 방심하면 한 명도 살아남지 못할 것이다. 저들 중 둘이라면 척살단 삼백 명 자객을 몰살시킬 수 있는 자들이다. 분명히 말하지만 결코 저들을 시험하지 마라.”

“……”

“저들은 천하가 인정하는 자객 중의 자객이니까!”

교교가 앞장을 서자 영주들은 무거운 표정으로 뒤를 따랐다. 교교의 주의가 너무 엄중했기에 오만했던 기색은 씻은 듯 사라졌다.

자객 중의 자객!

수십 년간 자객 세계를 지배해 온 천예사원의 존재는 그만큼 위력적이었다.

퍼퍼펑!

기관에서 쏟아져 나오는 칼날과 암기 세례가 엄청났다. 중층부로 들어선 이후 가로막는 장애는 모두 기관 장치였다. 벌써 돌파한 기관 장치만도 서른 곳이 넘었다.

일검향은 범천신공을 터득했기에 웬만한 암기에는 전혀 침해를 받지 않았다. 독무(毒霧)나 화염 줄기도 범천신공으로 무산시킬 수 있었다.

을화는 일검향 덕분에 큰 부상을 당하지 않았지만 몸 여러 곳의 부상으로 기력이 상당 부분 소진되었다. 만일 일검향이 앞서 기관들과 맞서지 않았다면 그녀로서는 중상을 면키 어려웠을 것이다.

콰아앙!

폭음과 함께 상층부로 통하는 철문이 박살났다. 일검향이 암기 세례를 뚫고 철문을 격파한 것이다.

을화가 일검향 앞으로 내려서며 차갑게 내뱉었다.

"이제부터 내가 앞서겠다."

"괜찮습니다, 누님."

"임마, 내가 괜찮지 않아. 내가 네 비호나 받으면서 구경이나 하러 따라온 줄 알아? 난 당당한 이살 을화라고! 알아?"

"……."

일검향은 그녀의 성격을 익히 알기에 더는 만류하지 않았다.

"알겠습니다. 조심하십시오."

그는 그녀의 배후를 경호하며 통로 안으로 들어섰다.

커다란 통로는 미로처럼 복잡하게 얽혀 있었다. 광장에 이르자 크고 작은 통로가 벌집처럼 널려 있었다.

을화의 입에서 나지막한 신음 소리가 흘러나왔다.

"으음, 자객관?"

일검향은 빠른 속도로 주변을 둘러보았다.

생소한 장소였지만 아주 낯설지는 않았다. 일 년 수개월 전 이와 비슷한 장소에 있었던 적이 기억 속에서 떠올랐던 것이다.

천예사원 수련생 최후의 관문인 자객관.

그러했다. 천예사원의 자객이 되기 위한 마지막 관문 자객관과 아주 유사한 장소였다. 벌집 같은 미로며, 어둠, 보이지 않은 매복 등이 자객관을 그대로 본떠 만든 것 같았다.

을화는 싸늘한 냉소를 흘렸다.

"홍, 일도살 그놈이 자객관이 꽤나 마음에 들었나 보군. 잊지 않고 제 소굴에 설치해 두었으니 말이야."

한데 어둠 속에서 날카로운 음성이 흘러나왔다.

"을화, 일검향! 이곳은 척살십절관 중 하나다. 바로 너희의 무덤이 될 곳이지."

을화의 외눈에서 불꽃이 피어올랐다.

"교교? 이 더러운 배신자! 어서 나와! 어서 나와라, 추악한 년!"

교교의 음성에 을화가 극도로 분노하자 일검향이 그녀를 진정시켰다.

"고정하십시오, 누님. 저도 예전에 교교를 만났을 때 너무 흥분하는 바람에 놓치고 말았습니다."

"아… 알았어. 그년 때문에 내가 이렇게 분노할 이유는 없지. 더러운 반도를 잡아 기분 좋게 살점을 베어 먹어야 하니까."

을화는 벌집 같은 미로를 향해 다가섰다.

"나와라, 교교! 쥐새끼처럼 숨어 있지 말고 어서 나와!"

그러자 어두운 통로 안쪽에서 교교의 음성이 들려왔다.

"호호, 을화. 자신있으면 들어와라!"

"오냐, 이년아!"

을화는 득달같이 통로를 향해 몸을 날렸다. 순간 두 곳의 통로에서 튀어나온 두 영주가 그녀를 향해 살식을 전개해 왔다.

"막아, 검향!"

을화는 두 영주의 공격은 무시한 채 그대로 통로 안으로 뛰어들어갔다.

차— 창!

두 영주의 살식을 쳐낸 일검향은 신속하게 쾌검을 전개했다. 하지만 두 영주는 전혀 대응하지 않고 각기 통로 속으로 사라져 버렸다.

일검향은 급히 을화가 뛰어든 통로 속으로 몸을 날렸다.

'나와 누님을 갈라서게 하려는 수작이다!'

그는 범천신공을 운기한 채 빠른 속도로 통로 사이를 헤집었다. 몇 개의 기관 장치가 발동했지만 그는 신법을 펼쳐 간단히 피해냈다.

'어디로 갔지?'

갈림길에 선 그는 여러 곳의 통로로 귀를 기울였다. 좌측 통로를 통해 폭음과 기합성이 들려왔다. 복잡한 소리가 어우러졌지만 일검향은 을화의 음색을 찾아낼 수 있었다.

'이곳은 놈들의 소굴이다. 지형상 절대적으로 불리함을 감안해야 돼. 누님 혼자서는 위험해!'

그는 신속하게 좌측 통로로 뛰어들었다. 순간 세 자루 병기가 허공을 갈랐다.

쐐애액—!

잔뜩 별렀던 공격인지 지독히도 쾌잔한 살식이었다.

일검향은 이동하는 발걸음을 멈추며 몸을 회전시켰다. 수비에 아주 효과적인 분광쾌섬 수법이었다.

차차창—!

요란한 금속성과 함께 공수가 갈리면서 순간적으로 공백이 생겼다.

일검향은 왼손 주먹을 불끈 쥐며 힘차게 내질렀다.

"차앗!"

은은한 금빛 기운이 번득이며 허공 가득 주먹 그림자가 형성되었다. 금마오절기 중 하나인 범황운룡권이었다. 천중육기 중 일인인 풍진광 개의 동나수를 막아낼 만큼 위력적인 수법이었다.

퍼퍼펑!

일격에 뼈가 으스러진 세 영주는 피를 뿜으며 나가동그라졌다. 하지만 그들 역시 일류자객답게 이내 은신술을 펼쳐 몸을 감추었다.

일검향은 을화의 안위가 우려되었기에 그들을 무시한 채 통로 안쪽으로 날아갔다. 한데 이번에는 천장과 바닥에서 기습이 펼쳐졌다. 두 자루 병기는 명문혈과 심장을 향해 매섭게 파고들었다.

일검향은 피신보다 반격을 꾀했다.

몸을 옆으로 튼 그는 쾌검과 동시에 범황운룡권을 발출했다.

퍼억!

바닥에서 솟구치던 영주는 그의 쾌검에 동강이 났고 천장에서 내리꽂히던 영주는 범황운룡권에 산산조각이 나고 말았다. 실로 쾌속한 일초이식이었다.

물론 두 영주의 공세 역시 매서웠기에 일검향은 가슴과 등에 가볍지 않은 상처를 입고 말았다. 속전속결을 택하다 보니 모험을 할 수밖에 없었던 것이다.

간단히 지혈을 마친 그는 재차 통로 안쪽으로 몸을 날렸다. 연속적으로 들려오는 금속성이 그를 불안하게 만들었다.

한편 교교를 쫓던 을화는 작은 광장에 이르자 세 영주의 공격을 받게 되었다.

쐐애액—!

세 자루 병기가 좌우와 전면에서 날아들었다.

을화는 숱한 싸움을 벌여왔기에 어떤 암습과 기습에도 전혀 동요하지 않는다. 그녀는 각법으로 좌측의 공세를 막아내고는 일도를 휘둘러 우측의 공세를 쳐냈다.

한데 전면의 공격은 전혀 예상 밖이었다. 상대가 함께 죽겠다는 동귀어진의 수법을 펼쳐 온 것이다.

"엇?"

흠칫 놀란 을화는 칼을 몸에 바싹 붙이며 팽그르르 회전했다.

차차창!

잇단 금속성과 함께 동귀어진 수법을 펼쳐 온 영주의 살식이 완벽하게 차단되었다.

을화는 재차 손목을 휘둘렀다.

섬광이 번득이며 영주의 목이 날아갔다. 그런 와중에도 살식이 전개되었지만 뒤로 미끄러지는 을화를 따라잡지는 못했다.

"홍, 어디서 이따위 수작을!"

을화는 영주 한 명을 해치우자 도도한 미소를 머금었다.

하지만 그것은 지나친 방심이었다. 동귀어진을 피해내기 위해 후퇴하면서 배후에 대한 대비를 미처 하지 못한 것이다.

을화는 갑자기 달군 쇠에 찔린 듯 몸을 세차게 떨었다. 숨이 턱 막히며 전신의 피가 싸늘하게 식었다. 반사적으로 내려다보니 이미 그녀의 등을 꿰뚫은 한 자루 연검이 가슴까지 비집고 나와 있었다.

"으윽, 교… 교교?"

어느새 을화의 등 뒤로 내려서 있는 교교는 연검을 쥔 채 을화의 머리카락을 어루만졌다.

"이거 어쩌지, 언니? 결국 언니가 내 손에 죽게 되었군."

"교교, 네… 네년이……?"

"어쩌자고 척살단까지 뛰어든 거야? 냉철한 갑영 오라버니까지 복수심에 눈이 뒤집힌 건가?"

을화는 칼을 움켜쥐려 했지만 치명적인 부상으로 이미 모든 기력이 탈진된 상태였다. 정신마저 혼미해진 그녀는 천천히 고개를 꺾었다.

"검향이… 네년을 죽이리라……."

이 순간 금빛 섬광이 광장으로 날아들었다.

제육영주가 쌍검을 휘두르며 금빛 섬광과 부딪쳐 갔다. 한데 금빛 섬광은 단순한 검광이 아니었다. 검과 몸이 합치된 신검합일(身劍合一)이었던 것이다.

퍼엉!

섬광에 관통된 제육영주는 두 자루 검과 함께 산산조각이 나고 말았다.

"허억! 신검합일?"

교교는 기겁을 하며 뒤로 물러섰다. 제일영주가 옆으로 내려서며 급히 아뢰었다.

"수석영주, 놈은 자객이 아니라 절세고수외다. 정면 대결은 불가하오."

신검합일을 해소한 일검향이 교교를 향해 다가섰다.

"교교, 네년을 다시 만나게 되었구나."

피가 끓었지만 예전처럼 격분에 이성을 잃을 정도는 아니었다. 눈빛은 강렬했지만 차가웠고 마음속 분노는 뜨거웠지만 불꽃이 흩어지지 않았다.

교교는 주춤주춤 뒤로 물러섰다.

"나… 날 죽이기 전에 을화 언니부터 살펴봐야 하지 않을까?"

비로소 바닥에 쓰러진 을화를 찾아낸 일검향은 흥건한 핏자국에 가슴이 덜컥 내려앉았다.

“누님?”

을화의 상세를 살펴 지혈한 그는 급히 맥을 짚어보았다. 아주 위중한 상태였다. 약간의 충격만으로도 심맥이 끊어질 것 같았다.

그는 격분을 참지 못하고 교교를 찾았지만 그녀는 이미 사라지고 없었다.

“교교, 네년이 다훼 하나도 부족해 을화 누님까지 죽이려 했단 말이냐? 이 더러운 배신자!”

그는 당장이라도 교교를 쫓아가고 싶었지만 을화에 대한 치유가 급했기에 분노를 억제했다.

그는 양손 가득 범천진기를 운집했다. 그의 장심에서 뿜어진 범천진기가 을화의 경락을 타고 스며들기 시작했다. 그녀에게는 생명지기이지만 그로서는 엄청난 본원진기를 소진하는 치유법이었다.

을화의 십이경락에 범황기가 가득 채워지자 비로소 일검향은 진기 주입을 해소했다.

과도한 공력 소진으로 현기증까지 느꼈지만 일단 을화의 목숨을 한동안 연장시킬 수 있다는 데 안도했다. 사실 그의 이런 행동은 명백한 수칙 위반이었다.

심한 부상을 당한 동료는 가차없이 죽인다!

갑영은 임무 수행에 방해가 될 요인을 경고하며 냉혹한 지시를 내렸다. 동문조차 살해해야 하는 그의 지시는 분명 현실적이었다. 그러나 어떻게 형제와 같은 동문을 살해할 수 있단 말인가?

일검향은 을화를 등에 업고는 옷을 찢어 단단히 동여맸다.

“갑시다, 누님.”

그는 통로를 향해 당당히 걸음을 옮겼다.

　어차피 그들 모두가 온전하게 귀환하리라고는 생각지 않았다. 하지만 그는 자신이 죽기를 바랐다. 자신의 손으로 동문의 유해를 거두기보다는 동문에 의해 자신이 거둬지기를 소원했던 것이다.
　한데 을화가 먼저 쓰러졌으니 이제 그가 을화를 지켜주어야 할 상황이었다.
　걸음을 옮기면서 그는 갑영과 계도를 떠올렸다.
　'두 분 형님, 제발 무사하셔야 합니다.'

2

　갑영과 계도는 기관 장치를 파괴하고 상층부로 들어섰다.
　넓은 광장은 외부의 창을 통해 스며든 빛으로 인해 비교적 밝았다. 광장 곳곳에서 일 장 크기의 청동상(靑銅像)들이 열을 지어 세워져 있었다. 청동상의 형상은 분명치 않았지만 그들이 지닌 청동 병기는 하나같이 예리했다.
　청동상을 둘러본 계도가 입을 열었다.
　"천예사원 수련관과 비슷한 곳이군요."
　"기관 장치 역시 수련관을 본떠 만든 것 같다. 일도살, 놈 역시 천예사원에서 보고 배운 것 이상은 벗어날 수 없으니까."
　이때 청동상 뒤에서 냉막한 음성이 들려왔다.
　"하하하, 척살십절관 중 일부는 천예사원 수련관을 본떠 만들었다. 하지만 보다 강력하다고 할 수 있지. 이곳이 갑영과 계도 너희 둘의 무덤이 될 것이다."
　계도가 첨도를 곧추세우며 청동상을 빠르게 살폈다.

"일도살! 네놈이냐?"

"물론이다. 벌써 내 목소리를 잊은 것은 아니겠지?"

"죽인다!"

음성이 들려오는 청동상을 찾아낸 계도는 득달같이 몸을 날렸다. 한데 갑영이 앞서 미끄러지며 그의 행동을 저지했다.

"멈춰!"

갑영은 차분한 눈빛으로 청동상을 하나하나 응시했다.

"일도살 외에 두 놈이 더 있다."

그러자 청동 도끼를 들고 있는 청동상 뒤에서 일도살의 음성이 들려왔다.

"과연 대천살답군. 흑백쌍절의 은신을 간파하다니 말이다."

갑영의 눈빛이 가늘게 흔들렸다.

"흑백쌍절?"

"후훗, 본래의 자객명은 흑무상(黑武霜), 백무절(白武絕)이다. 유명한 이름이니 익히 들어보았을 것이다."

"놀랍군. 흑백잠인동(黑白潛刃洞)의 두 동주마저 척살단에 복속시켰단 말이냐?"

계도는 짧게 숨을 들이켰다.

"형님… 진정 흑무상과 백무절입니까?"

흑백잠인동은 천예사원과 더불어 자객 중의 자객 단체로 불리는 몇 안 되는 자객 집단 중 하나다.

두 동주는 천예사원의 금살과 같은 연배로 자객 세계에서는 비교적 높은 신분이다. 그런 자들이 척살단의 자객이 되었다는 것은 자객 세계에서 커다란 충격이 아닐 수 없었다.

갑영은 정면을 응시한 채 전음을 보냈다.

"일도살은 내가 죽이겠다. 넌 최대한 시간을 끌면서 흑백쌍절을 저지해라. 개인적 능력으로 너보다 앞서는 자들이니 각별히 조심해야 한다."

계도는 힘있게 고개를 끄덕였다.

훌쩍 솟구친 갑영은 청동상을 번갈아 차면서 빠른 속도로 날아갔다.

쐐애액—!

두 줄기 섬광이 뻗어 나오자 계도가 뛰어들면서 막아냈다.

"네놈들은 내 차지다!"

그는 몸을 말아 청동상 뒤편으로 몸을 날렸다.

순간 쇳소리와 함께 청동상이 쥐고 있던 청동검이 벼락처럼 떨어지며 계도의 몸을 갈라왔다.

"엇?"

계도는 급히 몸을 회전시키며 첨도를 뻗어내 청동검을 받아냈다.

차앙—!

청동검에는 엄청난 괴력이 깃들어져 있었다. 강력한 반탄력에 계도는 첨도를 쥔 팔이 마비되는 것 같았다.

'으윽, 청동상은 단순한 조형물이 아니었어. 기관에 의해 작동되는 흉물들이다.'

가까스로 바닥에 내려서는 순간 좌우에서 두 줄기 인영이 날아들었다.

흰옷을 입은 자는 얼굴도 희었고 피부도 희었다. 병적으로 흰 피부가 마치 관 속에서 일어난 시체처럼 섬뜩해 보였다. 병기는 하얀 철척(鐵尺)이었다.

반면 검은 옷을 입은 자는 얼굴과 피부 모두가 먹물처럼 시커멓다. 인간이라기보다 그림자처럼 보였다. 병기는 거무튀튀한 철부(鐵斧)였다.

이들이 바로 백무절, 흑무상이었다.

계도는 갑영의 주의를 상기하고는 맞상대를 피했다. 바닥에 낮게 깔려 몸을 날린 그는 청동상 뒤로 몸을 숨겼다. 그로서는 흑백쌍절을 최대한 저지하는 것이 임무였다. 그 와중에 갑영과 일도살의 단독 대결로 승부가 날 것임을 예상했다.

한편 일도살은 청동상을 작동시키며 교묘하게 갑영과의 정면 승부를 피했다.

위이잉―!

청동상이 휘두르는 청동 병기는 단조롭지만 위력이 상당했다. 또한 순간적으로 발출되는 속도마저 빨랐기에 무시하기가 쉽지 않았다.

갑영은 원수를 목전에 두고 죽이지 못하는 것이 안타까웠지만 애써 냉정을 유지했다. 자신의 냉철함을 흔들려는 일도살의 의도를 정확히 파악했기 때문이다.

그는 굳이 서두르지 않은 채 차분하게 추격을 계속했다.

이때 청동상 사이로 도주하던 일도살이 빙글 회전하며 몇 개의 청동상을 동시에 가격했다.

순간, 청동 병기들이 난무하며 추격해 오던 갑영의 몸을 향해 내리꽂혔다.

위이잉―!

기관이 작동되는 음향과 쇳소리가 요란했다. 더불어 청동 병기가 일으키는 파공성이 귀청을 찢을 듯 날카로웠다.

차차창!

여러 개의 청동 병기가 교차되면서 불꽃이 화려하게 피어올랐다.

"……?"

일도살의 눈매가 가늘어졌다.

강력한 청동 병기가 교차됐지만 고작 한 조각 천만 베어졌을 뿐이다. 갑영은 맹공세 속에서도 청동 병기들이 내리꽂히는 속도를 파악해 찰나지간 탈출한 것이다.

일도살은 본능적으로 위기를 직감하며 구명도법을 전개했다.

"천라만파영(千羅萬派影)!"

쐐애액—!

수백, 수천의 도기가 동시에 폭사되며 사위로 비산되었다.

천예사원에는 없는 수법으로 그가 태상전 귀상(鬼相)에게 하사받은 절기 중 하나였다. 엄청난 공력이 소모되는 절기이지만 도강으로 전신을 휘감기에 어떤 기습과 암습에도 대처할 수 있는 뛰어난 구명술이었다.

차— 차창!

잇단 금속성과 함께 일도살은 팽이처럼 회전하며 청동상 앞으로 튕겨져 나갔다. 핏빛 용포 몇 자락이 베어졌지만 깊은 상처는 입지 않았다.

갑영이 은신술을 해소하며 바닥으로 내려섰다.

그로서는 작심을 한 필살검이었기에 일도살을 죽이지 못했다는 것은 상당한 충격이었다. 일도살이 순간적으로 펼쳐 낸 기이한 도법으로 인해 그의 살인 수법이 저지된 것이다.

순간적인 위기에서 벗어난 일도살은 득의의 웃음을 터뜨렸다.

"후훗, 과연 대천살이로군. 하지만 그게 천예사원의 한계다. 너의 살인 수법이 아무리 뛰어나도 은천마국의 절기를 능가할 수는 없다."

갑영은 그를 향해 검을 겨누었다.

"네놈이 어떤 절기를 지녔다 해도 죽이는 데는 문제가 없다."

"대천살, 날 죽이기 전에 계도가 죽는다는 것은 생각해 보지 않았느냐? 지금쯤 일검향과 을화마저 죽었을 것 같군."

"검향은 나보다 강하다. 누구도 검향을 막지 못한다."

일도살은 비릿한 웃음을 흘렸다.

"척살단에 침투한 이상 어느 놈도 살아남지 못한다. 후훗, 과연 누구 말이 맞는지 두고 봐야겠군."

갑영은 빠르게 다가서며 쾌검을 전개했다.

"죽엇!"

번— 쩍—!

채 피하기도 전에 일도살의 상반신이 어깨서부터 옆구리까지 길게 베어졌다.

"……!"

갑영은 검극을 통한 감각으로 그것이 단순한 환영임을 간파했다.

일도살의 환영이 꼬리를 물고 이어지고 있었다. 베어진 것은 수많은 환영 중 하나일 뿐이었다.

"하하핫! 어떠하냐, 대천살? 천예사원에서는 전혀 구경하지 못했던 마국의 절기다."

갑영은 눈을 반쯤 뜨며 환영을 무시했다.

"내가 보기에는 잡술일 뿐이다."

"후훗, 환영마전(幻影魔轉)이 잡술이라면 천예사원의 모든 기술 또한 잡술일 뿐이지."

"차앗!"

갑영은 환영을 무시한 채 음성이 흘러나오는 청동상 뒤편으로 몸을 날렸다.

순간 등 뒤에서 요란한 폭발음이 울려 퍼졌다. 폭발음 속에서 희미한 신음 소리까지 섞여 들려왔다.

'계도?'

갑영은 급히 몸을 꺾으며 배후로 방향을 틀었다. 그러자 일도살이 그를 추격하며 공격을 펼쳐 왔다.

"후훗, 수칙 위반이로군. 날 죽이는 것이 우선일 텐데?"

일도살은 허공을 밟고 날아들며 냅다 일장을 내질렀다.

"가랏!"

음습한 기운과 함께 핏빛의 운무가 자욱하게 피어올랐다. 바로 은천마국의 상징적인 절기 혈음마공이었다.

갑영은 상체를 틀며 마주 일장을 내질렀다.

"소수파천황(素手破天荒)!"

은은한 뇌성과 함께 희뿌연 섬광이 운무 속으로 파고들었다.

콰아앙!

엄청난 폭음과 함께 두 줄기 기운이 뒤엉키며 바닥으로 무서리와 같은 희뿌연 빙무가 흩뿌려졌다. 빙무 위로 다섯 개의 발자국을 새긴 사람은 일도살이었다.

그는 희게 변색된 자신의 손을 보며 경악을 금치 못했다.

"소… 소수마공! 대천살이 천사명왕의 소수마공을 터득했을 줄이야!"

계도는 한쪽 무릎을 꿇은 채 첨도를 바닥에 꽂고 있었다. 십여 발의 청동 화살에 관통된 몸은 온통 피투성이였다. 얼굴에도 화살을 맞아 눈알이 관통된 상태였다.

"계도!"

내려선 갑영이 계도를 부둥켜안았다.

폐부가 관통된 계도는 울컥울컥 피를 쏟았다.

"혀… 형님, 도움을 못 드려… 죄송합니다……."

"말을 아껴. 넌 살 수 있어."

갑영은 급히 대혈을 짚어 출혈을 막고 기맥을 타통시켜 주었다.

이때 약간 떨어진 곳에서 음산한 음성이 들려왔다.

"기다렸다, 대천살."

"천예사원의 대천살과는 꼭 한 번 겨뤄보고 싶었지."

갑영은 천천히 몸을 일으켰다. 그의 두 눈에 전에 없던 차디찬 살기가 피어올랐다.

흑백쌍절이 청동상을 등진 채 서 있었다. 여러 개의 청동상 손에는 연노(連弩)가 쥐어져 있었다. 계도는 그들의 함정에 빠져 청동상이 발사한 화살에 치명상을 입었던 것이다.

흑백쌍절은 각기 철척과 철부를 쥔 채 다가섰다.

"대천살과의 대결이니 기관 따위는 사용하지 않겠다. 정당한 대결을 벌이고 싶다."

갑영이 냉랭하게 말을 받았다.

"정당한 대결? 네놈들은 그런 말을 할 자격이 없다."

"대천살답지 않게 분노하는군. 계도 따위는 적수가 안 되기에 기관 장치로 쓰러뜨렸을 뿐이다."

"닥쳐! 누구도 천예사원의 자객을 무시할 수 없다!"

"천예사원은 이제 끝났다. 우리 흑백잠인동이 자객 중의 자객으로 군림할 것이다."

갑영은 검을 비스듬히 비껴 들었다.

"내가 살아 있고 을화가 살아 있다. 게다가 일검향이 건재하는 한 천예사원 역시 건재할 것이다."

흑백쌍절이 동시에 공세를 펼쳤다.

"그렇다면 모두 죽이면 되겠군."

"우선 대천살 네놈부터!"

철척은 예리했고 철부는 강력했다. 그들의 살법은 오랜 세월 연마된 합격술이기에 빈틈이 없었다.

갑영은 쾌검을 펼쳐 그들과 정면으로 맞섰다.

차— 차창—!

세 사람의 형상은 보이지 않은 채 병기만이 번득였다. 섬광과 폭음이 터질 때마다 불꽃이 작렬했고 짤막한 기합성이 터지고 나면 폭풍이 주변을 휩쓸고 검기가 분수처럼 피어올랐다.

당대 최강 자객들의 격돌답게 그들의 일초 일초는 죽음이 깃든 살초였다. 현란한 초식보다는 가장 현실적이고 효과적인 살인 수법만이 동원되었다.

세 자루 병기가 교차하면서 흑백쌍절이 좌우로 갈렸다.

이 순간 흑무상의 심장에서 붉은 피가 뿜어졌다.

"……?"

흑무상의 고개가 반사적으로 돌아갔다.

한쪽 무릎을 꿇고 있던 계도가 첨도를 내뻗고 있었다.

흑무상은 그 첨도에 의해 명문혈이 관통돼 심장까지 꿰뚫렸다. 십여 발의 화살에 관통된 계도였기에 흑백쌍절 누구도 그의 죽음을 의심하지 않았다. 한데 기적처럼 되살아난 계도가 흑무상의 등을 꿰뚫은 것이다.

흑무상은 죽음을 직감하면서 본능적으로 철부를 내리찍었다. 계도의 머리를 쪼개 복수를 하려는 심사였다.

그러나 날아든 갑영에 의해 흑무상은 허리가 베이며 그대로 쓰러졌다.

“계도!”

갑영은 계도를 부축해 안으며 맥을 짚었다.

이미 심맥이 끊어진 상태였다. 그가 혈도를 짚어 겨우 목숨을 부지시켜 두었는데 무리하게 흑무상을 척살하면서 심맥이 끊어진 것이다.

“바보같이……!”

갑영이 이를 악물자 계도는 힘겹게 입술을 달싹거렸다.

“혀… 형님을 돕고… 싶었습니다… 일도살, 그놈을… 그놈을 죽였어야 했는데…….”

“계도, 널 구할 수가 없구나.”

“압니다… 수칙대로 형님께서 죽여… 주십시오.”

“넌 살았어야 했어… 제수씨와 소청을 생각했어야지.”

계도는 소리없는 눈물을 뿌리며 부들부들 떨었다.

“사실… 그동안 아내와 딸년 때문에… 임무를 제대로 수행하지 못해 송구했었습니다… 마지막으로 천예사원의 자객답게… 죽고 싶었습니다. 크으윽!”

“계도…….”

갑영은 그를 부둥켜안으며 얼굴을 어루만졌다. 냉정한 그의 눈에도 눈물이 어른거렸다.

"미안하다."

칼날로 변한 그의 손끝이 계도의 사혈로 파고들었다. 워낙 빠른 수법이었기에 계도는 죽음의 고통도 느끼지 못한 채 생을 마감했다.

죽은 자는 편할 수 있었지만 죽인 자는 괴롭기만 했다. 아무리 수칙에 따라 동문을 편히 보내야 했지만 자신의 손으로 동문을 죽이는 일은 평생 잊지 못할 고통일 수밖에 없었다.

갑영은 계도를 눕히고는 조용히 무릎을 꿇었다.

계도와는 이십 년도 넘는 친구이며 아우였기에 친형제와 다를 바 없었다. 그의 죽음은 사부인 천사명왕을 잃은 이후 가장 큰 비극이었다.

잠시 애도를 마친 갑영이 몸을 일으켰다. 표정은 변함없이 냉담했지만 차가운 분노로 벼른 눈빛은 칼날과 같았다.

"계도, 복수를… 지켜봐 다오."

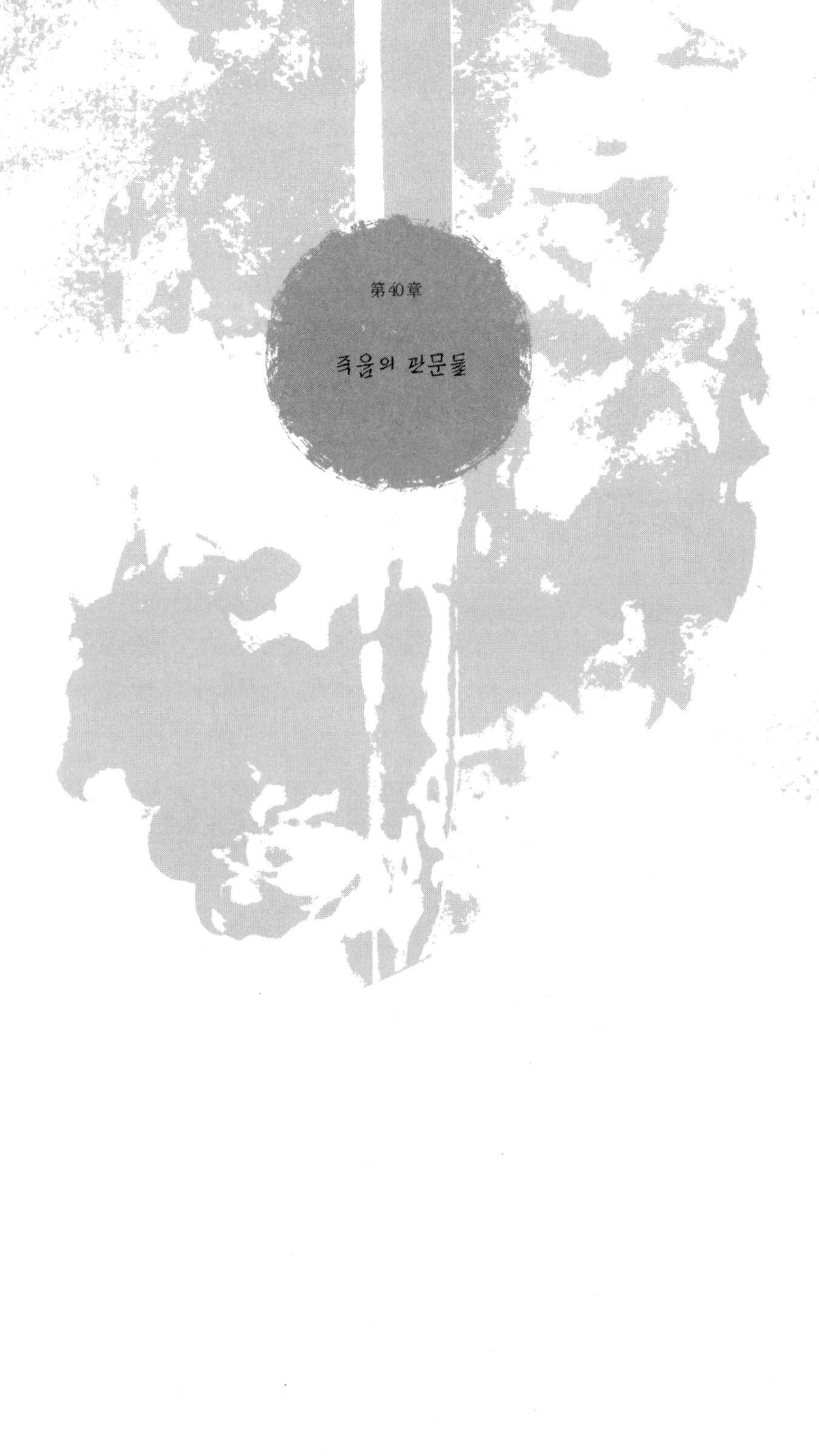

第40章

죽음의 관문들

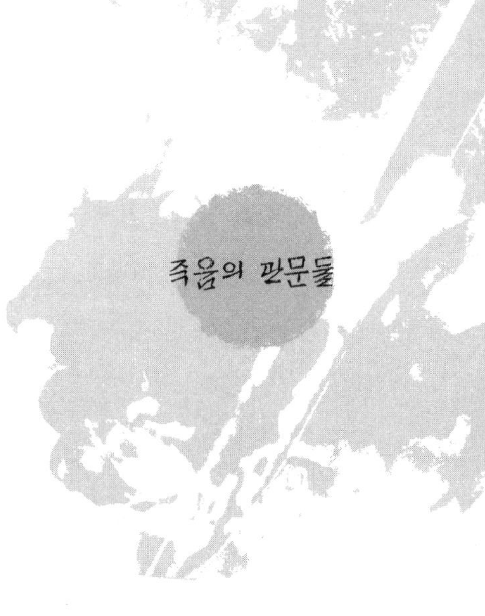

상층부 광장은 진귀한 정경으로 이루어진 석림(石林)이었다.

바닥에서 솟은 석순이 숲을 이루었고 천장에서 흘러내린 종유석이 폭포처럼 주변의 벽을 휘감고 있었다. 일정한 크기의 창문을 통해 스며드는 빛으로 인해 석림의 광경은 신비롭기만 했다.

"대살 형님!"

석림 입구로 들어선 일검향은 갑영을 보자 반색을 지으며 다가섰다.

갑영은 그의 등에 업힌 을화를 보고는 건조한 음성으로 물었다.

"죽었느냐?"

"아직… 살아 계십니다."

"내가 보기에는 죽은 것 같다."

일검향이 정색을 지으며 반박했다.

"아닙니다. 십이경락에 생명지기가 팽배합니다. 회생은 가능합니다."

“…….”

갑영은 석림을 향해 걸음을 옮겼다.

“계도는 죽었다.”

“예에?”

“내 손으로 편히 보내주었다. 을화도 편히 보내주어라.”

일검향은 다리가 후들후들 떨렸다. 뒤통수를 둔기로 얻어맞은 기분이었다. 돌로 된 나무 기둥을 짚고 선 그는 가슴을 진정시키기 위해 한동안 숨을 몰아쉬어야 했다.

“계도 형님! 계도 형님이… 돌아가시다니!”

참으로 충격적인 비보가 아닐 수 없었다.

계도의 아내와 어린 딸을 떠올리자 그는 가슴이 찢어질 듯 아팠다. 그들 모녀에게 부고를 전해야 할 생각을 하니 눈앞이 캄캄했다.

그러나 그는 비통함을 애써 진정시키며 입술을 질끈 깨물었다.

‘가자! 지금은 울 시간조차 없다. 원수들을 죽이고서야 얼마든지 울 수 있다.’

을화를 단단히 고쳐 업은 그는 석림 사이의 소로를 가로질러 갑영과 어깨를 나란히 했다.

“제가 앞장서겠습니다.”

“을화를 내려놓아라. 행동에 지장이 많다.”

“형님, 동문을 구할 수 없으면 유해를 지키는 것도 수칙 중 하나입니다. 더는 말씀 마십시오.”

“…….”

갑영은 잠시 그를 바라보다가 고개를 끄덕였다.

“오냐, 가자.”

두 사람은 어깨를 나란히 한 채 석림 사이를 걸었다.

네 명이 침투해 한 명은 죽었고, 다른 한 명은 치명상을 입었다. 이제 또 누가 목숨을 잃거나 피를 흘리고 쓰러질지 모른다. 그러나 분명한 것은 그들의 복수는 결코 끊기지 않는다는 점이었다.

단 한 명이 살아 있을 때까지!

혈룡전 옥좌에 앉아 있는 일도살은 단하를 둘러보았다.

교교가 대동한 여덟 명의 영주 중 넷은 이미 황천객이 되었다. 제일 영주를 제외한 다른 세 명의 영주도 부상을 당한 상태였다. 또한 흑백쌍절 중 흑무상이 죽고 백무절만 남았다.

척살단 총단 내에서 최고 수뇌급들이 이런 피해를 당했으니 실로 엄청난 수모가 아닐 수 없었다. 그러나 일도살은 대등한 희생으로 평가했다.

천예사원 네 명의 자객 중 계도가 죽고 을화가 치명상을 입었으니 척살단 영주들의 희생은 아주 가치있는 죽음이었다. 이제 갑영과 일검향 중 한 명만 쓰러뜨린다면 방어는 대성공이라 할 수 있었다.

'한 놈만 남기겠다. 어느 놈이든 한 명만 남는다면 당당히 정면 대결을 펼치겠다. 그것이 갑영이든 일검향이든!'

일도살은 한 모금의 술로 목을 축이고는 옥좌에서 일어섰다.

"놈들이 어디까지 진입했느냐?"

교교가 침중한 어조로 대답했다.

"석림관입니다."

"좋아, 석림관은 그냥 통과시킨다. 다음 관문인 마경관(魔鏡關)에서 한 놈을 쓰러뜨린다. 수단과 방법을 가리지 마라."

“단주, 갑영과 일검향은 정말 위험한 자들입니다. 최고의 자객이라 상대하기가 지극히 까다롭습니다.”

“안다. 하지만 너희 역시 척살단 최고의 자객들이다. 수석영주와 영주 넷, 그리고 백무절이 합세해서 한 놈을 죽이지 못한다면 척살단의 수치다.”

교교가 조심스럽게 물었다.

“그럼… 한 놈만 상대하면 되는 겁니까?”

“그렇다. 마경관에 진입하면 놈들은 결코 서로를 지원할 수 없다. 그저 소리만 들을 수 있을 뿐이다. 오히려 더 당황스러운 상황이지. 교교, 넌 누구를 택하겠느냐?”

교교는 빠르게 영주들을 쓸어보고는 표적을 결정했다.

“갑영을 맞히겠습니다.”

일도살은 다소 의외롭다는 표정을 지었다.

“왜 갑영이냐?”

“일검향은 자객이 아니라 절대고수입니다. 다시는 놈과 겨루고 싶지 않습니다.”

일도살은 싸늘한 미소를 지으며 단상을 내려섰다.

“알겠다. 출동해라!”

석림관에서는 어떤 기습이나 기관 장치에 의한 공격도 없었다.

나란히 석림관을 통과한 일검향과 갑영은 상층부 계단을 올라갔다. 갑영은 워낙 말수가 적었기에 일검향도 줄곧 입을 다물고 있었다.

계단을 올라 통로로 들어서자 이번에는 기괴한 방이 펼쳐져 있었다.

벽과 기둥으로만 이루어진 미로(迷路) 같은 방인데 벽면은 물론이고 바닥이며 천장 할 것 없이 모두 청동 거울을 부착시킨 거울의 방이었다.

거울 속에 다시 거울이 반사되면서 수백 개의 영상들이 거울 속에 잔재해 있었다. 잠시 바라보는 것만으로도 현기증이 날 정도였다.

갑영은 여러 갈래로 흩어진 통로를 보고는 입을 열었다.

"놈들이 공격해 오지 않은 것은 우리 둘이 함께 있는 것을 두려워해서일 것이다. 저들 수뇌부들의 절반이 죽었기에 선뜻 암습을 펼칠 수 없었겠지. 이제부터 각자 행동한다."

"큰형님, 굳이 위험을 자초할 필요는 없습니다."

"이곳은 놈들의 소굴이다. 놈들이 스스로 나오지 않으면 우리는 놈들을 찾아낼 수가 없다. 우리의 처지가 약해야 놈들이 행동을 개시할 것이다."

"……."

"최선을 다해라."

갑영은 앞서 거울의 방 마경관으로 들어섰다.

일검향은 갑영과 행동을 함께하고 싶었지만 갑영의 지시를 거역할 수 없었다. 갑영은 단순히 서열에서 앞서는 정도가 아니라 천예사원의 원주에 해당되는 직위였다.

잠시 후 일검향은 거울이 부착된 계단을 밟고 내려섰다.

세 번의 모퉁이를 돌면서 점차 현기증을 느꼈다. 보이는 모든 것이 거울이기에 시간과 공간에 대한 지각 능력이 점차 떨어져 갔다. 자신이 어디에 있는지를 잊었고 왜 이곳에 있는지조차 정확히 판단할 수가 없었다.

일검향은 급히 여의심법을 운기해 심신을 안정시켰다.

여의진기가 경락을 타고 일주천하면서 심한 현기증이 조금씩 가라앉았다. 거울 속으로 끝없이 비치는 상(像)에 의한 혼란에서도 벗어나게 되었다.

다시 맑은 정신을 되찾은 그는 오감을 최대한 높이며 걸음을 옮겼다.

'이 정도에 현혹될 내가 아니다.'

한편 앞서 마경관으로 들어선 갑영은 눈을 반개한 채 가급적 청력에 의존해 이동하고 있었다.

그는 청동 거울에 의한 혼란스런 상을 최대한 보지 않으려 했다. 아무리 굳건한 정신력을 지닌 그였지만 시각적인 자극을 견뎌내기에는 한계가 있었던 것이다.

이 순간 거울 기둥 뒤에서 한줄기 섬광이 날아들었다.

번— 쩍!

온통 흰색 일색인 인물은 백무절이었다. 그의 하얀 철척은 정확하게 갑영의 천돌혈을 향해 파고들었다.

갑영은 시력보다는 청력에 의존하고 있었기에 백무절의 기습을 앞서 감지할 수 있었다. 쾌검을 펼쳐 백무절의 철척을 막아낸 그는 급히 손목을 틀어 반격을 꾀했다.

파파팟!

백무절이 세 쪽으로 갈라졌지만 그것은 허상이었다. 백무절은 기습에 실패하자 곧바로 퇴각했고, 베어진 잔상은 수많은 청동 거울에 의한 환영일 뿐이었다.

갑영은 한 번의 기습을 받았지만 이동을 하는 데 있어 전혀 주저하지 않았다. 표정은 여전히 냉막했고 심장의 고동도 평소와 다를 바 없었다. 가히 천하제일이라 할 수 있는 냉철함이었다.

순간 벽 한쪽이 소리없이 갈라지면서 세 명의 영주가 간발의 차이를 두고 합공을 펼쳐 왔다.

한 명은 일 장 높이로 솟구쳐 갑영의 뇌정혈을 노렸고, 다른 한 명은 가슴의 전중혈을, 그리고 또 한 명은 두 다리를 수평으로 후려쳤다. 정확히 계산된 합공이었고 신속한 기습이었다.

갑영은 무심하게 세 영주의 공격과 맞섰다.

쐐애액―!

그의 쾌검이 늦게 발출되었지만 상방을 노리던 영주의 기습보다 빨랐다. 그의 뇌정혈을 노리던 영주는 머리가 사선으로 베어진 채 즉사했다.

갑영은 쾌검을 펼친 자세 그대로 전중혈을 노리는 영주를 향해 검을 휘둘렀다. 서로의 검이 교차되며 몸속으로 파고들었다.

이렇듯 정면 대결에서는 누가 더 냉정하냐가 승부의 관건이었다. 자신의 목숨은 무시한 채 상대의 요혈을 정확히 찌를 수 있는 자가 승자가 된다.

전중혈을 노리던 영주는 순간적으로 당황했다.

끝까지 정면 승부를 벌여야 할지 아니면 피신을 해야 할지 고민했다. 그런 찰나지간의 고민은 살식의 위력을 크게 떨어뜨린다.

갑영의 검은 정확히 영주의 심장을 꿰뚫었고 영주의 검은 갑영의 요혈을 비껴 찌르는 데 그쳤다.

두 명의 영주를 삽시간에 해치운 갑영은 하반신을 노리는 영주를 향해 일장을 내질렀다. 차디찬 흰색 기운이 감도는 강기는 바로 소수마공이었다.

퍼엉!

둔탁한 폭음과 함께 하반신을 노리던 영주의 두개골이 박살났다. 하지만 영주의 검은 이미 갑영의 다리에 깊은 상처를 만들어냈다.

갑영으로서는 최대한 침착하게 대응했지만 일류자객 세 명의 합공을 감당하기에는 역시 무리였던 것이다.

갑영은 급히 지혈을 하고 옷을 찢어 허벅지를 동여맸다. 다행히 왼쪽 다리는 피부를 스치는 정도였지만 오른쪽 다리는 근육이 베어져 전혀 힘을 쓸 수가 없었다.

“……”

갑영은 절뚝거리며 천천히 걸음을 옮겼다.

그는 비로소 세 영주가 펼친 무모한 공격의 의미를 깨닫게 되었다. 그들의 의도는 자신을 최대한 부상시키는 데 있었다. 아마도 하반신을 노린 영주의 의도가 진정한 목표였을 것이다.

다리에 부상을 당한 그로서는 은신술과 경신술을 펼칠 수 없기에 이제부터는 정면 대결을 펼칠 수밖에 없는 상황이었다.

이때 모퉁이 뒤에서 섬세한 인영이 모습을 드러냈다. 붉은 경장에 금발, 푸른 눈망울이 이색적인 여인은 바로 교교였다.

그녀가 천예사원을 배신한 이후 갑영과 마주 대하기는 처음이었다. 비록 부상을 당한 갑영이지만 그녀는 여전히 그를 두려워하고 있었다. 어렸을 적부터 최고의 자객으로 존경해 왔던 기억을 끝내 지울 수가 없었다.

그녀의 하얀 치아가 절로 딱딱 마주쳐졌다.

“대천살……”

갑영은 사문의 배신자를 눈앞에 두고도 전혀 동요하지 않았다.

"오랜만이구나, 교교."

"그래요, 오라버니."

"내가 걷기가 불편하니 네가 오는 편이 낫겠다."

교교는 아랫입술을 달달 떨었다.

"나… 날 죽이려고요?"

"그래, 네년은 죽어 마땅해. 천예사원 창건 이래 유일한 반도가 바로 너다."

"난 어쩔 수 없었어요!"

갑영은 절뚝거리며 천천히 다가섰다.

"그건 변명이 안 돼. 죽음 앞에서 굴복한다는 것은 수치다. 넌 모든 동문들에게 치욕을 안겨주었어."

교교는 잔뜩 두려움에 젖어 뒷걸음질을 쳤다.

"난 죽고 싶지 않았어요… 난 살고 싶었다고요!"

"사람은 누구나 죽는다. 죽을 자리에서 죽는 것이 명예다."

"그따위 명예는 필요없어!"

연검을 뽑아 든 교교는 청동 거울을 등진 채 그와 마주 섰다.

"분명한 것은 이 자리에서 죽을 사람이 당신이라는 사실이야!"

갑영은 왼발로 바닥을 박차며 날아들었다.

"그전에 네년부터 죽는다!"

교교는 갑영의 정면 공격을 받고도 도주하지 않았다. 연검을 바싹 몸에 붙인 채 일전을 불사할 태도를 취했다.

한데 그때 좌우 모퉁이에서 두 줄기 병기가 갑영을 향해 벼락처럼 날아들었다. 백무절과 제일영주의 합공이었다. 최고 수준의 자객들답게 공세는 아주 쾌잔했다.

갑영은 교교를 향한 공세를 거두며 침착하게 응수했다.

교교에 대한 복수심이 아무리 강해도 감정에 치우쳐 대세를 잃을 그가 아니었다. 그는 우선순위에 대한 판단이 아주 뛰어난 자객이었다. 좌우에서 기습을 당하자 그는 표적을 해소하고는 기습에 대한 대비에 집중했다.

바닥으로 일장을 날린 그는 그 탄력을 받아 그대로 떠올랐다. 한 발로 천장을 디딘 그는 제일영주를 향해 쾌검을 발출했다.

차앙―!

기습에 실패한 제일영주는 곧바로 수비로 전환했기에 아슬아슬하게 갑영의 반격을 받아낼 수 있었다. 백무절이 모습을 감추자 제일영주도 급히 은신술을 펼쳐 청동 거울 뒤로 사라져 버렸다.

두 자객의 기습을 간단히 해소한 갑영은 재차 교교를 향해 공세를 펼쳤다.

쐐애액―!

강렬한 섬광이 날아들자 교교는 청동 거울 벽에 몸을 바싹 기댔다. 일순 청동 거울이 갈라지며 그녀의 몸이 안쪽으로 스며들었다.

"교활한 것!"

갑영은 공세를 유지한 채 그녀의 뒤를 쫓았다.

교교가 스며든 장소는 원형의 방이었다. 역시 벽면과 천장, 바닥 할 것 없이 청동 거울이 부착돼 있었다. 한데 교교는 이미 어디론가 사라지고 없었다.

"……?"

갑영은 본능적으로 위기를 직감했다. 교교의 피신이 단순한 도주가 아니라 자신을 함정으로 끌어들이기 위한 유인책임을 간파한 것이다.
그리고 불행히도 그의 직감은 적중했다.

퍼퍼펑—!

바닥과 벽면, 천장의 거울 절반이 떨어지며 수천 개의 기관 장치가
동시에 작동되었다. 불꽃과 독무, 암기와 화살, 표창과 독질려 등 수백
가지의 암기가 갑영을 향해 쏟아져 내렸다.

갑영은 가공할 공세 속에서도 냉철함을 잃지 않았다. 자신이 무사하
지 못할 것임을 직감했지만 결코 삶을 포기하지 않았다. 스스로를 구
할 수 있는 최선의 대응책을 찾아내는 데 주력했다.

"차앗!"

그는 검을 가까이 붙인 채 팽이처럼 회전하며 출구를 향해 몸을 날
렸다.

채채챙—!

무수한 암기가 검화에 부딪쳐 튕겨졌다. 그러나 사면팔방에서 쏟아
지는 암기 세례는 너무도 엄청났다. 갑영은 왼손까지 이용해 암기와
불꽃을 쳐내서야 겨우 원형의 거울 방에서 탈출할 수 있었다.

기적 같은 탈출이었지만 그의 피해는 극심했다.

안면과 요혈을 방비하느라 그의 왼팔은 수십 개의 암기로 인해 심하
게 훼손되었다. 또한 몸 곳곳에 갖가지 암기가 깊이 박혀 있었다.

갑영은 정신이 혼미해졌다.

독기와 화기로 인해 기혈이 뒤엉키고 시야마저 어두웠다. 감각이 무
너졌는지 웅웅거리는 환청 때문에 청력마저 흐려졌다.

'검향… 넌 무사해야 한다!'

그는 벽에 기대선 채 가쁜 숨을 몰아쉬었다.

왼팔에 박힌 독 암기로 인해 역겨운 독혈이 스며들면서 기력이 급속도로 쇠퇴해 갔다. 이런 상태로는 촌각도 버티기 힘든 상황이었다.

일순 그의 본능이 위기를 일깨웠다.

"……?"

매끄러운 청동 거울 벽을 타고 미끄러져 오는 희미한 온기를 피부로 감지해 낸 것이다.

그는 직감적으로 상대가 백무절임을 간파했다.

백무절은 함정에 빠져 피투성이가 되어 탈출한 갑영을 보고는 회심의 미소를 지었다. 오랜 동료인 흑무상이 분시가 되어 죽는 광경을 두 눈으로 똑똑히 보았기에 그로서는 복수를 위한 절호의 기회였다.

벽을 타고 미끄러진 그는 갑영의 목을 향해 철척을 내려쳤다. 순간 갑영은 급히 왼팔을 쳐들었다.

퍼억!

백무절의 철척은 대번에 갑영의 왼팔을 끊어버렸다. 그러나 자객에게 있어 상대의 목을 벨 기회를 상실했다는 것은 치명적인 실수였다. 반면 갑영은 팔을 잃었지만 검을 내려칠 기회를 잡을 수 있었다.

번— 쩍!

그의 쾌검이 번득이는 순간 백무절의 목이 대번에 날아갔다. 초일류급 자객인 그였지만 한순간의 방심이 스스로를 죽인 것이다.

지켜보던 교교와 제일영주는 경악을 금치 못했다.

세 명의 영주를 희생시켜 갑영의 다리를 베었고, 마경관 함정에서 엄청난 부상을 입혔지만 그가 아직도 건재할 줄은 상상도 못했던 것이다.

"으음, 백무절을 죽이다니!"

옆의 제일영주를 힐끗 돌아본 교교는 빠르게 생각을 굴렸다.

'이제 흑백쌍절과 모든 영주가 죽었다. 제일영주만 남았을 뿐이야. 이자를 이용해 갑영의 숨통을 끊어야 한다.'

갑영은 혈도를 짚어 지혈을 하고는 왼쪽 어깨를 천으로 칭칭 동여맸다.

팔을 희생해 상대를 베었으니 무서운 독심이 아닐 수 없었다. 하지만 그는 어차피 중독된 왼팔을 베어야 했기에 팔 하나를 기꺼이 던진 것이다.

기지를 발휘해 백무절을 죽였지만 사실 그는 거의 탈진 상태였다.

한쪽 다리가 마비되었고, 왼팔이 베어진 데다 심한 내외상으로 서 있는 것조차 괴로웠다. 게다가 시야까지 분명치 않아 마경관의 청동 거울을 통해 보이는 세상이 빙글빙글 회전했다.

그런 상황에서도 그가 쓰러지지 않은 것은 초인적인 정신력 덕분이었다.

'일도살, 교교! 아직 너희를 죽이지 못했다!'

한편 마경관을 두루 다니던 일검향은 갑갑한 마음을 금할 수 없었다.

분명 벽 하나를 사이에 두고 폭음과 기합성이 들려왔지만 모퉁이를 돌아가면 그저 텅 빈 청동 거울 방뿐이었다. 그가 아무리 빠른 신법으로 소리의 진원지를 찾아 달려가도 자객 한 명 찾아볼 수 없었다.

이런 외중에 커다란 폭발음을 들은 그는 갑영의 위기를 본능적으로 느꼈다.

'이건 기관의 폭발음이다!'

그는 빠르게 생각을 굴렸다.

'이미 상당수 영주들이 죽었다. 저들이 날 공격해 오지 않은 이유는 갑영 형님을 표적으로 삼았기 때문이다. 우리를 하나씩 쓰러뜨리겠다는 것이 놈들의 의도야.'

미로를 통해 들려오는 메아리는 오래도록 계속되었다. 아주 가까이서 들려오는 것 같기도 했고 달리 생각하면 꽤 먼 곳에서 들려오는 것 같기도 했다.

일검향은 등에 업은 을화의 경동맥을 짚어보았다.

의식은 없지만 십이경락에 진기를 불어넣어 준 덕분인지 생명의 기운을 분명히 느낄 수 있었다. 하지만 경락을 타고 도는 진기가 계속 이어질 수는 없기에 을화가 언제까지 살아 있을지 장담할 수 없었다.

'일단 형님부터 만나야 한다.'

금마오절기를 떠올린 그는 두 눈에 범천진기를 집중시켰다.

범황천안술(梵晃天眼術)!

이 수법은 일시적으로 두 눈을 신안(神眼)으로 만드는 기환적인 절기였다.

칠흑 같은 밤을 대낮처럼 볼 수 있는 것은 물론이며 바늘이 스쳐 간 희미한 흔적도 찾아낼 수 있고, 현란한 무공 초식을 꿰뚫고 허점을 간파하는 일도 가능하다.

한 가지 단점은 엄청난 공력이 소진된다는 데 있었다. 하기에 공력이 약한 사람은 촌각도 범황천안술을 유지할 수 없었다.

일검향의 눈망울이 화려한 금빛으로 물들었다.

"아……!"

그의 입에서 절로 탄성이 흘러나왔다.

청동 거울에 반사된 현란한 상에 의한 현기증이 씻은 듯 사라졌다. 범황천안술이 전개되자 그는 허상과 진상을 정확히 구분할 수 있게 되었다. 거울 사이에 숨겨진 비밀의 문도 분명히 보였고 바닥에 새겨진 발자국까지 찾아낼 수 있었다.

시야가 밝아지면서 청력에 의한 위치 측정도 정확해졌다.

수많은 청동 거울 방은 더 이상 미로가 아니었다. 기관에 의해 여닫는 장치까지 찾아낸 그는 갑영을 향해 빠른 속도로 접근할 수가 있었다.

'큰형님, 제가 갑니다. 조금만 버텨주십시오!'

갑영은 여전히 벽에 기댄 채 서 있었다.

절름발이에 외팔이, 게다가 무수한 암기에 적중돼 온통 피투성이였다. 아직 손에 검을 쥐고 있지만 그것이 얼마나 위력을 지니고 있을지는 미지수였다.

교교와 제일영주는 갑영과 삼 장 거리를 유지하고 있었다.

외견상 갑영은 거의 실신 상태다. 간단한 일검만으로 천예사원의 대살이 세상에서 사라진다. 이로써 침입자 중 일검향 한 명만 남게 되니 성공적인 방어라 할 수 있었다.

그러나 교교와 제일영주 누구도 선뜻 갑영의 목을 벨 수 없었다.

상대가 스스로 쓰러지기를 기다렸지만 갑영은 여전히 쓰러지지 않고 있었다. 그것이 부상에서 회복되었기 때문일 수도 있기에 접근이 더욱 불안했다.

교교는 한참을 고민하다가 결단을 내렸다.

"제일영주, 벽을 따라 접근해라. 난 천장을 타고 이동하겠다. 이미 무기력한 상태이니 놈을 죽이는 것은 어렵지 않다.”

제일영주는 아직도 백무절이 참살된 광경을 잊지 못하고 있었다.

“백무절 같은 초일류자객도 죽었소. 조금 더 두고 봅시다.”

“그러다 놈이 완전히 회복되면 어찌하겠느냐? 지금이 아니면 기회가 없어.”

“수석영주, 정말 합공을 펼칠 생각이오?”

“그게 무슨 소리냐?”

제일영주는 미심쩍은 눈빛으로 그녀를 응시했다.

“나 혼자 접근하게 내버려 둘 수도 있기 때문이오.”

“닥쳐!”

교교는 연검을 뽑아 들었다.

“갑영은 천예사원의 계승자다. 놈을 죽이면 혈마공 직위에 오를 수도 있는데 내가 왜 양보한단 말이냐?”

“알겠소. 수석영주의 말을 믿겠소.”

겨우 안심한 제일영주는 칼을 비껴 들고는 청동 거울 벽에 몸을 바싹 붙였다.

“준비됐소.”

교교는 가볍게 숨을 들이켰다.

“좋아!”

그녀는 갑영을 직시하며 발끝에 진기를 주입시켰다.

한데 이때였다. 기관이 작동되는 음향과 함께 벽 한쪽이 열리며 희미한 바람이 스며들었다.

고개를 돌린 교교의 입이 쩍 벌어졌다.

두 눈으로 금빛 광채를 발하는 청년이 날아들며 일검을 내려치고 있었다. 청년은 다름 아닌 일검향이었다.

"허억! 검향?"

기겁을 한 교교는 급히 제일영주 쪽으로 몸을 날렸다. 그녀는 제일영주의 등에 일장을 가했다.

"놈을 죽여!"

"크윽!"

장력을 맞은 제일영주는 제대로 신형을 갖추지도 못한 채 일검향과 정면으로 부딪쳐 갔다.

"차앗!"

일검향은 그대로 일검을 내려쳤다.

제일영주는 반사적으로 칼을 쳐들었지만 범천강기가 실린 쾌검은 아주 강력했다.

쨍그렁!

칼이 동강나면서 제일영주는 대번에 두 쪽으로 갈라져 버렸다.

간단히 제일영주를 해치운 일검향은 빠르게 주변을 살폈다. 하지만 교교는 어느새 도주했는지 흔적도 없었다.

검을 거둔 일검향은 서둘러 갑영에게 다가섰다.

"큰형님!"

갑영은 소리가 들려오는 쪽으로 천천히 고개를 돌렸다. 눈빛은 차가웠지만 동공이 분명치 않았다.

"접니다, 형님. 검향입니다."

갑영은 모호한 눈빛으로 잠시 응시하다가 희미한 미소를 머금었다. 긴장이 풀린 그는 벽에 등을 기댄 채로 털썩 주저앉았다.

일검향은 급히 그의 맥을 짚어보았다.

상태가 안 좋은 것은 분명했지만 목숨이 위태로울 정도는 아니었다. 적절한 처방과 충분한 휴식을 취하면 회복이 가능할 것 같았다. 하지만 이미 베어진 팔은 어쩔 수 없었다.

일검향은 나직이 한숨을 쉬고는 그의 왼쪽 어깨를 천으로 단단히 감싸주었다. 부상을 살펴보니 왼팔뿐만 아니라 오른쪽 다리도 위중했다. 근육이 끊어진 지가 제법 되어 다시 잇는다 해도 절름발이 신세는 면키 어려울 것 같았다.

일검향은 비감한 심정으로 갑영의 다리 상처를 처매주었다.

갑영이 천천히 눈을 뜨며 건조한 음성으로 물었다.

"내 몰골이… 형편없지?"

"아닙니다. 잠시 휴식만 취하면 회복되실 수 있습니다."

"교교는……?"

"달아났습니다."

"추격해라… 이제 놈들은 얼마 남지 않았다."

"……."

일검향은 바닥에 널브러진 시체를 둘러보고는 그의 손을 쥐었다.

"과연 대살이십니다. 큰형님 혼자서 백무절과 영주 셋을 척살하셨습니다."

갑영은 스르르 눈을 감았다.

"날 죽여라. 네게… 방해만 될 뿐이다."

"그런 말씀 마십시오. 형님은 팔 하나만 건재해도 교교는 물론이고 일도살도 감히 접근하지 못합니다. 제가 형님을 두려워하는 것 이상으로 저들은 형님을 두려워하니까요."

"넌… 내가 두려우냐?"

"처음 형님을 뵌 이래로 두려워하지 않은 적이 없었습니다."

"그렇다면 내 지시에 따라라."

일검향은 그 앞에 공손히 무릎을 꿇었다.

"형님은 사부님께서 정하신 천예사원의 수칙을 위반할 생각이십니까?"

"……?"

"지금 형님의 부상은 대단치 않습니다. 다만 자존심이 크게 다쳤을 뿐입니다. 자존심 때문에 목숨을 버린다는 것은 중대한 수칙 위반입니다. 더군다나 반도의 처단을 눈앞에 두고 말입니다."

"난… 널 도울 수 없다."

"교교와 일도살, 두 놈만 남았을 뿐입니다. 형님은 지켜보시기만 하면 됩니다. 형님이 관전하는 것만으로 교교는 감히 끼어들 엄두도 내지 못할 겁니다."

"……."

갑영은 잠시 그를 응시하다가 등에 업혀 있는 을화에게로 손을 뻗었다. 그는 을화의 콧등과 입술을 어루만지며 물었다.

"아직… 살아 있느냐?"

"물론입니다."

"그럼, 계도의 유해를 가져와라."

"……?"

"계도는 내가 데려갈 것이다. 내가 업어서라도 춘추봉으로 데려갈 것이야."

일검향은 그의 생명 의지가 부활했음을 확신했다.

"알겠습니다."

그는 급히 마경관을 가로질렀다.

석림관에 이른 그는 돌 숲을 밟고 뛰며 청동관으로 향했다. 청동관은 그가 거쳐 오지 않은 관문이었지만 범황천안술을 발휘하자 어렵지 않게 흔적을 찾아낼 수 있었다.

계도의 시신을 찾아낸 그는 절로 눈물이 감돌았다.

을화 다음으로 그와 절친했던 천살이었기에 계도의 죽음은 너무도 가슴 아픈 비극이었다.

일검향은 그를 부둥켜안았다.

이미 피가 식은 시신은 차가웠다. 다시는 그가 만들어준 요리를 먹을 수 없게 되었다.

일검향은 입술을 질끈 깨물었다.

"형님, 이제 마지막 승부만 남았습니다. 혼백이라도 남아 지켜보십시오. 반드시 두 반도를 죽이겠습니다!"

『검향도살』 5권에서…